WARRIORS
貓戰士 外傳之XIV

說不完的故事4
Legends of the Clans

艾琳・杭特(Erin Hunter) 著
高子梅 譯

晨星出版

特別感謝維多利亞・霍姆斯

目錄

WARRIORS
貓戰士

斑葉的心聲

Spottedleaf's Heart

藍毛：毛髮豐厚的藍灰色母貓，藍色眼睛。

薊爪：毛色灰白相間的公貓，琥珀色眼睛。
所指導的見習生，虎掌：體型很大的暗棕色虎斑公貓，前爪異常的長。

花尾：玳瑁色母貓，有一身漂亮的花紋。

玫瑰尾：灰色虎斑母貓，有濃密的紅色尾巴。

獅心：金色虎斑公貓，綠色眼睛。

金花：淺薑黃色虎斑母貓，琥珀色眼睛。

豹足：黑色母貓，綠色眼睛。

貓后　（懷孕或正在哺乳小貓的母貓）

知更翅：琥珀色眼睛，體型嬌小的棕色母貓，胸前有薑黃色斑塊（生了淺灰色虎斑小母貓小斑點、藍色眼睛的白色小母貓小霜）。

捷風：毛色虎斑與白色相間的母貓，黃色眼睛（生了暗玳瑁色的小母貓小斑條、藍色眼睛的淺灰色小母貓小柳、和薑黃色尾巴的玳瑁色小公貓小紅）。

長老　（退休的戰士或貓后）

草鬚：黃色眼睛的淺橘色公貓。

糊足：琥珀色眼睛的棕色公貓。

雀歌：淺綠色眼珠的玳瑁色母貓。

各族成員

雷族 *Thunderclan*

族長　**陽星**：黃色眼睛的鮮黃色公貓。

副手　**褐斑**：琥珀色眼睛，淺灰色的虎斑公貓。

巫醫　**鵝羽**：淺藍色眼睛，有斑點的灰色公貓。

羽鬚：淡琥珀色眼睛的淺銀色公貓。

戰士　（公貓以及沒有幼貓的母貓）

暴尾：藍色眼睛，藍灰色公貓。

蛇牙：黃色眼睛，雜色的棕色虎斑公貓。

半尾：個子高大的暗棕色虎斑公貓，有黃色眼睛，但少了一截尾巴。

小耳：灰色公貓，耳朵很小，琥珀色眼睛。

絨皮：黑色公貓，黃色眼睛。

風翔：淺綠色眼睛，灰色虎斑公貓。

白眼：淺灰色母貓，有一隻眼睛是瞎的。

罌曙：毛髮很長的暗紅色母貓，尾巴毛很濃密，琥珀色眼睛。

斑尾：淺白色虎斑母貓，琥珀色眼睛。

斑皮：體型很小、毛色黑白的公貓，琥珀色眼睛。
所指導的見習生，白掌：黃色眼睛的純白色公貓。

鶇皮：沙灰色公貓，胸前有閃電狀白毛，眼睛淺綠色。

花尾：玳瑁色母貓，有一身漂亮的花紋。

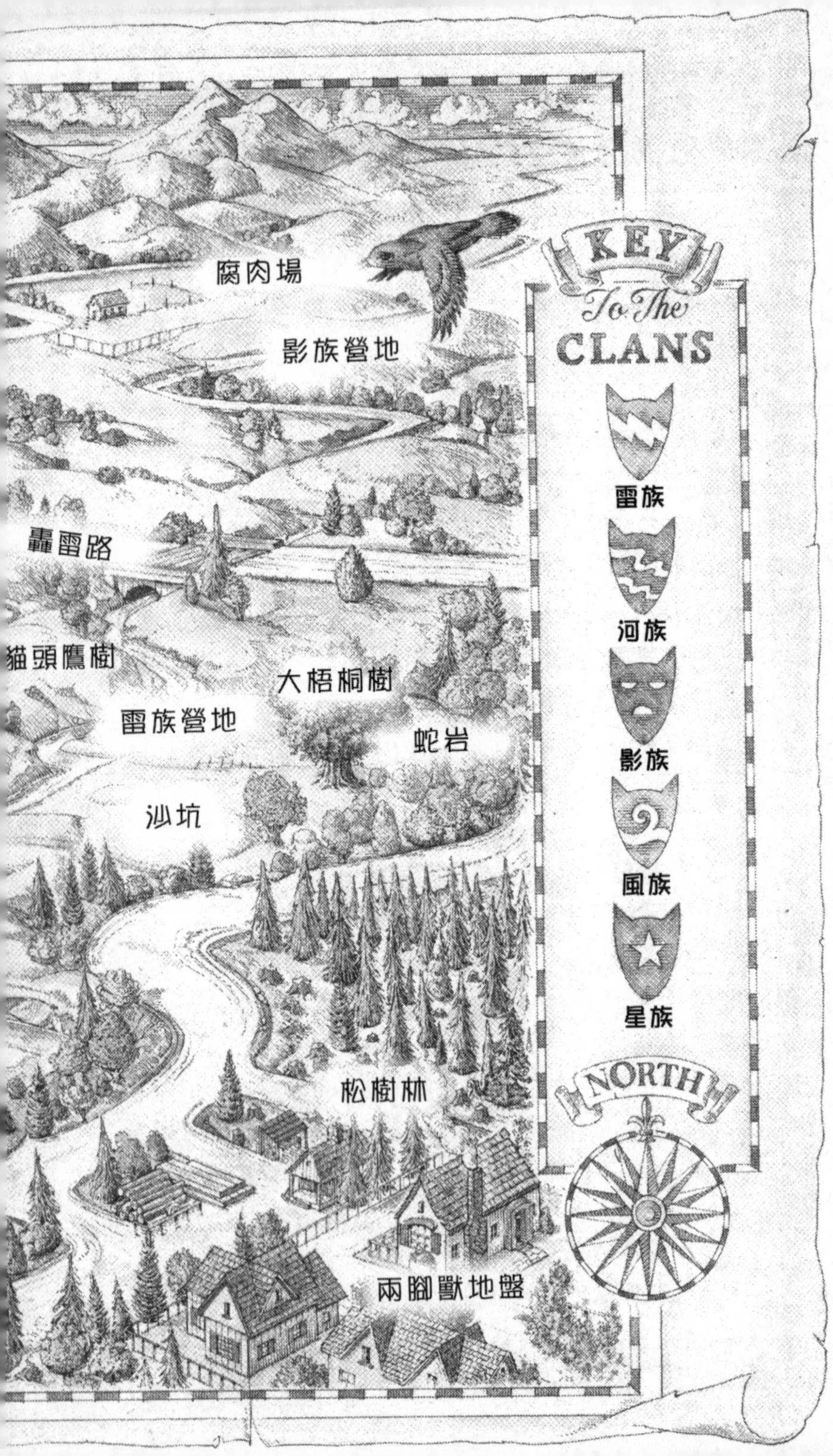
腐肉場
影族營地
轟雷路
貓頭鷹樹
大梧桐樹
雷族營地
蛇岩
沙坑
松樹林
兩腳獸地盤
KEY
To The
CLANS
雷族
河族
影族
風族
星族
NORTH

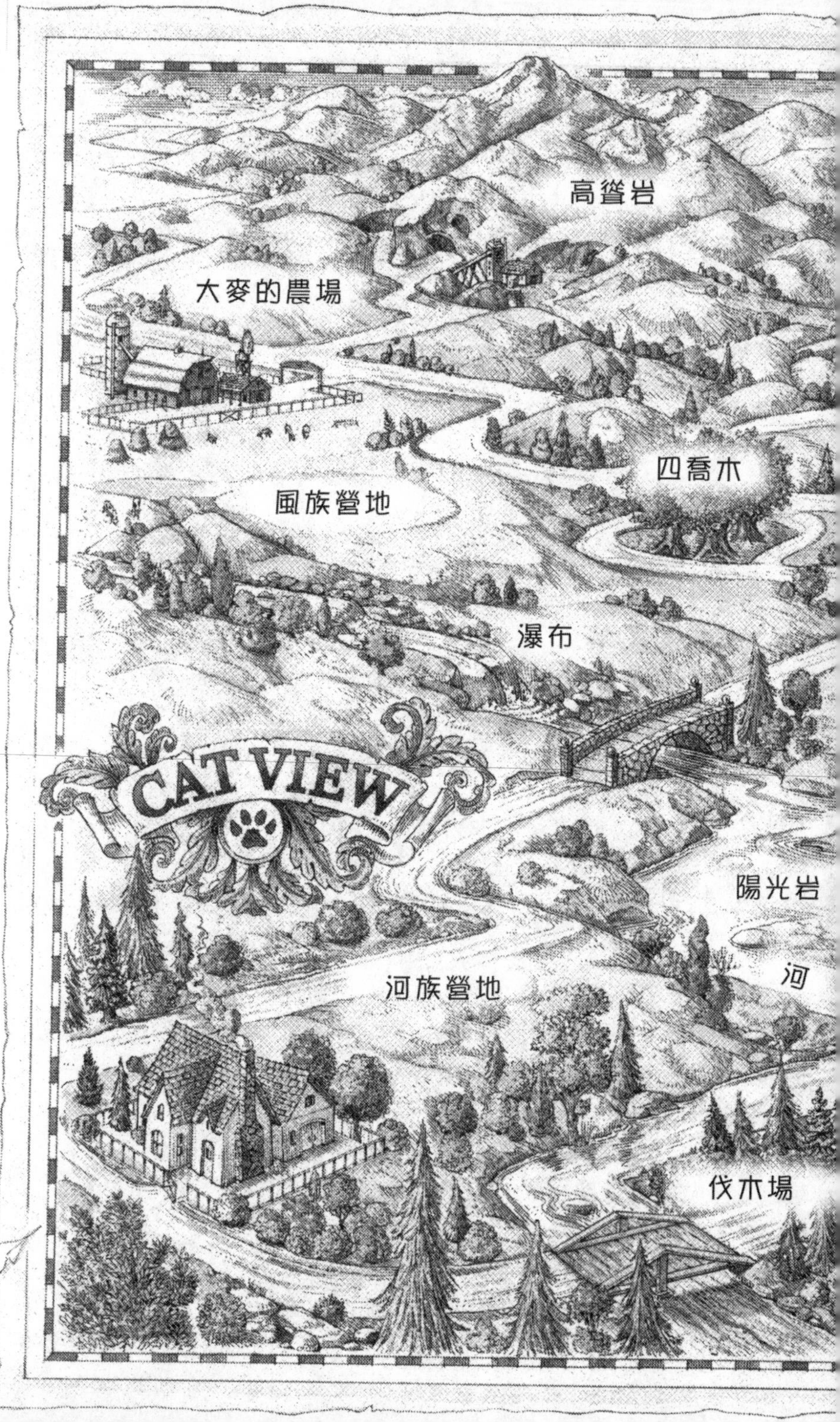
高聳岩
大麥的農場
四喬木
風族營地
瀑布
CAT VIEW
陽光岩
河
河族營地
伐木場

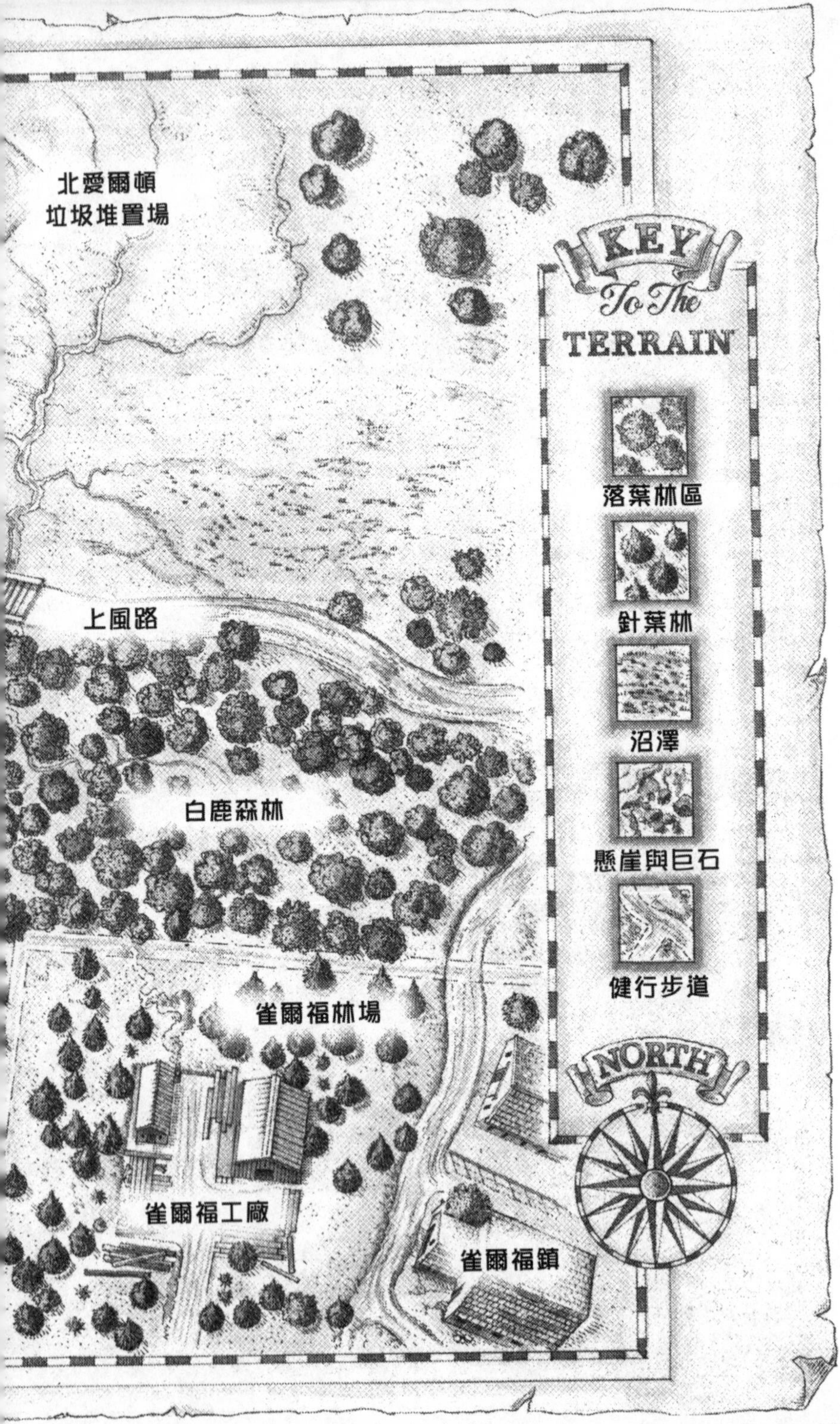
北愛爾頓
垃圾堆置場
KEY
To The
TERRAIN
落葉林區
針葉林
沼澤
懸崖與巨石
健行步道
上風路
白鹿森林
雀爾福林場
NORTH
雀爾福工廠
雀爾福鎮

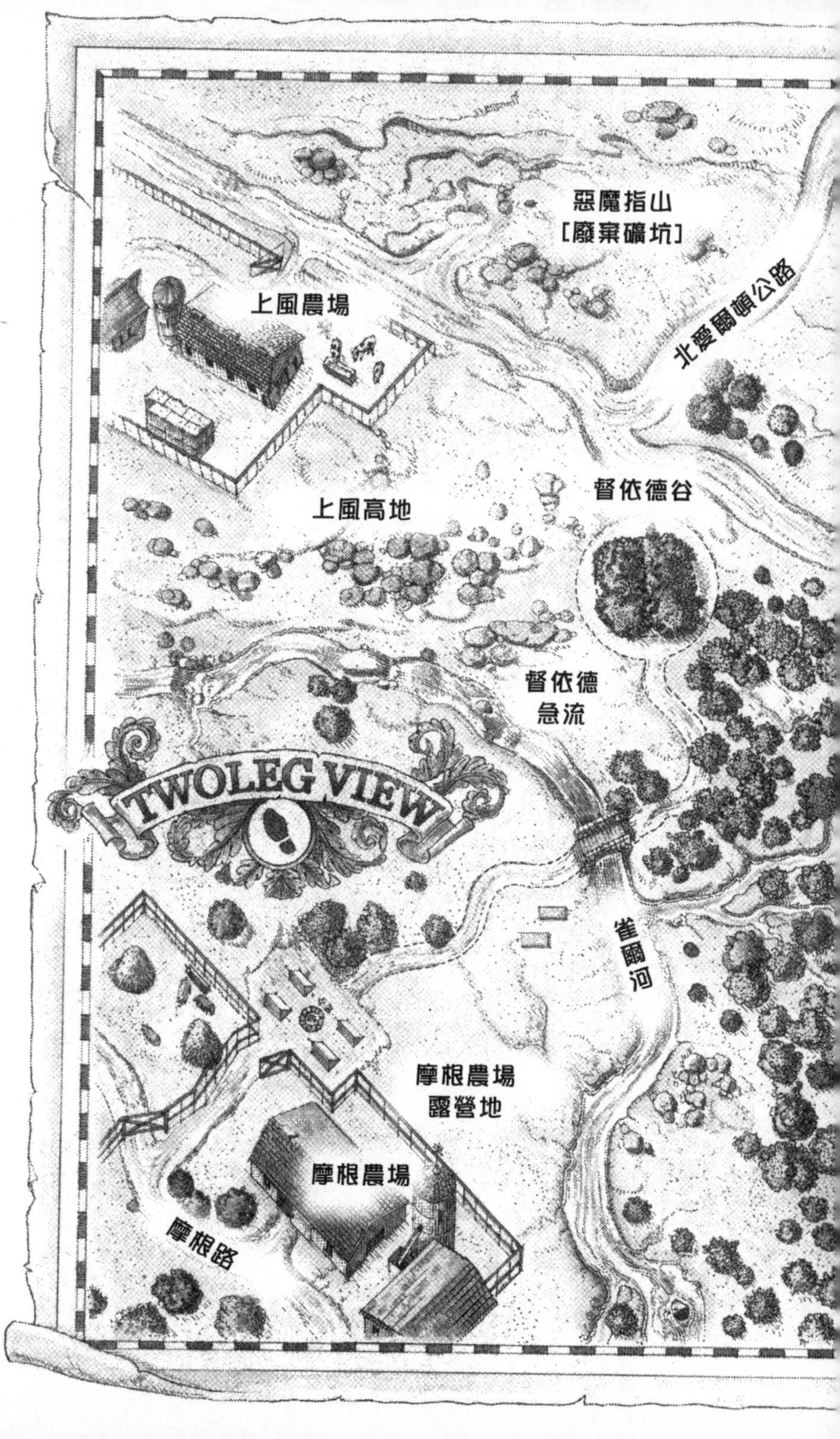
惡魔指山
[廢棄礦坑]
北愛爾頓公路
上風農場
上風高地
督依德谷
督依德
急流
TWOLEG VIEW
雀爾河
摩根農場
露營地
摩根農場
摩根路

第一章

「我一打暗號，雷族就全力攻擊惡棍貓！」小斑點將利爪戳進樹墩裡，低頭俯看忠心耿耿的戰士們。後者瞪大眼睛望著她，毛髮賁張，隨時準備進攻。惡棍貓蹲伏在他們前面，饑餓地拍打著尾巴。

「雷族萬歲！」小斑點大喊。

她下方一隻深玳瑁色的公貓聞聲霍地轉身，撲向離他最近的惡棍貓。

「不對啦，小紅！那不是暗號啦！」小斑點從樹墩上一躍而下，大步走向她弟弟，後者正要把尖牙戳進一隻淺虎斑色小母貓的頸背裡。「快放開小斑條！」

小母貓用肩膀推小紅。小紅哀叫一聲跌在地上，又趕緊爬起來，怒瞪著小斑點。「那聽起來就很像暗號啊！」

「妳又沒告訴我們暗號是什麼。」一隻白色小母貓直言道，她的眼睛是天空藍的顏色。

小斑點甩打尾巴。「小紅，你破壞了遊

戲，不能再當我的副族長了。」

「我可以當副族長嗎？」一隻坐在樹墩陰影下的淺灰色小貓喵聲問道。

「不行，小柳，妳是我的巫醫貓。」小斑告訴她。

「可是我想上場作戰！」小柳抗議道。

一隻毛髮豐厚的白色公貓本來坐在小斑條對面，這時站了起來。「如果妳願意的話，我可以當巫醫貓。」

「白掌，這不是由你來決定，」小斑點喵聲道。「我是族長，應該由我來決定誰當什麼。」

白掌一臉不悅。「我不想當惡棍貓。我是雷族貓！小斑點，妳太霸道了！」他緩步朝小霜走去。「妳要知道，我就已經快要當戰士了。」

「可是那就只剩下一隻惡棍貓！」小斑點大聲抱怨。「那要怎麼打啦？！」

「我也不想當惡棍貓。」小斑條喵聲道。

小紅用細小的爪子刮著地上的沙土。「小斑點，我們不想跟妳玩了。妳老是喜歡指揮我們做什麼。」

小斑點可憐兮兮地看著她的玩伴快步穿過空地，跑到被太陽曬得暖哄哄的沙地上，踢打嬉玩一團被揉成球的青苔。

「妳沒事吧？」

小斑點轉頭看見她母親那張虎斑和白色相間的臉。「小紅說我太霸道了。」

捷風低頭舔舔小斑點的頸毛。小斑點挨近她，喵喵叫。

「也許妳應該讓他們其中一個來當老大。」捷風提議道。

「可是他們說我可以當族長！」小斑點喵聲道。「這表示我得管好每隻貓，不是嗎？」

「呃……可是巫醫貓也要負起一些責任啊，」捷風喵聲道。「而且要是沒有副族長輔佐族長，也會很難辦事。妳看陽星不都是靠褐斑在幫忙組織巡邏隊嗎？」

「等我當上雷族族長，所有巡邏隊都會由我來負責指揮。」小斑點大聲宣布。她挨著她母親的肚子蜷伏下來，下巴擱在捷風的後腿上。「我要找白掌當我的副族長，因為他個性善良又聰明，會提醒虎掌不要每次薊爪教了他什麼新的戰技，就搬出來炫耀。」

小斑點感覺到她母親身子突然繃緊。「薊爪不該教虎掌那麼多戰技，尤其他才當了兩個月的見習生而已。我會找豹足跟她說一下。她是虎掌的母親，不會想看到虎掌還沒通過最後的評鑑就先受傷了。」

「豹足才不在乎呢。是她自己說的。她說虎掌是松星的兒子，所以一定要成為全雷族最厲害的戰士。」小斑點有時候不免好奇虎掌知道了自己的父親離開雷族去當寵物貓，心裡是作何感受？現在的族長是陽星，雖然他從來不准他們在虎掌面前揶揄他的父親，但只要陽星不在附近，他們還是會忍不住。因此小斑點有時會看到那隻暗棕色的虎斑見習生怒瞪著他們，彷彿松星遺棄他全是他們的錯。

小斑點聞著奶香味在她母親腹毛裡鑽動。「虎掌最好給我小心點，我以後一定會成為有史以來最厲害的戰士，根本輪不到他。」

捷風移動了一下位置，好讓自己在地上躺得舒服一點。「小東西，我對於這一點從來不懷疑，」她喵嗚道。「但在妳達成目標之前，必須先學會如何跟妳的玩伴好好相處。」

這時枝葉突然一陣窸窣作響，有貓兒正在穿過金雀花叢隧道。乳汁仍掛在鬍鬚上的小斑點在她母親後背上方探出頭來查看。「狩獵隊回來了！」

她趕緊爬了起來，衝去生鮮獵物堆。戰士們正在那裡排隊，等著把剛捕到的獵物放進獵物堆裡。排在第一位的是褐斑，他因為叼著一隻大松鼠，重量壓得他肩膀繃得很緊。這位副族長看上去很瘦，腰腹劇烈起伏，彷彿他剛剛跑了比其他戰士多兩倍的路程。

「你好厲害，抓到這麼大一隻。」小斑點喵聲道。戰士向她點個頭，同時退後幾步，讓出空間給虎掌的導師薊爪過來放獵物。那是一隻畫眉鳥，柔軟的褐色羽毛在風裡不停顫動。薊爪注意到小斑點正凝神看著羽毛，於是用前爪拔了幾根下來送給她。

「妳想不想把這些羽毛放進妳的臥鋪裡？」他喵聲問道。

小斑點緊張到全身微微刺痛。她不確定自己有沒有資格趕在其他貓兒之前第一個拿到羽毛。薊爪對她眨眨眼睛，鼓勵她收下。「拿去吧，還有很多羽毛可以給長老。」

小斑點伸長脖子用嘴叼過來。羽毛不停搔著鼻子，她皺著臉，忍住想打噴嚏的衝動。

「我可不可以也拿一些羽毛？」白掌跑過來。「斑皮去參加邊界巡邏隊了，而陽星臥鋪上的青苔，我也已經收集好了。」他仰頭看著父親，微微歪著頭。

白掌還住在育兒室的時候，他的母親雪毛就死了。小斑點總覺得薊爪怎麼會這麼年輕就有一個已經在當見習生的兒子。不過他每天都會花時間陪白掌，額外教他一些戰技，還告訴他很多巡邏隊的事。可是小斑點的父親蛇牙卻跟她說她年紀太小，還不適合學這些東西。她覺得這一點也不公平，她已經愈來愈大了。

「當然可以。」薊爪喵嗚說道，同時從畫眉鳥的胸前又拔了一撮毛來，推向白掌。後者把鼻口埋了進去，等他抬起頭來，鼻頭上黏了幾根小羽毛。

「你的戰士名應該叫翅鼻！」小斑點喵聲道，然後又拿了幾根羽毛黏在白掌的耳朵上。「你覺得要飛起來還需要多少羽毛呢？」

白掌用後腿撐起身子，在空中揮動前爪。「可能要再多一點！」他大聲說道。

薊爪又給一團羽毛。小斑點把它們全黏在白掌的面頰上。「再試試看！」她下令道。

這時有黑影緩緩地朝她逼近。「你們在做什麼？」

小斑點趕緊轉身，滿臉愧疚。藍毛正低頭怒目瞪著她，藍色眼睛射出怒火。「你們為什麼要把羽毛弄得亂七八糟的？」

「我們只是在玩。」小斑點解釋道。「我們想看白掌可不可以飛起來。」

藍毛看著白掌，後者正忙不迭地吹掉鼻口上最後幾根小羽毛。「你不是已經長大了？應該懂事了吧？」她斥責道。「羽毛是要拿來鋪長老的臥鋪，不是給你們玩的。」

白掌垂下頭。「對不起，藍毛。」

小斑點突然覺得很憤慨。雖然藍毛是雪毛的姊姊，但這並不代表她可以對白掌頤指氣使。於是她七手八腳地把散落一地的羽毛集中堆起來。「這些羽毛還是可以用啊，」她直言道。「要不要我們送到長老窩裡？」

「不用了，小斑點，那是見習生的工作。」藍毛喵聲道。

「她只是想幫忙。」薊爪打岔。「更何況他們會玩羽毛，其實是我的錯。」

「虧你還是戰士。」藍毛咕噥，氣呼呼地薊爪旁邊刷身而過，將畫眉鳥放進生鮮獵物堆。

捕捉到小斑點目光的薊爪暗地噴了一聲。小斑點忍住笑。

「嘿，薊爪，我一直在練習你教我回踢的那一招！」虎掌從空地對面跑過來，地面傳來砰砰的腳步聲。然後他突然騰空一躍，前腳落地，後腿飛踢。「接招，影族老鼠屎！」他得意洋洋地嘶聲喊道。

「為什麼虎掌那麼愛炫耀啊？」小斑點在白掌耳邊嘀咕，後者無奈聳肩。

藍毛表情驚訝。「這一招很難欸！薊爪，你不應該現在就教他。」

虎掌跳了起來。「為什麼不行？」他反問道。「薊爪說我的體魄跟戰士一樣強壯。」

灰白色公貓用爪子輕拍虎掌的耳朵。「但你要學的東西還很多！你去檢查過長老們身上的蝨子了嗎？」

虎掌齜牙咧嘴。「那是世上最無聊的工作！太不公平了！為什麼白掌可以到林子裡去幫陽星收集青苔？」

薊爪瞇起眼睛。「你的意思是你還沒去長老窩？現在就去，等你做完了，我再帶你出去上課。」

虎掌皺起眉頭，不情不願地轉過身去，跺腳離開，拖著尾巴朝長老窩走去。

藍毛冷哼一聲。「薊爪，你太縱容他了。他現在變得除了戰技課以外，對其他工作都顯得無精打采。」

灰白色公貓與她的目光對視。「藍毛，妳是在教我怎麼訓練自己的見習生嗎？」他的語調挑釁。

藍毛抽動耳朵。「我只是好心提醒你我注意到的現象。」她喵聲道，隨即揚起尾巴。「虎掌想學戰技不是件壞事，但他必須知道，要成為一個優秀的戰士，不是只靠打敗對手而已。」

「他該知道的事，我都有教他。」薊爪嘶聲道。小斑點突然緊張起來，因為她看見這位戰士的前爪滑了出來，戳到地面。要是藍毛再多嘴下去，恐怕就得跟自家族貓打起來了。

藍灰色母貓瞪看薊爪好一會兒，最後轉身大步離去。小斑點這時才發現剛剛自己緊張到大氣都不敢喘，現在好不容易可以吁口氣了。

「薊爪回來了！」一陣雜沓的小腳步聲突然傳來，小貓們衝向薊爪的肩膀，將他撞到一旁。小柳和小霜狠撲他的腰腹，把他壓倒在地。灰白色戰士砰地一聲倒地，塵土跟著揚起。

薊爪那雙深琥珀色的眼睛瞪得斗大，表情驚詫，鼻孔賁張，彷彿正在費力地吸進空氣。「快放開他！」小斑點趕緊喝令她的玩伴們。「你們害他快不能呼吸了。」有一次她從樹墩上跌下來，也有過類似遭遇，所以她知道那種拚命想呼吸到空氣的感覺有多可怕。

小貓們趕緊從薊爪身上下來，驚慌不已。小斑點蹲在戰士的頭顱旁邊，伸出一隻腳掌輕壓他肩膀。「你躺著不要動。」她喵聲道。「慢慢呼吸。」然後回頭瞥看一眼。「白掌，快去找羽鬚來！」

見習生趕緊跑開，衝進巫醫窩所在的蕨葉叢裡。薊爪眨眨眼睛，大口吸氣。「我沒事了。」他聲音沙啞說道，坐了起來，用腳掌搓搓自己的面頰。「你們的攻勢太猛烈了！」

「對不起啦，」小柳瞪大眼睛喵聲道。「我們不是故意弄傷你。」

「沒事，」薊爪回答，但聲音聽起來還是很沙啞。他低頭看著小斑點。「謝謝妳照顧我，」他低聲道。「沒有妳，我還真不知道能不能爬起來。」

小斑點覺得難為情，全身熱燙。「這是我應該做的。」她喵聲道。白掌帶了羽鬚過來。巫醫貓那一身豐厚的銀色毛髮散發著一股藥草味。「怎麼了？」他追問道。

「我們把薊爪弄傷了！很嚴重。」小紅大聲說道。

「我還以為他死了。」小斑條尖聲說道。

「我沒事。」薊爪喵嗚回答。「只是玩的力道過猛了一點。」

羽鬚一臉好笑地揶揄道：「怎麼會有戰士被一群小貓玩到受傷呢？」說完就轉身離開，快步回自己的窩去。

「這些厲害的招數就是他教我們的啊。」小斑點喵聲道。薊爪對她眨眨眼睛，她頓時感受到一股暖意。

「有一天妳一定會成為很厲害的小巫醫貓。」他喵聲道。

「才不要呢。」小斑點告訴他。「我想成為跟你一樣的戰士。」

薊爪垂頭致意。「如果是這樣的話，那麼小斑點，我很榮幸未來可以與妳並肩作戰。」

「我真想快點長大！」小斑點低聲道。

第二章

「小斑點，妳已經六個月大，該是時候接受見習生訓練。」小斑點全身抖得太厲害，差點無法抬起頭來仰望陽星。族長的黃色眼睛溫暖地看著她。「從今天起，一直到妳受封戰士名號之前，妳將改名為斑點掌，鶇皮是妳的導師。」

這時陽星後面說的話全都變得模糊，因為斑點掌眼裡只看到沙灰色公貓走過來站在她旁邊。鶇皮低下頭，鼻口輕輕刷過斑點掌的鼻口。他身上有葉子、獵物和野外森林的味道。

「我們現在就可以去營地外面了嗎？」斑點掌低聲問道。

鶇皮喵嗚回答：「小東西，再等一下。」

四周的族貓們異口同聲地大喊：「紅掌！柳掌！斑點掌！」聲音迴盪在峽谷裡。

斑點掌的同胞手足神情驕傲地站在她旁邊，毛髮閃閃發亮。紅掌的導師是壞脾氣的半尾，柳掌則派給了罌曙，後者年紀雖然有點大，卻是很出色的狩獵者。斑點掌還瞄了一眼在他們前面的其他幾個見習生：霜掌、斑條掌和白掌也都在聲嘶力竭地大喊著他們的新名字。至於虎掌站的位置比較遠，他沒有跟著大家一起喊，反而虎瞪著新的見習生，彷彿當他們是眼中釘似的。

「別理他，」紅掌在斑點掌耳邊低聲說道。「他是擔心我們以後學得比他快，他就沒戲唱了。」

「有更多見習生加入，虎掌應該要很高興才對啊，」柳掌直言道。「因為這樣一來，他和白掌就不用做那麼多雜事了。」

半尾緩步走向他們。「聊夠了吧？！」他下令道。「紅掌，你準備好要去見識一下我們的領地了嗎？」

「那還用說！」紅掌聲音高亢說道，同時跳起來站好，但又突然不好意思了起來，趕緊變得畢恭畢敬：「當然準備好了，半尾，請你帶路。」

暗棕色公貓一臉疑惑地看著他。「本來就是我帶路啊。」

「我們也加入你們好了。」薊爪說道，一臉笑意地用尾巴指指那三個表情亢奮的新見習生。虎掌卻是一臉怒容，但悶不吭氣。柳掌瞪大眼睛地看著斑點掌，後者喵嗚一笑。她才不在乎有誰去呢，她只想去看看山谷外面的世界。

好綠哦！葉子、樹枝、樹幹、蕨葉、草地……都是綠的，再加上好多好多味道！鶇皮試著指出松鼠、老鼠、歐椋鳥和鴿子在味道上的不同差異。雖然斑點掌早就在生鮮獵物堆裡聞過這些動物的味道，可是換到森林和矮木叢的場景下，所有的味道竟又變得新奇和陌生了起來。

虎掌跳到最前面，進行一連串的解說：「這裡是伐木地，兩腳獸會在這裡砍掉樹木。但我不知道為什麼要砍掉。」

斑點掌嗅聞著空氣裡那淡淡的松樹氣味，腳下地面布滿針葉，踩上去很軟，但也微微刺癢，這裡幾乎沒有獵物的蹤跡。她的腿好酸，腳爪也微微刺痛。她不知道領地有這麼大。邊界巡邏隊怎麼有辦法可以那麼快地巡邏一遍呢？

鵝皮停下腳步，重新標示氣味記號。薊爪放慢腳步，走在斑點掌旁邊。「妳還好嗎？」他問道。

「還可以！」斑點掌挺起胸膛。「領地比我想像得大。」

薊爪喵嗚笑了出來。「等妳參加過幾回巡邏隊之後，就不會覺得範圍太大了。妳有看到那裡的籬笆嗎？」

斑點掌隔著樹幹間的縫隙窺看。林子外緣是條狀的暗綠色草地，邊緣有一長排的淺色木樁。「是雷族造的嗎？」

「不是，是兩腳獸。牠們住在籬笆後面的兩腳獸巢穴裡。小心提防寵物貓，他們常越過邊界，不過寵物貓都很胖，沒什麼用，偷不了任何獵物，只是很愛找麻煩。」

斑點掌的頸毛豎了起來，爪子戳進地上針狀的松葉裡。「我會趕走他們！」她咆哮道。「鬼祟的入侵者！他們必須知道這是雷族的領地，不是他們的。」

薊爪輕拍她的耳朵。「妳的觀念很對，優秀的戰士就是要有這種觀念和態度。」

「但也要學會如何狩獵和保護自己。」鶇皮打岔道，同時快步過來找他們。「斑點掌，妳看起來很累，妳想回去了嗎？」

斑點掌抬起頭來。「才不要呢！我現在可以去看轟雷路了嗎？」

她注意到鶇皮和薊爪在她頭頂上方互看了一眼。「我看這位見習生以後恐怕會讓你很難應付。」薊爪斷言道。

鶇皮抖動尾尖。「沒有我應付不了的事，」他喵聲道。「不勞你操心，我們會自己巡完整座領地。我不想耽擱虎掌的訓練課程。」

薊爪垂下頭。「別擔心，虎掌是我見過學習欲望最強的見習生。」

等著看我的學習欲望有多強吧！斑點掌看著這兩隻貓兒回頭往營地走去，心裡這樣想道。**為了成為戰士，我一定會比其他貓兒更努力！**

「鶇皮，你和斑點掌可以跟薊爪和虎掌一起加入蛇牙的狩獵隊。」褐斑對著正在他前面集合的幾隻貓兒點頭示意。「我希望日正當中之前，生鮮獵物堆是滿的。」

斑點掌跳起來。**太好了！**她終於可以向薊爪秀一下她的狩獵蹲姿了！她會把前腿壓低到地面，伸展背部，直到尾巴跟著捲起來。鶇皮這半個月來一再要她反覆練習這個蹲姿，所以她很有信心自己一定什麼獵物都抓得到……哪怕是一頭獾。

她學導師瞇起眼睛，穿過金雀花叢隧道，以免被刺彈到。薊爪尾隨在後。

「我好一陣子沒在狩獵隊裡見到妳。」他們肩並肩地爬上山谷時，他這樣說道。

「鶇皮希望我先把基本技巧練好。」斑點掌微喘地解釋道。

「可是妳的狩獵技巧在妳升格為見習生之前，就已經很不錯啦。」薊爪喵聲道。

這番讚美聽在斑點掌耳裡，全身跟著暖烘烘了起來。這時鶇皮突然對她喊道：「妳要跟緊我，因為我得告訴妳哪些氣味值得追蹤。」

斑點掌看了薊爪一眼，發現他竟翻著白眼。「我倒不認為妳的鼻子有什麼毛病。」毛色灰白相間的公貓低聲說道。

斑點掌忍住笑意，趕緊跑去找跟在蛇牙後面的導師。她聽見走在薊爪旁邊的虎掌腳步聲很大，心想他要是再踏得這麼用力，獵物不用等他們來，就全跑到風族領地去了。

他們穿過陽光下的蕨葉叢，朝河的方向走去，一路上蕨葉不時輕搔斑點掌的後背。蛇牙聞到了味道，那是很濃的河鼠氣味，他追著味道朝巨石壘壘的陽光岩挺進。鶇皮停下來嗅聞空氣。「那邊有鴿子。」他嘶聲說道，同時朝一叢灌木點頭示意，而那叢灌木早已被多若繁星的白色接骨木花給壓到完全折腰了。

斑點掌正要往前移動，卻被鶇皮用尾巴按住肩膀攔下。「我來。」他告訴她，然後鼻子貼近地面，潛行離開。

薊爪緩步走向斑點掌。「我剛看到一隻松鼠爬上那棵樹幹，」他喵聲道，並用鼻口朝松樹示意。「妳想去追嗎？」

斑點掌眨眨眼睛。「我……我沒學過爬樹欸。我只爬過一次，鶇皮說我不是很擅長。」

毛色灰白相間的戰士抽動單隻耳朵。「妳可以的。只要抓緊一點就行了，爪子一定要戳進樹皮，還有不要往下看。去吧，我在這裡看著妳。」

斑點掌回頭張望，鶇皮已經消失在接骨木花叢底下，虎掌正鑽進蕨葉叢裡。薊爪輕輕推她一把。「妳該不會是害怕了吧？」他揶揄道。

「當然不會！」斑點掌先蹲下來，然後跳上最低矮的一根樹枝，重量壓得它晃來盪去。她趕緊趁自己還沒改變主意之前，再爬上另一根樹枝。她上方有個毛絨絨的灰色生物正繞著樹幹轉，她隱約聞到松鼠的氣味。

「就是牠！妳快追到牠了！」薊爪在下方喊道。斑點掌冒險地往下瞥看，恨不得自己剛剛沒爬上來。地面上的戰士看起來變得好小，她四周的森林似乎正在旋轉。她趕緊把戳進樹皮裡的後爪再戳深一點，接著伸長身子想攀到另一根樹枝，但距離她有半個狐狸身長，她只好取道樹幹，想慢慢爬上去。

斑點掌深吸一口氣，蠕動前爪，將爪子戳進樹皮，再靠後臀往上提。她感覺到後腳爪在稀薄的空氣裡騰空掙扎，但還沒來得及戳進樹幹裡，便聽到樹下傳來聲音。

「我的星族老天，妳在上面做什麼？快給我下來！」

斑點掌一時分神扭頭往下看，忘了抓緊，突然覺得前爪沒抓牢，整個身子瞬間下墜，肩膀砰地一聲先撞上低矮的樹枝，樹下蔥綠草地在視線裡倏地放大模糊，然後就眼前一黑了。

等她再睜開眼睛時，看見鶇皮正低頭望著她。「斑點掌，妳還好嗎？」

她試著點頭，但肩膀一陣灼痛，她哀叫一聲。

「妳哪裡痛？」出現在鶇皮旁邊的蛇牙追問道。斑點掌的父親看起來嚇壞了。

薊爪的臉也湊過來。「妳摔得很嚴重！」他喵聲道。

斑點掌費力地坐起來，想吸進更多空氣。森林在她四周天旋地轉，她只能背靠著樹幹，等暈眩的感覺過去。

「虎掌去找羽鬚了。」鶇皮告訴她。「妳不要動！」他把一坨浸過水的青苔塞過來。「這是薊爪從河裡拿過來的。」

斑點掌彎下身子，吮著青苔裡的水。但每次她一動，肩膀就像被閃電打到一樣。她的耳裡有奇怪的轟鳴聲，而且覺得反胃。「我不會有事吧？」她嗚咽道。

「妳不會有事的，」一個輕快的聲音喵聲道，羽鬚那顆柔軟的灰色頭顱從眾多戰士之間伸了出來。「妳從多高的地方跌下來？」

「她正要爬上第三根樹枝，」鶇皮喵聲道，然後怒瞪著薊爪。「她根本不該去爬樹。她才剛學會狩獵的蹲姿。」

「那是你上課的進度太慢了。」薊爪反駁道。「虎掌當上見習生才過四分之一個月，就會爬樹了。」

「現在並不適合比較誰的訓練方法比較好，」羽鬚喵聲道，同時用腳爪沿著斑點掌的腰腹輕壓。「來吧，我們先把這個見習生送回營地。」

於是蛇牙站在她沒受傷的那一側撐住她，幫忙她可以一拐一拐地沿著小徑走。她試著盡量不讓自己哭出來。她才從金雀花叢隧道裡出來，捷風就衝過來看她。「我的星族老天，出了什麼事？斑點掌，妳還好嗎？」

「薊爪要她爬上樹去追松鼠。」蛇牙喵聲道。

「這不是薊爪的錯！」斑點掌抗議道。

「這是場意外，」羽鬚喵聲道。「我們先把妳送進我的窩裡，再來看看怎麼幫妳止痛。」捷風替補蛇牙的位置，斑點掌深吸一口她母親的氣味。她身上每一吋都在痛，就連耳朵和牙齒也一樣。她蹣跚鑽進蕨葉叢，在岩縫旁的草地上啪地一聲躺下來。羽鬚的巫醫導師鵝羽本來在臥鋪上打盹，抬頭睜眼看了一下來者是誰，然後嘴裡咕噥幾句，又躺了回去。

鶇皮把頭探進蕨葉叢裡。「斑點掌，我晚一點再過來看妳。別擔心，其他見習生會先暫代妳的工作，妳專心養傷。」

斑點掌眨眨眼睛。「謝謝你，鶇皮。」她的面頰貼著草地，閉上眼睛。她感覺到捷風在她四周慌張地走動，不時嗅聞她的身體，吐出溫暖的鼻息。羽鬚從窩裡出來，藥草的氣味一路飄送過來。

「把這吃掉。」他催促道，同時把一種又臭又黏的東西往斑點掌的嘴巴塞。不敢睜開眼睛的她一口吞下去，那味道很苦，但不算難吃。「這是紫草，可以幫忙消腫，還有半顆罌粟籽可以幫忙妳睡得好一點。」羽鬚用腳掌輕撫斑點掌的頭。「躺著別動。妳的傷勢不輕，不過很快就會好一點了。」

「她還能上課嗎？」捷風問道。

斑點掌猛地睜開眼睛。**我不能讓這個傷耽誤我上課。**

羽鬚把斑點掌的傷腿喬好位置，讓她躺得更舒服一點。「我們先讓她復元起來。我確信腿沒有斷，但得觀察一下她後續的狀況。」

斑點掌努力對抗那一波波襲來的睡意。**哦，星族啊，求求祢讓我快點好起來！我保證不會再做蠢事了。**

第三章

斑點掌跑在林子裡，旁邊的荊棘不停拍打鼻口，她只能緊繃起身子繼續往前衝。她的前腿像是著了火，但她不能慢下腳步，她怕發生更恐怖的事。這時她突然一個打滑，從蛇岩旁邊衝過去，緊張地低頭看了一眼，想知道那隻狐狸還在不在她腳下。還在！牠還是緊緊巴住她，大嘴緊咬著她的腿，傷口痛到火焰宛若漫上雙肩。斑點掌不太懂她這樣一路拖著狐狸，怎麼還能跑得這麼快，那隻動物的重量似乎不會拖慢她的腳步。但不敢她跑多快，就是擺脫不了那像刺一樣戳進她腿肉裡的尖牙。

「斑點掌？斑點掌，快醒來！妳在做惡夢！」

斑點掌眨眨眼睛，倏地睜開，看見羽鬚正低頭望著她，那張毛色淺白的臉因擔憂而皺成一團。「妳要是再踢來踢去，臥鋪就要被妳踢散了！」他喵聲道，同時整理一下散掉的青苔。

斑點掌試圖坐起來，肩膀卻一陣劇痛，害她哀叫一聲：「噢～」她砰地又躺回去，舔舔身上微微刺痛的毛髮。這時她注意到鵝羽的臥鋪是空的，突然覺得不好意思，不曉得是不是因為她做惡夢，吵到他受不了？

羽鬚伸出單隻腳爪一路按壓她的傷腿，「妳會覺得痛也是理所當然。這次的扭傷很嚴重。從現在起，不准再爬樹去追松鼠。」

「可是我得趕快回去上課！」斑點掌哭求道。「要是鶇皮又有了新的見習生，那我怎麼辦？」

巫醫貓把尾巴擱在她的腰腹。「別慌張，鶇皮會等妳好起來的。妳只在這裡住了三個日出而已。」

「住太久了，」斑點掌煩躁不安。「我都沒有上課！我今天不能開始走路嗎？」

「不行，這麼痛怎麼走。」羽鬚喵聲道。「但如果妳真的很無聊，我可以找點事情給你做。」

「什麼事？」斑點掌狐疑地問道。「我可不想去擠壓什麼死老鼠，取牠的膽汁哦。」

羽鬚喵嗚一笑。「別擔心，這種工作我都是留給特別調皮的見習生來做。妳可以幫我整理藥草。玫瑰尾昨天幫我採集了一些艾菊和金盞花回來，可是她把葉子都混在一起了，我必須分門別類地存放它們。」他把一堆味道很濃的綠色植物推到斑點掌前面。她抽動著鼻子，從臥鋪邊緣探身過去看，仔細研究它們。

「什麼是什麼啊？」

羽鬚伸掌抽了兩株莖葉出來。「看到沒？艾菊是比較小的這一株，質地比較輕軟，葉子是淺綠色的。金盞花的葉子跟它很類似，但比較大，顏色比較深。」

斑點掌點點頭，小心翼翼地靠肚皮蠕動身子，盡量不動到那隻受傷的前腿，繼續擱放在青苔臥鋪裡。

「它們聞起來的味道完全不一樣，」她說道，「這應該是分辨它們的最好方法吧。」

羽鬚點點頭。「沒錯。」他正把酸模的葉子一片片捲起來，再整齊疊放在窩穴靠牆的地方。「妳知道這些藥草的用途嗎？」

斑點掌本來正在解開纏在一起的幾根莖梗，這時候停下動作。「有一次白掌吃太多老鼠，鬧肚子痛，你就給了他艾菊，」她回憶道。「但我從沒見過你使用金盞花。」

「妳見過啊，」羽鬚糾正她。「妳記不記得霜掌有一次被棍子刮到眼睛？」

「那次不是我的錯！」斑點掌脫口而出。「我只是想知道棍子夠不夠長，能不能搆到草鬚，哪曉得霜掌不長眼地撞上它。」

羽鬚哼了一聲。「斑點掌，妳當時是想趁草鬚睡覺時，拿棍子去戳他，在我看來這行為也很不可取哦。不過反正我是用嚼爛的金盞花葉子來消毒霜掌的眼睛，讓他不要發炎。」

「發炎的意思就是傷口的氣味會變得很臭，沒有好起來的意思嗎？」斑點掌追問道。

「沒錯。每年這段時間，我都會消耗掉很多金盞花，因為荊棘會長滿葉子，戰士一不留意就會被刮到。最好是用新鮮的金盞花葉，不過就算是乾的，加點水，還是可以嚼成泥。」

斑點掌對著兩根看起來很像的莖桿苦思了一會兒，最後決定小一點的那根是金盞花，另一根是艾菊。「想到這麼小的一片葉子竟然有這麼大的功效，就覺得好神奇哦。」她喵聲道。「我很好奇那些幫藥草找到功效的貓兒是怎麼辦到的？」

「我們很幸運地有一些貓兒對藥草極具天份，」羽鬚回答道。「再加上星族的導引，幫忙他們把浩瀚的藥草知識儲存下來。我覺得自己也只是略懂皮毛而已。」

「可是你已經弄懂所有藥草的功效了，不是嗎？」

「長在雷族領地裡的藥草，我大概都知道它們的功效，但長在其它領地的藥草，我就不是那麼清楚了。這也是為什麼巫醫貓每個月都要集會一次，分享新的發現，看看我們能不能幫忙別族的病患和傷者。」

「哇～」斑點掌低聲輕呼。「你會不會覺得自己像星族一樣？我意思是你有決定生死的權力。」

羽鬚抽動耳朵。「小東西，我一點都不覺得。我們都有過用盡全力搶救卻救不回貓兒的經驗。」

斑點掌把最後一片葉子彈進艾菊的葉堆裡，然後在臥鋪坐下來。「完成了，還有別的工作嗎？」

巫醫貓環顧狹窄的洞穴。「糊足身上有很多壁虱咬的傷口，我在幫他準備藥泥，妳可以幫忙我把剩下的酸模葉子捲起來。」

「好啊！」斑點掌將身子探出臥鋪，將那幾片發亮的大葉子拉過來。不過要用單腳將它們一片一片捲起來，著實有點難度。還好她想出辦法，先利用下巴來壓緊捲起來的葉子。羽鬚則在窩穴的另一頭嚼爛某種味道濃烈的深綠色葉子。

「巫醫貓必須來者不拒地醫治所有貓兒，是嗎？」斑點掌喵聲道，但聲音像被蒙住，因為她正在用下巴壓緊酸模的葉子。

羽鬚吐出一坨又軟又溼的綠色植物。「這個嘛……戰士守則說我們一定要幫助小貓，不管他來自哪個部族，不過在我認識的巫醫貓裡頭，他們並不會因為生病或受傷的大貓是別的部族，就選擇視而不見。」

「那其它動物呢？」又去拿另一片葉子的斑點掌這樣問道。「你會幫忙救治一隻老鼠或小鳥嗎？」

銀色貓兒喵嗚笑了出來。「妳覺得我應該想辦法讓生鮮獵物堆裡的所有動物都起死回生嗎？我們的戰士們其實都訓練有素，獵殺方法很乾淨俐落，不會凌遲獵物。我們要活下去，就得吃獵物。如果巫醫貓試圖讓生鮮獵物堆裡的獵物起死回生，對部族沒有好處。」

「那狐狸呢？還有獾呢？」

「視我們為獵物的動物，自會照料好自己，無需我們掛心。」羽鬚語氣堅定地說道。「妳捲完葉子了嗎？先去休息吧。」

斑點掌縮回臥鋪，蜷伏下來。臥鋪裡鋪滿畫眉的羽毛，這令她想起當初薊爪因為給了她和白掌一些羽毛玩而惹禍上身的事。她好奇薊爪現在是不是也在擔心她。她可不希望她從樹上跌下來的這件事害他自責。

「哈囉？妳可以見訪客嗎？」一張毛色暗紅的臉從蕨葉叢那裡探了進來。

斑點掌應聲抬頭。「罌曙！當然可以啊，快進來。」

柳掌跟在她導師後面跳進來，身子被叼在嘴裡的一隻體型很大的畫眉鳥幾乎完全擋住。她把牠丟在斑點掌臥鋪旁邊的地上。「我幫妳抓的！」

「哇！謝謝你，柳掌！」斑點掌探身嗅聞生鮮獵物，不料肩膀一碰到臥鋪邊緣，便不由得皺起眉頭。

柳掌一臉擔心。「還在痛嗎？」

斑點掌點點頭。

「妳什麼時候可以回來上課？」柳掌問道。

羽鬚緩步過來，把地上的畫眉鳥推到旁邊。「她還需要再多休息幾天。」

「這麼年輕就摔得這麼重，」罌曙喵聲道。「你覺得她會好起來嗎？」

「不好意思哦，你們是沒看到我在這裡嗎？」斑點掌打斷他們。「羽鬚，我會好起來的，對不對？」

羽鬚正忙著把那隻畫眉推開。「再看看吧。」他頭也沒抬地說道。

斑點掌突然被這幾個字被嚇到。莫非這場愚蠢的意外會害她當不了戰士？**要是我沒去爬樹就好了！**

⚡⚡⚡

又過了兩天，斑點掌不再夢見自己的腿被狐狸咬住，就算在睡夢中翻身，也不會痛醒。由於糊足被壁蝨咬傷的傷口一直好不了，羽鬚只得離開窩穴去摘更多金盞花，於是斑點掌決定趁機測試一下自己能走多遠。這幾天她要方便時，都是在羽鬚窩穴外的小洞裡就地解決，但她這次決定一路走到營地外面。鵝羽早就出去了，走的時候嘴裡還嘀咕著要去長老們那裡讓耳根子清靜點，所以此刻的巫醫窩是空的。

斑點掌咬著牙，一拐一拐地鑽出蕨葉叢，蹣跚穿過空地，一開始她的腳爪一碰到地便感覺抽痛，但多走幾步之後，就比較能忍了，於是她揣摩出了一種比較不痛的走路方式。

「嘿，妳出現了！」紅掌朝她蹦蹦跳跳地過來，尾巴豎得筆直。他舔舔斑點掌的面頰，害她差點重心不穩。

「小心點！」她出聲警告。

捷風本來在戰士窩外面曬太陽，這時跳了起來。「羽鬚有說妳可以出來嗎？」她不安地問道。「他在哪裡？」她環目四顧，尋找巫醫貓。

「他去摘藥草。」斑點掌承認道。「可是妳看，我好得很啊。」她搖搖晃晃地轉了一小圈，一臉得意。

陽星帶著一支隊伍走進空地。「啊，斑點掌，真高興看到妳站起來了。我們都很掛念妳！」

斑點掌喜形於色。就連族長也想要她趕快回去上課！「我覺得好多了，」她喵聲道。「我想我明天就能回去工作。」

「不用那麼急，」陽星喵嗚道。「得先確定妳已經完全康復。」

陽星的其他隊員陸續從金雀花隧道裡出來。虎掌一馬當先地衝進來，在生鮮獵物堆前面煞住腳步。「我快餓死了！」他大喊道。「老實說，要趕走那些寵物貓，還真是累啊！」

「真的假的？！」正在長老窩外面曬太陽的草鬚喵聲道。「像你這麼強健的見習生，會對付不了又老又肥的寵物貓？」

虎掌鼓起胸膛。「他們怕死我了！你應該看看他們逃得有多快！」

這時一個喵嗚帶笑的聲音傳進斑點掌的耳裡。「他被站在籬笆上的寵物貓吼的時候，可就沒那麼英勇了。」

斑點掌轉身看見薊爪站在她旁邊，那雙琥珀色眼睛閃閃發亮。「妳一定是好多了。」他說道。「能再見到妳，真是太開心了。」

「我也很開心能再見到你。」斑點掌喵聲說道，感覺自己的耳尖熱燙了起來。她納悶薊爪為什麼這麼仔細地端詳她？莫非她鼻子上黏著青苔？

「我現在可以吃了嗎？」獵物堆旁的虎掌跳起來問道。「草鬚已經幫他自己和糊足拿了一隻地鼠，雀歌還不想吃東西。可是我已經餓了。」

薊爪點點頭。「那就去吃吧，但別把自己撐太飽，免得正午過後就上不了戰技課。」

「我不會。」虎掌滿嘴松鼠肉地囫圇回答。

薊爪朝斑點掌轉身。「那妳呢？妳是出來吃東西的嗎？」

斑點掌搖搖頭。「我想試試看我的腿。我覺得我已經準備好，可以回來上課了。」

薊爪瞪大眼睛。「哇，妳真的很有決心欸。」

「那是當然的，我可不想讓我的同胞手足趕在我之前就先當上戰士。」毛色灰白相間的戰士歪著頭打量她。「妳想不想去森林散步？當然前提是妳的腿必須沒問題才行。」

「我當然想啊，」斑點掌喵聲道。「但你不打算先吃點東西嗎？」薊爪搖搖頭。「我不餓。來吧，我們現在就去，免得羽鬚待會兒一回來就叫妳回窩裡去。」

他一臉調皮帶笑地帶著斑點掌鑽進金雀花隧道，然後先等她去穢物處方便之後，才陪著她慢慢爬上山谷的邊坡。遇到比較陡的地方，還讓她暫靠著他的肩膀休息。他身上的毛髮被太陽曬得暖烘烘的，靠在他身上的她感覺毛髮下面的肌肉結實平滑。等到爬上山頂時，斑點掌已經差點喘不過氣來……不過這跟她很久沒離開臥鋪沒有太大關係。

他們停在荊棘叢的樹蔭底下，好讓斑點掌喘口氣。薊爪有點擔心她，於是低頭問她：「妳確定妳可以嗎？要是妳回去後，情況變得更糟，羽鬚一定會把我宰了。」

斑點掌眨眨眼睛。「放心，我很好。不會有事的。」她胡亂地舔舔自己的肩膀，想舒緩全身緊張的感覺。「我不想再錯過任何上課的機會，」她承認道。「我擔心要是我在巫醫窩裡待太久，陽星會改派別的見習生給鶇皮。」

「陽星不會那麼做的，」薊爪喵聲道。「當上戰士對妳來說真的很重要嗎？」

斑點掌鑽進荊棘叢，沿著通往蛇岩的小徑繼續走。她猜羽鬚一定是走另一個方向，因為金盞花長在河邊。她不想此刻碰到巫醫貓，她怕他會要求她回營地裡。

「這是我的願望，」她告訴薊爪，「我想成為雷族史上最厲害的戰士，然後當上副族長，再當上族長。」

薊爪喵嗚笑了起來。斑點掌皺起眉頭。她是不是聽起來就像一隻很蠢的小貓？

「有企圖心不是壞事。」薊爪喵聲道。「我們本來就該拿出自己最好的本事來保衛部族。」

他們低頭穿過某株羊齒植物。這時斑點掌注意到尖利的葉子劃過薊爪的耳朵時，他好像痛得身子縮了一下。「你受傷了嗎？」她問道。

薊爪彈彈尾尖。「沒事，」他喵聲道。但斑點掌還是用後腿撐起身子，仔細查看，卻驟然發現他們倆的鼻口靠得很近，充斥著草葉氣味的空氣在他們之間停滯不動，他們的鼻息交織在一起。薊爪的耳朵從底部到耳尖被刮出一道很長的傷口，耳毛上有乾掉的血漬。

「你被抓傷了！」斑點掌倒抽口氣。「是寵物貓幹的嗎？」

「那些疥癬貓怎麼可能傷得了我！」薊爪冷笑道。「我沒事，別管它。」他突然抽開身子，斑點掌差點沒站穩。

「如果你願意的話，我可以幫你的傷口塗一點金盞花。」她提議道。「我有幫忙羽鬚處理過藥草，所以我大概知道它們的用途。」

她以為薊爪會對她刮目相看，卻看見他齜牙咧嘴。「只有弱者才會在戰場上受傷。」他吼道。「只要妳夠強悍、速度夠快，濺血的絕對是對手而不是妳。」

斑點掌眨眨眼睛。「哦，好。」她有點結巴。

薊爪轉過身，朝她走近一步，下巴擱在她的頭上。她聽見他嘆了口氣。「對不起，」他低聲道。「我只是想到我輸掉的那一場仗……這傷疤其實是那時候留下來的。但我保證我絕對不會再被打敗。」

「我知道你不會。」斑點掌喵嗚道。她幾乎不敢呼吸，因為她不希望薊爪移開身子。站在蛇岩旁邊空地上的她覺得全身上下被這位戰士的氣味籠罩，就算肩膀還在痛，也無所謂了。斑點掌從來沒有這麼快樂過。她感覺到心跳得好快，甚至清楚察覺到腳下踩踏到的每片草葉。

她心裡想，**薊爪，我一定要和你一起當戰士，誰都阻止不了我。**

第四章

斑點掌把最後一點蜘蛛絲裹在樹枝上，再整齊地放在藥草堆旁的岩縫裡。「全整理好了！」她大聲說道。「羽鬚，你的倉庫現在整齊多了，別再把它弄亂了。」

銀灰色公貓玩笑地用尾巴彈打她。「也許妳應該留在這裡，讓我的倉庫繼續井然有序下去。」他提議道。「鵝羽會很高興有幫手的！」他朝正在太陽底下打瞌睡的老巫醫貓點頭示意。

斑點掌一臉緊張地看著羽鬚。「你在開玩笑吧？你不是說我的肩膀已經好了，可以回去上課了嗎？」

羽鬚喵嗚笑道。「是啊，妳可以回去上課。只是我很喜歡妳在這裡幫忙，斑點掌。如果妳願意改變主意，不堅持一定要當戰士，那我會覺得很榮幸有妳這位見習生。」

「我才不要呢！」斑點掌喵聲道。她看到巫醫貓眨眨眼睛，趕忙說道。「對不起，我不是故意這麼沒禮貌。但我真的好想成為戰士。」

羽鬚點點頭。「好吧，那就祝妳好運了。不過要是妳在巡邏的路上有看到貓薄荷，別忘了順便幫我摘回來。我們的庫存量不夠了。」

「我會的！」斑點掌快步穿過蕨葉叢，小心不驚擾到鵝羽，然後走進陽光斑駁的空地裡。鶇皮就在戰士窩的外面弓背伸懶腰。斑點掌蹦蹦跳跳地朝他跑過去。「羽鬚說我可以去上課了。」

「這真是好消息！」鶇皮喵聲道。「我們今天要練習狩獵，不會太難，我覺得妳這一陣子先不用出外狩獵或巡邏。」

「我可以的。我肩膀只剩下一點點痛，羽鬚覺得我現在應該可以如常活動了。」

沙灰色戰士抽動耳朵。「我會再觀察的。」

他朝金雀花隧道走去。柳掌和紅掌正合拖著一隻松鼠，從裡頭鑽出來。

「哇！」斑點掌喵聲道。「是你們抓到的嗎？」

「對啊！」柳掌大聲說道。「昨天我還差點抓到一隻鴿子。」

紅掌用尾巴彈彈她的耳朵。「應該說是牠差點把妳抓走。」

斑點掌有點嫉妒。她的傷讓她的訓練進度落後了同胞手足許多。如果鶇皮肯的話，她願意加倍接受訓練。

鶇皮用尾巴示意斑點掌，她趕緊快步跟在後面，穿過隧道，爬上山谷邊坡，一路上小心翼翼地避免過度使用肩膀的力量。他們鑽進蕨葉叢裡。最近剛下過大雨，蕨葉叢裡顯得冰涼潮涇。在悶熱的巫醫窩窩穴裡待了許久的斑點掌，此刻深吸一口氣，享受它的沁涼。

鶇皮停在一處空地，坐了下來，尾巴蜷在後腿上。「我們先練習狩獵的蹲姿、側撲、還有一些安靜的潛行技巧。」

斑點掌將後腿塞在身子底下，平均承受身體的重量。她身子後傾，但肩膀感覺有些不適，但她還是讓前腳輕輕踏在地上。接著她往前一撲，刻意將重心盡量擺在沒受傷的那條腿上。她看見鶇皮瞇起眼睛查看她哪個地方不夠穩當。還好她始終保持平衡，一落地，爪子立刻戳進沙地。她的導師點點頭。斑點掌鬆了口氣。她雖然刻意展現她沒受傷的那一側，但還是覺得肩膀卡卡的，暗地裡哀叫一聲。

「放輕鬆點，」鶇皮低聲道。「妳做得很好。」

斑點掌的最後一招是躡手躡腳穿過空地。她壓低身子，踏在草地上的每一步都沒發出聲響。她從以前就喜歡玩潛行這一招。她或許不是跑得最快或塊頭兒最結實的見習生，但說到潛行追蹤技巧，誰都比不上她。

「我們來看看有沒有什麼好抓的獵物。」鶇皮喵聲道。「妳的狩獵技巧顯然還沒生疏。」他站起來，讓斑點掌帶路。她朝伐木地走去，因為她知道那兒沒有矮木叢纏生，比較容易狩獵。她可不打算再為了追松鼠而爬到樹上去。

松樹林一片靜肅，雨後的松樹氣味尤其濃烈。斑點掌和鶇皮緩步穿過鋪滿針葉的林地，直到可以從林間縫隙看見兩腳獸的紅色巢穴為止。斑點掌隱約聞到某種溫熱又毛絨絨的味道……可能是兔子或田鼠……於是她把鼻子壓低，在地面尋找蹤跡。

林子邊緣長了一整排葉面光滑的灌木，那個味道消失在灌木叢裡。斑點掌從底下鑽進去，四處搜找，但沒有任何蹤影。突然她聽見一個聲音，愣在原地。

「你在這裡做什麼？這裡是雷族的領地！」那是薊爪的聲音，可是他在跟誰說話？斑點掌隔著枝葉往外窺看，只看得到兩腳獸籬笆旁邊大片的亮綠色草地。

這時藍毛說話了。「薊爪，他只是隻小貓，沒有威脅性。」她的聲音帶著一絲急迫。斑點掌朝灌木邊緣爬過去，肚皮貼地，悄悄地走在地上的沙土和葉屑上。一隻很小的黑貓就站在幾乎與他鼻口等高的草叢裡，面對著虎掌和薊爪。藍毛站在薊爪後面，身上毛髮全豎了起來。

「藍毛，入侵者就是入侵者！」薊爪吼道。「妳就是對他們太心軟。」他看著虎掌，後者已經跳起來站好。「這事就讓我的見習生來處理，妳覺得怎麼樣？虎掌？我們應該怎麼處理他呢？」

虎掌兩眼發亮。「我覺得應該給寵物貓一點教訓……一個永遠忘不了的教訓。」

斑點掌頓時反胃，覺得情況不妙。

「先別衝動，沒有必要……」藍毛懇求道，同時衝了上去。

薊爪霍地轉身面對她。「妳閉嘴！」

虎掌迅速衝向小貓。小黑貓趕緊逃跑，但砰地一聲跌在地上。斑點掌皺起眉頭。他應該趕快爬起來逃走。

「你給我起來！」虎掌吼道。

小貓在沙地上蹣跚爬了起來，但都還沒站好，虎掌便撲上去壓制他，利爪狠狠劃過小貓的鼻口，猛刮他的腰腹。小貓發亮的黑色毛髮立刻現出血痕。

「虎掌，使出你的尖牙！」薊爪催促道。

見習生當場張嘴狠咬小貓的肩膀。小貓淒厲慘叫，拚命想要脫身。斑點掌撐起後腿，準備跳出去救無助的小貓。寵物貓不該受到這種對待！

但她還沒展開行動，一個藍灰色的身影就衝過草地。藍毛擋住虎掌的繼續施暴。「住手，虎掌！」她大吼。「夠了！別忘了戰士不需要靠殺戮來贏得勝仗。」

虎掌瞇起眼睛。小貓的鮮血從他的利牙滴了下來，在沙地上積成一灘血。「我只是在捍衛我們的領地。」

「你已經辦到了，」藍毛冷靜說道。「這隻小貓已經學到教訓了。」

在她後方的小貓好不容易站起來，神色驚恐地看著虎掌。

虎掌瞪了回去。「保證你一輩子都記得我！」他又上前一步，小貓驚叫一聲，趕緊逃跑，一拐一拐地跑進草叢裡，消失在附近的籬笆底下。

藍毛背脊上的毛豎得筆直。「要是我再看到你再這樣做，我一定向陽星舉報。」

薊爪露出尖牙。「我們只是在保衛雷族，驅趕入侵者。」

「那個入侵者只是一隻小貓！」藍毛直言道。

「那是他自己的問題。」薊爪喵聲道。他用尾巴示意虎掌，然後就昂首闊步地走進松樹林裡，身影被斑駁的樹影吞沒，只剩下毛髮憤怒賁張的藍毛待在原地。

斑點掌深吸一口氣，退出灌木叢。她被虎掌的暴行嚇得全身發抖。要是藍毛沒及時阻止他，他會殺了那隻小貓嗎？斑點掌想到薊爪耳朵上的那個傷口，好奇是誰弄傷的？是在模擬格鬥時，虎掌趁他不注意，弄傷他的嗎？所以薊爪一提到它就會那麼氣憤難平？

她快步穿過筆直的松樹林，迷失在自己紊亂的思緒裡。

「斑點掌，是妳嗎？」鶇皮的頭從一棵樹的後面伸出來。「妳剛去哪兒了？」

「哦，我……呃……我追蹤氣味，一路追到那裡，」斑點掌語焉含糊地用尾巴指了指。

鶇皮哼了一聲。「好吧，我不想一無所獲地回營地去。我們去附近的蛇岩看看吧。」

他轉過身，快步沿著一條可深入荊棘叢的小路走。斑點掌放慢腳步跟在後面，那隻受驚的小寵物貓的尖叫聲仍迴盪在她耳裡。最後她隨意抓了一隻年紀很大、快跑不動的老鼠，鶇皮則撲上一隻歐椋鳥，那隻鳥當時正忙著跟一條爬出洞的蟲纏鬥。他們各自帶了獵物回營地去。獵物的重量不輕，叼著獵物的斑點掌盡量不讓自己走得一拐一拐的。但她肩膀上的疼痛已經蔓延到她全身。

「不過沒追到什麼。」

鶇皮一定也注意到了，因為他說要幫她叼獵物，還找了一個地方讓她休息一下。斑點掌後來拖了半隻麻雀，走到育兒室灌木叢的樹蔭底下，打算好好享用。這裡的荊棘過度生長到有點雜亂，那是因為育兒室現在是空的，得等到有貓后需要入住時，絨皮和捷風才會修剪枝葉，編織整齊，讓它可以遮陽和擋雨。

「我可以加入妳嗎？」

一具黑影落在斑點掌身上，她抬頭望見薊爪嘴裡叼著一隻小田鼠。

「當然可以！」斑點掌在柔軟的草地上移動了一下位置，挪出空間給他。

他們靜靜地吃了一會兒。斑點掌喜歡讓他的腰腹靠著她，不過她還是擺脫不了虎掌攻擊小寵物貓的那個畫面，但另一方面她也難忘薊爪給過她的鼓勵話語。

「我……我有看見今天發生的事，」她開口道。「就是寵物貓和虎掌的那件事。」

薊爪一臉訝色地看著她。「真的假的？我怎麼沒看到妳？」

「我當時在追蹤獵物。」斑點掌覺得毛髮下的自己正在發燙。「虎掌有點太殘忍了，對吧？我意思是……那只是一隻小貓。」

薊爪瞇起眼睛。「所以就應該容許各種不同的入侵者嗎？我們應該歡迎小貓進入領地，等他們六個月大、十二個月大、或者再大一點，再改變主意驅趕他們嗎？」

斑點掌抽動尾尖。「是不應該。但是藍毛很不高興虎掌的舉動。」她話一說出口就後悔了。薊爪貼平耳朵，頸毛全豎了起來。

「我的見習生不是由藍毛在負責訓練。」他吼道。

「我只是覺得藍毛沒有錯，她阻止了虎掌。小貓都要逃走了，他還想要修理他。」斑點掌試圖吞下那坨卡在喉嚨裡的麻雀肉。「虎掌向來都很兇，我……我想他是想向我們證明他跟他父親不一樣，絕對不會離開雷族，去當寵物貓。」

在她上方的薊爪賁張著鼻孔，琥珀色眼睛射出怒火。「想成為部族裡最英勇、最強悍、最厲害的戰士有錯嗎？妳認為我們都應該像巫醫貓一樣，一天到晚繞著藥草和羽毛轉，深怕一不小心就被老鼠咬一口？」

「我當然不是這意思，我……」

「虎掌是我所見過的見習生裡頭最有膽識的一個！斑點掌，我對妳很失望。我以為妳也很有企圖心。是鶇皮把妳訓練成一個『好好』戰士嗎？只要會抓老鼠和更新氣味記號就行了？」他語帶挑釁。斑點掌跳了起來。

「不准你這麼說！鶇皮是個好導師！我認為虎掌今天越線了。我很高興藍毛及時阻止。我當然有企圖心！我只是覺得有其他對象更需要我們小心去提防，而不是那隻無助的小貓。」

斑點掌火大地跳開，轉頭跑過空地，穿過金雀花叢隧道，根本不在乎它的刺正刮著她的毛髮。她朝山谷邊坡衝上去，也不知道自己要去哪裡。她只想逃離薊爪的鄙視和失望。

她盲目地撞進冰冷的蕨葉叢裡，從一支巡邏隊旁邊衝過去，隊員們瞠目結舌地看著她跑過去。她一直跑一直跑，跑到鼻口發熱，和風拂上她的耳朵，才環目四顧，發現自己竟然一路跑到了林子邊緣，陽光岩已經赫然在目，下方的潺潺河水聲迴盪在紮實的灰色岩壁上。斑點掌爬到她平常最喜歡曬太陽的那塊地方。那兒離岩頂還有一半距離，她可以從那裡清楚看見上游高地的風族領地。她坐了下來，想淨空自己的腦袋。

「好吧，我是個松鼠腦的笨蛋，不值得有妳為伴，」這時一個低沉的聲音在她身後響起。「但妳沒吃完麻雀，我擔心妳肚子餓，所以我先把牠放在這裡。我答應妳我會離開，不會吵妳。」

斑點掌轉頭看見薊爪就蹲在那塊平坦岩石的邊緣處，那隻被她吃了一半的麻雀就擱在他腳下。他的耳朵像被責罵過的小貓一樣滑稽地平貼腦後，兩隻眼睛睜得斗大，抬頭望著她，又隨即低下頭去。

「我不怪妳討厭我，」他小聲說道。「不管虎掌未來的成就是什麼，妳都會超越他，所以我怎麼可能對妳感到失望。」

斑點掌忍不住喵嗚笑了出來。「薊爪，我不討厭你。你過來，你站在那裡好像隨時會掉下去。」她用尾巴示意，於是他朝她爬過來，腹毛刷過被曬暖的岩面。

「對不起，」他喵聲道。「我對妳的態度實在太惡劣了，以後不會再這樣了。」

斑點掌用前爪輕觸他的肩膀。「我也有不對，我不該質疑你。我知道你想把虎掌調教成最英勇和最忠誠的戰士，這是雷族求之不得的事。我根本沒資格批評他。」

淺灰色戰士對著她眨眨眼睛，表情熱切。「妳有，斑點掌！妳不知道我有多重視妳的想法嗎？我想知道妳對每件事情的看法！不只虎掌，還包括陽星、褐斑、星族、生鮮獵物堆，還有長老們是不是應該自己抓壁蝨……」

他斜眼覷她，斑點掌噗嗤笑了出來。「你愈說愈離譜了！不過……謝謝你。知道你這麼在乎我……對我來說意義重大。」

薊爪朝她挨過去，面頰與她貼近。「斑點掌，我無時無刻不在想妳，無論我在哪裡……臥鋪、林子、巡邏邊界……妳一直都在我心裡。」

斑點掌簡直無法呼吸。她心跳得好厲害，她想薊爪一定有聽到她的心跳聲。這不像是戰士在跟見習生討論她的雄心抱負。這完全不一樣。感覺薊爪好像把她當成一個平起平坐的戰士在對談。連她也覺得自己變得很不一樣。**我戀愛了嗎？**

「那妳呢？」薊爪輕聲催促她。「妳也常想到我嗎？」

斑點掌點點頭。「會，」她低聲道。「但你是戰士，我只是見習生……」

「妳不會一輩子當見習生！我看過妳上課，我知道妳一定能毫不費力地通過評鑑。」薊爪直起身子。「現在就先想到未來，有什麼關係呢？我是說我們的未來。」

「真的嗎？」斑點掌覺得她心臟快跳出來了。**我一定是在做夢！**

「當然是真的，」薊爪一本正經地點點頭。「妳看看妳的四周。妳相信星族，不是嗎？我們的四周有各種預兆在告訴我們，我們注定是一對。」

斑點掌瞪著他看。「你……你確定？」

薊爪用尾巴去指。「妳看天邊那兩朵並排的雲，還有從林子上方飛過去的烏鴉……妳看有幾隻？沒錯，兩隻！河邊那裡……有沒有看見有兩塊深色石頭？所以斑點掌，我們注定要成雙配對。這是星族說的。」他看了她一眼，眼裡閃著淘氣。

斑點掌用腳掌輕輕打他。「別耍嘴皮子！預兆是很嚴肅的事。我不認為羽鬚會這樣解讀。」

「啊！羽鬚！我們的萬能巫醫！」薊爪語調尖銳地說。「我們絕對不能駁斥他的說法，對吧？」

「你這話什麼意思？我認為羽鬚很了不起啊，他把一生都奉獻給部族。他懂這麼多，卻一點也不驕傲。我無法想像有誰比他更稱職！」

薊爪突然惱怒。「聽起來好像妳喜歡他甚過於喜歡我！如果他在妳心目中這麼重要，妳為什麼不乾脆在巫醫窩裡多待幾個月？」

「別這麼鼠腦袋了！」斑點掌強逼自己讓毛髮服貼下來，然後把尾巴擱在薊爪的腰腹上。「我想跟你在一起。」

薊爪那雙熾熱的琥珀色眼睛深情望著她。「證明給我看。」他低語道。

斑點掌眨眨眼睛。「什麼意思？」

「我要妳證明我對妳來說有多重要。今晚跟我一起出去。」

「去哪裡？我們會越過邊界嗎？」

薊爪抽動尾巴。「到時妳就知道。妳先像平常一樣回臥鋪去，我會去接妳。不要告訴其他貓兒妳要跟我出去。妳可以信任我嗎？」

「我當然信任你。」斑點掌喵聲道。

「那妳就沒什麼好怕的。」戰士跳下岩石，鑽進蕨葉叢，消失其中，只留下微微顫動的蕨葉，不知去向。

斑點掌用後臀坐下來。看在星族老天的份上，薊爪到底要帶她上哪兒去呢？

第五章

太陽西下的速度慢到前所未見。焦躁不耐的斑點掌看著天邊那顆橘色的圓盤逐漸沉到林子下方。現在就回臥鋪，會不會很怪？其他見習生都在玩某種規則有點複雜的追逐遊戲。長老們正在窩外享受夕陽的餘溫，而那些見習生的遊戲規則似乎是先繞樹墩跑上兩圈，再從其中一位長老身上一躍而過。

「不要再從我身上跳過去了，妳這隻臭小貓！」雀歌放聲大罵，並趁柳掌躍過她後臀時，伸出前腿敲她。

「別再煩我們了。」糊足吼道。

柳掌得意洋洋地大吼一聲，在樹墩旁邊打滑煞住，然後跳上去。「我贏了！」

斑點掌快步走向長老們。她很同情他們，她的玩伴們玩瘋了，吵得長老們不得安寧。「別擔心，他們很快就會回臥鋪了。」她喵聲道，然後舔舔糊足肩上一處凌亂的毛髮。無奈對方身上有股霉味，她只能盡量不皺起鼻子。

她抬起頭來，意外發現鵝羽正用那雙黏糊糊的藍色眼睛盯著她看。「妳過來一點。」他沙啞說道。斑點掌朝他靠近，老貓瞇眼看她。「我知道妳是誰，」他嘴裡咕噥道。「妳就是那隻愛得很愚蠢的貓。」

斑點掌眨眨眼睛。「這話什麼意思？」

鵝羽轉身背對她，蠕動身子，在地面喬出一個舒服的躺姿。「斑點掌，妳的心是盲目的。」他喃喃說道，聲音小到她幾乎聽不見。「這是一個妳永遠學不會的教訓。」

「你在說什麼？是什麼教訓？」斑點掌尖聲問道，心跟著慌了起來。

但鵝羽已經發出輕微的鼾聲。斑點掌很想戳醒他，只能強忍住衝動。

「小東西，別理他。」糊足沙啞說道。「大半時候，他都不知道自己在說什麼。從幾個月前，大夥兒就不太理會他那些胡言亂語了。」

斑點掌抽動耳朵。鵝羽終究是隻巫醫貓。他懂的事情是一般貓兒無法想像的。難道星族有跟他提過她的事？

這時頸後有溫熱的鼻息呼了過來，她嚇得跳起來。「妳看起來很睏了，」一個熟悉的聲音正對著她低語。「妳不覺得應該回臥鋪睡覺了嗎？」

斑點掌抬眼望進薊爪那雙溫柔的琥珀色眼眸裡。「我正要回去。」她低聲道。

「我等一下就去找妳。」他低聲回應她。

斑點掌緩步走向見習生窩，本來以為路上一定會有貓兒問她為什麼這麼早就回臥鋪。但大家似乎都沒有注意到她正穿過枝葉叢，鑽進陰暗靜謐的窩穴裡。她蜷伏在臥鋪上，將鼻子埋進尾巴底下。她的心跳得好快，一絲睡意也沒有，但她還是閉上了眼睛，強迫自己放緩呼吸，淨空思緒，任它充斥各種色彩，有綠有黑、有輕軟的淺灰色……

〃〃〃

突然傳來尖銳的斷裂聲，好像有什麼東西踩到小樹枝。斑點掌環目四顧，頓時驚恐，她發現自己不知道身在何處。四周都是巨大的樹幹，樹冠全都隱沒在迷霧裡。這裡的夜色幽黑，星星被樹枝擋住，樹幹上和半死不活的羊齒植物底下蔓生著一層菌類，發出某種奇異灰濛的光。空氣裡瀰漫著潮溼的泥土味和腐木的氣味。

這時傳來腳步疾走聲。薊爪從矮木叢裡跳出來，破霧而出。「妳終於來了！」

斑點掌眨眨眼睛，總算鬆了口氣。她趕緊挨過去，想吸入他的氣味，但不知怎麼搞的，他竟然一點味道也沒有。泥土和腐木的臭味太濃了。「我在做夢嗎？」她低聲問道。

「哦，不是做夢。」薊爪喵聲道。他雙眼發亮，全身繃緊到幾乎可以聽到毛髮劈啪作響。「這是真實的，妳跟我來！」

他旋身一轉，沿著林間一條窄徑往前跑，斑點掌追在後面，深怕在溼滑冰冷的泥巴路上跌倒。她的爪墊踩到溼溼黏黏的東西，她不曉得自己有沒有時間停下來把它舔掉。薊爪一直往前疾奔，她只能猛蹬後腿，努力追上。兩旁的樹木陰森聳現，幽暗又帶點恐怖，似乎有看不見的眼睛正盯著斑點掌看。這裡是哪裡？她知道這不是雷族的領地。難道他們越過邊界，進入影族的領地？

斑點掌的腳被樹根絆倒，膝蓋跌在地上。「救命啊！」她倒抽口氣。

薊爪立刻來到她身邊，推她起來。

「我好害怕！」斑點掌自承道。「這裡好暗，一點聲音也沒有。」

「我保證妳跟我在一起很安全。」薊爪把鼻口放在她頭上，說完又開始往前跑。「來吧，有隻貓我想介紹給妳認識。」

就在正前方，斑點掌看見蕨葉叢一陣抖動，一隻毛色黃褐白相間的母貓踏上小徑，身上毛髮豐厚，但很是蓬亂，彷彿有好幾個月不曾梳理，寬大的鼻口有傷疤十字交錯。她步伐僵硬，身上好像帶著舊傷，但那雙琥珀色眼睛卻像是兩團燃燒的火焰。

「她來這裡做什麼？」母貓發出低吼，怒瞪著斑點掌。

「她是斑點掌，」薊爪喵聲道。「她跟我在一起。斑點掌，這位是楓影。」

斑點掌瞪著母貓，說不出話來。她害怕到整個身子都在發抖，腳爪似乎被凍結在地上。**她只是一隻貓！**她告訴自己。

「她不太愛說話，是嗎？」毛髮蓬亂的貓兒吼道。「很好，」她轉過身去，沿著小徑大步前進。「走吧，你們已經遲到了。」

薊爪快步跟在後面，抬高尾巴，豎直耳朵。斑點掌的腳終於能動了，蹣跚追在後面。要是這裡是影族，他們來這裡做什麼？她的肚子開始翻攪，莫非薊爪是叛徒？

前面這兩隻貓兒這時突然止步，斑點掌差點撞上他們。原來他們來到了一處野草叢生的空地，空地被一棵樹皮剝落、泰半腐朽的樹幹分成了兩半。楓影跳上樹幹頂端，姿態還算優雅，不若斑點掌想像中的笨拙。

「好，誰先開打？」她大聲吼道，聲音迴盪林間。「來吧，你們這群狐狸心腸的膽小鬼。」

令斑點掌驚駭的是，竟然有貓兒陸續從蕨葉叢裡鑽出來，大概五、六隻吧，毛色和體型各異。她嗅聞空氣，試圖從氣味裡分辨他們的身份，但只聞到腐朽的木頭和潮溼的樹葉。

楓影朝薊爪扭頭。「你先，」她下令道。「犬躍，你也上。」

一隻骨瘦如柴的黑貓鑽進空地中央。斑點掌甚至看得到他的肋骨。看得她真想先去抓點獵物給他吃。但是她嗅聞不到獵物的氣味。

薊爪跳上前去，準備迎戰黑貓。「楓影，妳想見識一下什麼特別的招式嗎？」他喊道。

母貓露出尖牙。「只要管用的都行。」她嘶聲道。「其他都不重要。」

薊爪垂頭。「沒問題。」

斑點掌驚詫地眨眨眼睛。薊爪的態度活像是個謙遜的見習生！她觀察得愈久，就愈發覺得他們一定是在影族領地裡。就參賽者來說，犬躍看起來很像風族貓，因為他骨架很細，一臉躍躍欲試。坐在樹幹旁的那隻淺棕色虎斑貓，八成是來自河族，這是從她那一身光滑的毛髮和圓潤的肚皮判斷出來的。這些貓兒顯然都是戰士，但他們到底是在哪裡舉辦集會？這裡絕對不是四喬木！

楓影一聲大吼，薊爪撲上黑貓，犬躍砰地一聲被壓倒在地，但他嘶聲一吼，扭身掙脫，跳上薊爪的背。斑點掌驚恐地看著黑貓露出尖牙，銀色利爪戳進薊爪的毛皮裡。「小心！」她大喊。這應該只是模擬賽吧？他們之間看起來沒有什麼深仇大恨啊！

薊爪似乎沒聽見她的喊叫聲。他弓起厚實的肩膀，將犬躍甩到草地上。隨即咧嘴齜牙地狠咬黑貓的脖子，斑點掌皺起眉頭，不忍卒睹。犬躍的後腿不停踢打薊爪的肚子，撕扯牠的毛髮。薊爪痛到縮起身子，犬躍趁機伸出前爪，狠抓雷族戰士的眼睛。薊爪一把將他推開，對手被他摔到地上，不停翻滾，直到撞上地上的樹幹才止住。

「不要再打了！」斑點掌哭喊，但樹幹上的楓影亢奮地來回踱步，尾毛賁張。

「幹得好！」她尖聲嘶叫。「一定要狠！我要這座森林血流成河！犬躍，你真是丟臉，以前你在風族沒這樣格鬥過嗎？」

黑貓蹣跚爬了起來，虎瞪著薊爪，沾了血的腰腹劇烈起伏。斑點掌瞪著他看。按楓影的說法，如果犬躍以前是在風族，那是不是表示他們現在是在別的地方……一個風族貓也可以在的地方？像是……

「我在星族嗎？」斑點掌倒抽口氣。「那……我是怎麼來的？難道我死了？」

「妳當然沒死。」一隻站在她旁邊、毛色黑白相間的公貓咕噥說道。他朝斑點掌轉過頭來，卻嚇得她立刻往後彈，原來對方有半張臉皮開肉綻地全是疤，原本是眼睛的地方只剩下紅色的皮。

「那我為什麼會來這裡？」斑點掌低聲問他。

黑白相間的公貓聳聳肩：「楓影有時候會把貓兒帶來這裡訓練。不過她找妳來顯然錯了。」一說完就發出一種可怕的刺耳聲響，斑點掌這才發現他是在大笑，而且笑到全身發抖。

「我……我沒想過星族竟然是這個樣子。」斑點掌失望地說道。可是那隻黑白色公貓已經又回頭去看薊爪和犬躍的扭打，沒聽到她在說什麼。

空地上的薊爪已經把犬躍壓制在地，兩隻前爪猛搥對方。斑點掌驚慌失措，因為黑貓竟然沒有反抗，只是癱在地上，鮮血從嘴角汩汩流出。

「夠了！」楓影下令道。「薊爪，你下一個對手是急齒。」河族虎斑貓站了起來，垂頭致意。犬躍拖著受傷的身軀回到離斑點掌不遠的空地邊陲。**他需要紫草、金盞花和蜘蛛絲**，她心裡暗自盤算。她等不及問薊爪自己可不可以先行告退，就自動轉身，衝進蕨葉叢裡，張嘴嗅聞藥草的氣味。

什麼都沒有。就連一片酸模葉也沒有。斑點掌打量四周，在林間跑了好大一圈，尋找河流的蹤跡，因為那裡或許會有傍水而生的植物，再不然沙地也可以，至少會有陽光。但這座森林千篇一律地只有半死不活的蕨葉叢、地上蔓生的野草、還有詭異發光的菌類。斑點掌跑回空地，希望至少拿片蕨葉來幫他止血。

犬躍用肩膀撐住身子，舔著腰腹上的爪痕。空地上的薊爪正在和急齒扭打，這次兩隻貓兒的體型和重量都不相上下。斑點掌不放心地瞥了薊爪一眼，確定他沒有流太多血，才快步跑到黑貓那裡。

「真對不起，」她脫口而出。「我剛去找藥草，可是都找不到。我以為星族這裡會有各種植物。」

犬躍一臉奇怪地看著她。「星族？這裡是無星之地！」

斑點掌砰地一聲跌坐地上。「什麼？可……可是……薊爪來這裡做什麼？」

「為了成為更厲害的戰士。」突然跑過來的薊爪，接口說道。鮮血從他肩膀上的傷口滴下來，其中一隻耳朵的尾尖被撕破，但他仍挺起胸膛，眼裡閃著勝利的光芒。在他身後的急齒躺在樹幹底下，楓影正在數落他有多丟臉。

斑點掌瞪看著她的同族夥伴。「你竟然帶我來黑暗森林！」她低聲道，「只有邪惡到不配去星族的貓，才會被送到這裡來。你為什麼要來這裡受訓？」

薊爪彈彈自己的其中一隻耳朵，噴了一滴血在斑點掌的鼻口上。「貓兒們只因為這裡的規矩不一樣，就認定它是邪惡的。」他喵聲道。「妳今晚有看到什麼邪惡的事嗎？只有膽識、戰技和實力……這比妳跟鶇皮上過的任何課程都來得紮實。」

「沒有貓兒會格鬥得這麼激烈，除非他們想致對方於死地。」斑點掌反駁道，心裡開始跟著慌亂。「這完全有違戰士守則，所以對我來說，它是邪惡的。」

說完她便轉身循著小徑跑開，在泥濘的樹根之間跌跌撞撞，不時打滑。她不知道自己要跑去哪裡，只知道必須離開那個可怕的空地和那些染血的貓兒。她愈跑愈快，直到四周的樹影變得模糊，黑影升起，將她往潮溼、惡臭的地表拖下去……

第六章

「嘔～～斑點掌妳好臭哦！」

「斑點掌，快醒來！」有腳爪在戳她。「妳去了哪裡啊？全身都是泥巴，聞起來像泡過沼澤一樣。」

斑點掌嚇了一跳，倏地睜開眼睛，腦海裡仍殘留著黑暗森林裡的記憶。她有點害怕自己只是做夢回到臥鋪，但其實仍陷在那個可怕的地方。

這時紅掌的臉出現在她頭頂上方，她才鬆了口氣。「妳昨晚有出去嗎？妳最好趕在鶇皮看到之前，把身上清乾淨。」

斑點掌坐了起來。她臥鋪裡的青苔都被壓碎了，腹毛纏在一起，全身惡臭。

柳掌皺起鼻子。「妳是掉進狐狸屎裡面嗎？妳在舔自己的時候也要小心，別舔到生病了。」

斑點掌站起來，伸個懶腰，覺得全身肌肉都在痛，活像昨晚根本沒睡過一樣。她真的整夜都在黑暗森林裡奔跑嗎？薊爪的傷口就是在那裡弄傷的嗎？她從同窩手足中間擠出去，想到森林裡找個安靜的地方把自己弄乾淨，然後設法忘卻她曾看到的一切。

「原來妳在這裡！」鶇皮朝正從窩裡鑽出來，要進空地的斑點掌喊道。「來吧，陽星要我們去四喬木那裡巡查邊界。黎明巡邏隊在那裡聞到一些陌生的氣味，我們得去確定一下那裡有沒有不請自來的訪客。」但斑點掌一靠近他，沙灰色戰士立刻彈開來。「我的星族老天，妳幹了什麼好事？渾身那麼臭！」

「我正要去洗乾淨。」斑點掌喵聲道。

「好！但我沒有時間等妳了，我跟蛇牙先去。正午過後，再跟妳碰面上課。」斑點掌鬆了口氣，還好鶇皮沒追問她跑去哪裡弄得那麼髒。鶇皮說完隨即朝蛇牙跑過去，兩名戰士消失在金雀花隧道裡。

後來才跟去的斑點掌走得很慢，山谷的上坡路段石頭很多，不時扎到她的腳掌。她昨晚到底跑了多遠？為什麼這麼痠痛和疲累，活像她在雷族領地已經跑了三圈似的。她一爬上山頂，就聽見巡邏隊經過的聲響，連忙低頭躲進蕨葉叢底下，讓他們先過。這群貓兒帶了大批獵物回來，斑點掌的肚子咕嚕咕嚕地叫，提醒她該吃東西了。走在隊伍裡的最後一隻貓是薊爪。斑點掌屏住呼吸，深怕被他看見。

太遲了。毛色灰白相間的戰士停下腳步，嗅了嗅，放下嘴裡的獵物……一隻小松鼠，然後朝斑點掌所在的蕨葉叢走過來。「嘿，」他低聲道，「我知道妳在這裡。」

斑點掌伸出頭。「我正要去把自己清乾淨。」她喵聲道。「我身上都是泥巴。」

薊爪點頭。「妳得學會下次回來之前，先把自己清乾淨。」他回頭張望。「鶇皮呢？」

「跟蛇牙巡邏去了。」斑點掌跟平常一樣，只要一靠近薊爪就心跳得很快。但她仍忘不了昨晚看到的畫面。他為什麼要跟那些邪惡的貓學習戰技呢？

「所以只有妳一個？」薊爪喵聲道。「太好了，這代表妳可以來上我的課！」戰士兩眼發亮，斑點掌心裡所有疑惑忽焉消失。**我信任他，不是嗎？**

薊爪走回他擱下松鼠的地方。「我答應帶虎掌和白掌出去一起訓練，斑皮吃了長蛆的老鼠，在鬧肚子痛，」他嘶聲道。「實在有夠笨的。」

「我……呃……好吧，我跟你們去。」斑點掌覺得頭昏腦脹。也許專心受訓會讓她頭腦清楚一點。

薊爪叼回自己的獵物，步下坡地，回營地去找虎掌和白掌。斑點掌仍待在沾滿露水的蕨葉叢裡，利用蕨葉來擦洗身體兩側，然後在草地上刮掉腳底的泥巴。哪怕身體還沒完全清乾淨，但至少聞起來有綠葉和森林的氣味，不再是霉味和溼腐味。

等她爬到山頂，找到薊爪和他的見習生時，虎掌臉色很難看。「她來做什麼？她才剛當上見習生。」

「跟不同夥伴一起受訓對你只有好處，沒有壞處。」薊爪喵聲道。「你們快去沙坑吧！最後一個跑到沙坑的，要負責抓柳鬚身上的壁蝨哦。」

斑點掌跟著虎掌和白掌一起往前衝，他們相偕奔下窄徑，他們的腰腹不時碰撞到她。虎掌一馬當先，靠他的長腿和厚實的肩膀占盡上風，斑點掌和白掌並肩齊驅地朝金色沙地前奔。但這時斑點掌突然被荊棘絆到，白掌趁機一躍而進沙坑，開心地放聲大叫。

「哈！抓壁蝨的工作交給妳了！」白色見習生大聲宣布。

斑點掌氣喘吁吁地快步衝進沙坑，喘到說不出話來。過了一會兒，薊爪也跳了進來。「你們全都表現得很好，」他喵聲道。「尤其是斑點掌，畢竟她年紀比你們都小。」

白掌把尾巴擱在斑點掌的肩上。「是啊，妳跑得比我想像的快很多，不錯哦！」

虎掌在旁邊低吼。「我早說過，不該找她跟我們一起受訓的。」

薊爪沒理他。「我今天想要進行一對一的戰技操練，你們得利用我教過的所有技巧。白掌，我相信斑皮也教過你同樣技巧。斑點掌，妳可以跟贏了這一回合的見習生較勁。」

「這太容易了。」虎掌一臉得意，大步走到場中央。

「別這麼篤定。」白掌低吼，說完弓起後腿，撲上暗棕色見習生。虎掌在溼滑的沙地上突然打滑，被白掌壓制在地。

「你搞什麼啊，虎掌，怎麼才一下就被打趴在地上？」薊爪激他。

虎掌的回應是把白掌用力往後一頂，前爪猛力一揮。白掌蹣跚爬起來站好，這時突然揚起一陣風沙，捲向虎掌。

「噢，我的眼睛！」虎掌放聲尖叫，單掌揉著眼睛，不停往後退。「我看不到！」

「不要揉，會傷到眼睛，」薊爪告訴他。「眨一眨就好了。」

「這代表我贏了嗎？」白掌問道。他全身上下都是沙子，尾毛賁張到活像刺蝟。

薊爪點點頭。「好吧，斑點掌，秀一下妳的戰技吧。」

虎掌心不甘情不願地走到沙坑邊緣，坐了下來，有點誇張地單腳摀住眼睛。斑點掌面對白掌，背脊上的毛全豎了起來。她曾跟她的同窩手足模擬對打過，但從沒跟一個快當上戰士的見習生開打過。

白掌微微點頭，要她放心。薊爪嘶聲說道：「不用對她客氣。你要像對付其他對手一樣！」

白掌朝斑點掌撲了過來，揚起塵土。她被他壓到腳爪陷進沙地。她扭動身子試圖掙脫，但反而被壓得更沉。於是索性地上一趴，白掌一不留神，滾了下來。斑點掌背上重量一輕，立刻從沙地上抽腿，旋身一轉，跳上白掌的背，出其不意地反箝制住他。她發現他嚇得猛眨眼睛，掙扎著想要脫逃，不由得莫名興奮起來。

這時薊爪冷不防地來到她身邊，低聲慫恿她：「斑點掌，加油，妳逮到他了，別忘了瞄準他的眼睛。」

斑點掌當場愣住。她想起薊爪曾猛擊犬躍的臉，逼得黑貓倒地投降。**我沒辦法像他那樣攻擊對方！**斑點掌突地往旁邊一跳，前爪砰地一聲落在沙地上。

「妳在做什麼？」薊爪尖聲喊道。「妳為什麼停下來？妳快打贏了。」

斑點掌沒理他，轉身跑出沙坑。蕨葉一路甩打著她的鼻口，尖刺搔刮著她的腰腹，但她沒有停下來，直到衝到河邊，才煞住腳步。這裡只有蒼蠅的嗡嗡聲和她疲憊的喘息聲。她步下礫石岸，腳步嘎吱作響。她凝神望著湍急的河水。一張深玳瑁色的貓臉從水面上回望著她，那張臉有白色的耳尖和一雙受驚的眼神。

她以後要當戰士。意思是她得隨時準備好為她的部族上場作戰，但這並不代表她喜歡利爪戳進對方身上的感覺，也不代表她會想盡辦法地證明自己的實力強過同族夥伴，或者她很享受作戰的快感。但是虎掌和薊爪似乎就很享受它。**我一定得做一件事，我一定要跟薊爪好好談一談黑暗森林的事。**

斑點掌跑到河水最淺的地方，在那裡洗淨黑暗森林留在她身上的餘味，然後鑽回矮木叢，快步爬下山谷，朝薊爪大步走去，後者正在高聳岩下方跟幾名戰士說話。

他眨眨眼睛，驚訝地看著走過來的她。「斑點掌，妳還好嗎？妳突然跑掉，我還以為妳受傷了。」

鶇皮瞇起眼睛。「這話什麼意思？你告訴我你帶她去跟白掌、虎掌一起上課，我信任你，以為你會幫我留意她的安全。」

斑點掌沒理他。「薊爪，我們需要談一下。」

「這聽起來像是個命令。」薊爪玩笑道，同時看了其他戰士，他們全都露出好笑的表情。

斑點掌沒有吭氣，逕自轉身，快步穿過空地，朝山谷走去。

「到底怎麼回事？」薊爪喊道，他一路跑跳，追在她後面。「在妳跑掉之前，妳跟白掌的格鬥真的太精采了。顯然妳從昨晚的經驗學到很多。」

斑點掌突然停下腳步，霍地轉身，面對他。「我學到的是，我不喜歡為了格鬥而格鬥。薊爪，那是黑暗森林！為什麼你一定要去那裡受訓？」

薊爪抽動著尾尖。「我們不能在這裡討論這件事。」他領著她走進濃密的荊棘叢裡，鑽到正中央，那裡有多瘤的樹枝，像貓兒的尾巴一樣粗壯，剛好圈出一方空地。薊爪在裡頭坐下來，但是當他把後腿塞進身子底下時，眉頭不禁皺了一下。

「你受傷了，是嗎？」斑點掌喵聲道。「就像你上次耳朵被刮傷一樣。難道你不知道那些貓很危險嗎？」她腦海裡出現楓影蹲在地上那根樹幹的畫面，她只會不停地對戰士們放聲大叫，要他們再兇狠一點，露出尖牙，非得見血才行。

「那對我來說並不危險！」薊爪的聲音低沉，滿腔熱情。「他們是在幫忙鍛練我，讓我成為雷族史上前所未見的超強戰士。」

「如果你一定要找死掉的貓教你作戰，為什麼不找星族？」斑點掌懇求他。「至少他們遵守戰士守則。昨晚和你格鬥的那些貓在世時都曾做過邪惡的事，才會被送到無星之地去。」

「但這不表示我也會邪惡啊！斑點掌，我們比那些教我們格鬥的貓兒來得有格調多了。我是想向那些曾經很厲害的戰士學習他們的獨門招數，但最後的決定權還是在我。妳為什麼要懷疑我呢？」

他的眼神充滿企盼。斑點掌感覺到自己身上的毛髮平順了下來。「沒有，我從來沒有懷疑你。但這不表示我同意你應該在黑暗森林裡受訓。」

「我沒有在徵求妳的同意，」薊爪喵聲道。「我個性就是這樣。我以為妳會體諒我為何這麼做。我只是想保護部族的安全……保護妳的安全。斑點掌，我願意為妳做任何事情。」

斑點掌看著他，心頭一團亂。**你這樣說，我怎麼吵得下去？我愛你的程度並不亞於你啊。求求你別讓我失望。**

第七章

斑點掌醒得很早，她剛做了好多夢，夢裡不時出現灰白相間的毛髮，薊爪的香甜氣味，還有從矮木叢底下陰森逼近的可怕黑影。她站起來，躡手躡腳地走出窩穴外面。

外頭的天空是輕柔的乳白色，宛若鴿子翅膀下層的羽毛。清晨的草地鑲滿露珠。斑點掌緩步穿過空地，一路印出整齊溼潤的足跡。她隱約看見獅心坐在金雀花叢的另一頭，正在為熟睡中的部族擔任守衛。

「妳起得很早。」羽鬚從蕨葉叢裡走出來說道。他歪著頭，用晶亮的琥珀色眼睛仔細打量她。「斑點掌，妳怎麼了？」

斑點掌低頭看著自己的腳爪，爪間鑲了好多發亮的露珠。她不能告訴他薊爪去黑暗森林受訓的事，那會引起很大的風波。再說，薊爪也沒做錯什麼，不是嗎？但就在那當下，斑點掌突然想起鵝羽對她說過一句奇怪的話，說她什麼愛得盲目，有一顆愚蠢的心。難道那隻老貓說的是這件事？

「斑點掌，妳到底怎麼了？」羽鬚走過去，尾尖擱在斑點掌的腰腹上。「妳病了嗎？」

斑點掌搖搖頭。「沒有，我很好。我……我只是做了奇怪的夢，只有這樣而已。」

「我聽說妳昨天從戰技訓練場跑走。」羽鬚溫和地問道。「虎掌有時候太粗暴了。他必須記住，和族貓比劃戰技時，一定要收起爪子。」

「但是我們以後不見得都是和自己的族貓比劃戰技，不是嗎？」斑點掌反問道。「有一天我還是得上場跟真正的敵貓作戰，到時就得使出爪子、尖牙，還有我學到的所有技巧，才能在戰場上活下來……」

羽鬚一臉擔憂。「斑點掌，戰士得面對許多挑戰，但戰士守則會保護他們。就算是真正的戰場，也不見得得讓貓兒喪命。我們作戰的目的是為了保衛疆界，不是為了重殘對方。」

「但有些貓好像特別喜歡格鬥，無論對手是誰。」斑點掌小聲說道。

「作戰只是我們生活中的一小部份，」羽鬚繼續說道。「真正的戰士心中的愛比恨來得多。愛自己的族貓、愛這片讓我們遮風避雨的林子、也愛那些餵飽我們肚皮的獵物。」

戰士窩附近的荊棘叢突然騷動起來，貓兒們開始在高聳岩下方集合。褐斑走到他們當中，挑選黎明巡邏隊的隊員。斑點掌看見暴尾從荊棘叢裡出來，身形瘦了很多，看上去步履不太穩。而且他出來的第一件事竟是走到長老窩外面那堆浸著水的青苔那裡開始喝水，活像有一個月的時候都沒喝過水似的。

斑點掌朝他走去。「暴尾，你還好嗎？」她喵聲道。

暴尾轉頭看她，眼神疲累，一副沒睡飽的模樣。「我很好。」他沙啞說道。可是斑點掌注意到他的鼻口很乾，而且口氣惡臭。

「我覺得你不太好，」她喵聲道。「你去找羽鬚看看好嗎？你好像生病了。」

暴尾甩著尾巴。「別小題大作。我沒生病。」

藍毛聽見他們的對話，走了過來。「我父親知道自己有沒有生病，」她告訴斑點掌。「妳別煩他了。巡邏隊就要出發了。」她朝暴尾點頭示意，後者跟著她朝其他戰士們走去。

「我要你們走蛇岩那裡，再沿著轟雷路循邊界前進，」褐斑下令道。「我們最近曾在那兒趕走了兩三隻惡棍貓。我要確定他們沒有再回來。他們看起來並不具威脅性，不過我們的領地現在有很多獵物，所以他們可能覺得很好下手。斑尾，妳來帶隊。」

虎斑母貓點點頭，快步走向金雀花隧道，其他隊員尾隨其後。斑點掌看見暴尾絆了一跤，不禁皺了皺眉頭，但他很快又爬起來，跟在藍毛後面消失在金雀花隧道裡。斑點掌可以清楚看見走在他前面的藍毛，因為他已經瘦到無法擋住前面的貓。

斑點掌目送他們離去，一直等到都走光了，金雀花叢不再窸窣顫動，她才轉身走進巫醫窩。羽鬚正在整理一堆艾菊，空氣裡充斥著草葉的香味。自從鵝羽同意搬進長老窩後，這裡的空間似乎變大了。他那床原本放在蕨葉叢裡的破爛臥鋪也早被清掉了。

「我覺得暴尾生病了。」斑點掌脫口而出。

巫醫貓放下他正要打開的葉子，看著她。「妳為什麼這麼說？」

「他走路不太穩，鼻口很乾，口氣惡臭。而且他在加入巡邏隊之前，幾乎喝光了長老們的泡水青苔。我不知道他有沒有吃東西，但他好瘦。」

羽鬚的眼神一黯。「妳說得沒錯，我也注意到他變得很瘦。我以為他只是腸胃不舒服，不好意思來麻煩我。但如果他的鼻口很乾，又常口渴……就不應該加入巡邏隊，妳知道他們去哪裡了嗎？」

「會經過蛇岩，再到轟雷路那裡。」

「好，我立刻追上去，把暴尾帶回來。斑點掌，謝謝妳告訴我。」

羽鬚穿過蕨葉叢，但才走了一半，空地上就傳來騷動聲，一個淺灰色身影撞上他。

「啊，白眼！」羽鬚喵聲道。「妳這麼急要做什麼？」

母貓用後腿坐下來。「我的眼睛有刺！」她氣急敗壞地說。「我從窩裡出來，它就刺到我了。真是有夠衰。」

「好，讓我看看。」羽鬚喵聲道，同時領著白眼走到窩外的一個小空間裡。母貓在他旁邊搖搖晃晃的，發出害怕的呻吟聲。斑點掌為她感到緊張。因為白眼已經瞎了一隻眼睛，但那隻仍有視力的眼睛現在正緊閉著，被刺弄得淚流不止。

羽鬚小心扳開她的眼皮。「感謝星族老天，裡頭沒有刺。我用金盞花幫妳洗一下眼睛，等一下就好了。」

白眼鬆了口氣。「我好怕連這隻眼睛也要瞎了。」她低聲道。

巫醫貓用尾巴搓搓她的肩膀。「如果是我，我也會很緊張啊。」他的目光越過白眼的頭顱，望向斑點掌。「妳可不可以幫我去帶暴尾回來？我想先治療白眼。」

「當然可以！」斑點掌跳起來，從蕨葉叢裡鑽出去。

鶇皮正在戰士窩外面舔洗胸毛。「嘿，斑點掌，」他喊道。「別忘了今天要打掃長老窩哦。」

「我晚點打掃。」斑點掌喊回去。「我必須先幫羽鬚處理一件事。」

鶇皮眯起眼睛。「妳又不是他的見習生。」

「這件事很重要。」斑點掌大聲說道。「暴尾生病了。」

她經過她導師旁邊，衝進金雀花隧道裡。但是當她跑進山谷上方的林子裡時，突然想起她做過的夢……她在濃密陰暗的森林裡掙扎求生。那一瞬間，她的腳像結了冰似地動不了。她連忙甩甩身子，心想她現在是在自家的領地，這裡沒有可怕的敵貓，只有一位生病的戰士等著她救援。

她跑在那條通往蛇岩的小徑上，最後在一叢茂密的荊棘旁邊煞住腳步。她聽到怪獸正在另一頭的轟雷路上隆隆作響。她轉動耳朵，試圖找到巡邏隊的聲響。她聽見樹枝的折斷聲，於是朝兩腳獸巢穴的方向轉身，跋涉而過荊棘叢附近的長草堆。她走進一叢枯萎的蕨葉裡，卻迎面碰上薊爪。

「斑點掌，妳在找我嗎？」他喵聲道。

她搖搖頭。「不，我在找暴尾。他跟你在一起嗎？」她的目光越過他向後探看。

藍毛正在一棵歪扭的橡樹那裡更新氣味記號。「斑點掌，妳來這裡做什麼？妳又沒參加這支巡邏隊。」

「我是來找暴尾的，」斑點掌氣喘吁吁。「羽鬚要我來帶他回去。」她從眼角餘光瞄見薊爪的眼神一黯。

「妳來找暴尾？」斑尾也走過來。她回頭看了一眼。「我以為他跟在我後面，可是他好像不見了。」

「他一定是去轟雷路旁邊標示氣味記號了。」藍毛喵聲道。

「事實上，我才剛標完那裡的氣味記號。」玫瑰尾從草叢裡竄出來喵聲說道。

「他去哪裡了？」斑尾咕噥道。

「我們得找到他。」斑點掌喊道。她從戰士們旁邊跑開，循著他們剛留下的氣味記號、折斷的樹枝、和壓垮的草葉搜找。她聽見後方的斑尾也正下令隊員們分頭去找。斑點掌停下腳步，這裡好像有條岔路，她張嘴嗅聞。風裡隱約傳來一股惡臭。斑點掌全身緊繃。**那是暴尾！**

她朝那個味道跑過去，貼平耳朵，以防被路上的荊棘刮到。「暴尾！你在那裡嗎？」她喊道。

她停下腳步，仔細傾聽。但只聽到冬青樹上一隻受驚的歐椋鳥正在發出警告的叫聲。**牠被什麼嚇到？**斑點掌不免納悶，於是朝那株灌木走去。臭味愈來愈濃。冬青樹底下躺著一團藍灰色的東西，像石頭一樣動也不動。

「我找到他了！」斑點掌放聲大喊。她衝向暴尾，面頰貼住他的鼻口，感覺到有微微的氣息吐在她的鬍鬚上。**他還活著！**蕨葉叢一陣窸窣作響，巡邏隊員趕來了。

「我的星族老天！」斑尾咒罵道。「薊爪、藍毛，你們從兩邊扶住他，把他撐起來。玫瑰尾，妳來扛他的後臀。」虎斑母貓環目四顧。「斑點掌，妳叼他的尾巴，不要讓它卡到刺。」

斑點掌點點頭，用嘴叼起戰士那根沉重的尾巴。其他戰士圍著他，把他撐起來讓他站好。他垂著頭，緊閉雙眼，不過至少還有呼吸……但呼吸很喘、很不規則，肋骨分明的胸口不停地上下起伏。

她覺得好像花了好久的時間才把暴尾弄回營地，因為一路上總是有樹根和藤蔓絆住他那無力的腳爪，再不然就是勾住他低垂的鼻口。他們抵達坡頂時，斑尾立刻下令斑點掌先回去通知羽鬚他們快到了。巫醫貓早已準備好柔軟的青苔臥鋪，並放了很多的泡水青苔在臥鋪旁邊等暴尾回來喝。戰士們小心扶著病貓穿過蕨葉叢，將他平放在羽鬚前面。後者打量著全身癱軟的暴毛，眼神不禁一黯。

「他得了口渴病，」他低聲道。站在戰士們後面的斑點掌豎起耳朵，想聽清楚羽鬚在說什麼。「我無法治癒這種病，只能讓他身體舒服一點。」巫醫貓先把暴尾的腿塞在身體底下，再把泡了水的青苔推到他鼻口旁邊。戰士動了一下，病懨懨的他一碰到水就開始舔了起來。藍毛在他旁邊蹲下來。「你現在安全了，」她低聲道。「你在羽鬚的窩穴裡，他會好好照顧你。」

斑點掌突然很火大。還真是「多虧了」藍毛，一味堅持暴尾好得很，可以參加巡邏隊？

「你們現在可以走了，」羽鬚輕聲說道。他看著藍毛。「妳不用擔心，我會好好照顧妳父親。」

斑點掌跟著戰士們走到空地。藍毛垂著尾巴，獨自站在樹墩旁邊。斑點掌大步朝她走去。「妳不該強逼暴尾參加巡邏隊。」她不客氣地說道。

藍毛表情驚訝：「我沒有強逼他！」

「但妳不肯聽我的話啊，」斑點掌低吼道。「我早就告訴妳，他生病了。」

「妳又不是巫醫貓！」藍毛反駁道。「憑什麼我應該聽妳的？」她跺腳大步離去，很不高興地揚起尾巴。

鶇皮走過來找斑點掌。「我聽說妳今天成了英雄，」他喵聲道。「等暴尾好一點了，一定會感激妳的。」他語氣帶點尖酸。斑點掌緊張地看他一眼。鶇皮朝金雀花隧道點頭示意。「我想我們需要談一談。」

斑點掌默默地跟著他走出營地。她剛剛在森林裡跑了很久，現在腿很酸，還好鶇皮是帶她去陽光岩那裡，他們在一塊被曬得暖烘烘的平坦岩石上坐下來。潺潺的流水聲緩和了她原本緊張的情緒，眼皮開始覺得沉重。

鶇皮嘆口氣。「斑點掌，我得問妳一件事。」

她的心臟開始狂跳。莫非鶇皮知道她去過黑暗森林？

沙灰色戰士看著她。「妳是真心想成為戰士嗎？」

斑點掌縮起身子。「這話什麼意思？」

「斑點掌，妳是一隻好貓。但妳似乎對我們的訓練課程心不在焉，最近又變得喜歡幫羽鬚做事。」

斑點掌覺得全身發燙。「對不起，我保證從現在起我會更用心上課。」

鶇皮搖搖頭。「斑點掌，妳想改當羽鬚的見習生嗎？」

她一臉驚訝地瞪看著他。「什……什麼？」

「妳想受訓當巫醫貓嗎？我知道妳很能分辨藥草的用途，今天暴尾的命也算是妳救的。我知道羽鬚以前問過妳，所以我想讓妳知道其實這沒關係。我雖然很喜歡妳當我的見習生，但如果妳心思是在別地方，我不會絆住妳。」

斑點掌活像隻正等待餵食的雛鳥張張合合著嘴巴。「我……我不知道要說什麼。」她結結巴巴的。

她的導師偏著頭。「妳再想想看吧。」他敦促她。「但妳要知道，如果妳想當巫醫貓，要放棄的不只是戰士課程而已。很少有貓兒能像羽鬚那樣全心奉獻。我相信妳一定可以成為一個很棒的巫醫貓，但妳必須是全心全意，真的很想當巫醫貓才行。」

斑點掌眨眨眼睛。鶇皮怎麼觀察得這麼透澈？以前卻隻字不提？他真的相信她可以成為稱職的巫醫貓嗎？她搖搖頭。從她出生的那一天起，她就想當戰士。保衛部族、餵飽族貓、防守邊界是再光榮不過的事，任何事都比不上它。畢竟她已經跟她的同窩手足接受了這麼久的訓練，他們這一輩子都會並肩為雷族而戰。

再說還有薊爪……

她深吸一口氣。「鶇皮，我很感激你剛剛的那一番話，真的，但是我想要當戰士。」

第八章

斑點掌倏地睜開眼睛，看見四周赫然出現灰濛黏稠、泛著淺色幽光的樹幹。**有效欸！我夢到自己進入無星之地了！**她的心不停狂跳，快步沿著窄徑走，窄徑兩旁是半死不活的蕨葉叢。這座森林的景致千篇一律，她根本分不清楚自己是不是又走回原路。

她窺看矮木叢裡面。她必須找到薊爪。她要告訴他，她已經下定決心成為戰士，而不是巫醫貓。她想再給他一次機會證明他在這裡學的是很重要的戰技，就只是這樣而已……

這時突然有東西在她頭上俯衝，那東西黑幽又滑溜，她趕忙壓低身子，然後伸長脖子查看那個會飛的東西到哪兒去了，但它已經消失在陰暗的枝葉裡。她繼續躡手躡腳地前進，腐爛的蕨葉搔刮著她的毛髮，害她全身發癢。她驟然聽見撞擊聲以及好像被蒙住的尖叫聲，接著又是驚天動地地砰了一聲。

她穿過林子，爬到一處凹地的邊緣，凹地

的邊坡很陡，楓影正在下方觀望一群貓兒扭打。沙地上鮮血四濺。楓影那兩顆發亮的眼睛宛若兩顆灰白的星子。斑點掌認出薊爪精瘦的灰色身影，他正在場上和一隻狐狸色的母貓扭打，後者的耳朵已被撕爛，鼻口的毛髮泛白，顯示她的年紀比其他貓兒都大，滑溜的地面似乎害她的四隻腳爪怎麼樣也站不穩。

斑點掌看見薊爪將母貓一個拋飛，摔個四腳朝天，當場宣布獲勝。但他似乎還意猶未盡，把她當成一隻受傷的鳥兒在捉弄，每次她好不容易爬起來，就又把她摔回原地。斑點掌這時才驚覺母貓的毛色不是狐狸紅，而是一隻染了血的淺棕色虎斑貓。她的腰腹有很深的傷口，背脊上都是牙痕。斑點掌頓時驚恐，爪子戳進沙地裡。那些傷口莫非都是薊爪造成的？

那瞬間，母貓在地面上的身影突然變得忽隱忽現，斑點掌竟然可以看穿她的毛髮，瞥見沙地和地上的血泊。她眨眨眼睛。薊爪現在正單腳踩在母貓脖子上，想把她壓制在地。老貓的後腿不停掙扎，試圖撐起來，但她太虛弱，身子趴了下去。

斑點掌衝到凹地旁邊。「薊爪，快住手！你會弄死她！」

薊爪抬頭看她，鮮血從他鼻口滴了下來。「妳快離開這裡！」他吼道。

他四周的貓兒突然停下動作，表情惱火，他們的背上布滿血漬和爪痕，毛髮全都豎了起來。斑點掌沒理他們，直接衝向薊爪，將他撞到後面，然後跳到老母貓的旁邊，用腳掌死命按住她腰腹上的傷口，但血還是不斷冒出來。

母貓的身影愈來愈模糊，她的毛髮正在染血的沙地上慢慢消失，在斑點掌腳掌下的母貓身軀變得像水霧一樣飄渺，最後完全蒸發，只剩下冰涼溼涼的地面。老母貓澈底消失了。

斑點掌滿臉驚恐地瞪著薊爪看。「她去哪兒了？出了什麼事？」

凹坑對面傳來很大的腳步聲。全身都是血腥味和腐肉味的楓影赫然出現在她上方。「薊爪，怎麼又是這隻愛哭的小見習生？」她嘶聲說道。「你最好在我動手前先把她趕走。」說完轉身朝其他貓兒走去，一路上揮動著她那根粗壯的白色尾巴，召喚他們集合。

斑點掌已經憤怒到不知道要害怕。她顧不了爪間溼黏的感覺，挺身面對薊爪。「我是來告訴你鶇皮問我要不要改當巫醫貓。我拒絕他了。」她喵聲道。「改當巫醫貓就等於澈底失去你，我怎麼可能答應這種事？但這地方……這地方把你變得很可怕。這種訓練不會幫你成為一名忠貞的雷族戰士，而是在教你殘殺無助的貓！」

「她哪有無助？」薊爪回嗆她。「她的打法跟我一樣凶狠。」

「不，她沒有！」斑點掌喵聲道。「她死了。」她環目四顧。「至少……她是因失血過多才消失不見的。如果這就是你每夜必來的地方……如果這就是你來這裡的目的，那麼對不起，我不能再跟你走下去。如果你真的愛我，就答應我不再來這裡。」

薊爪的眼裡有痛苦一閃而逝。斑點掌心裡燃起一線希望。但這時他抬起頭來。「斑點掌，這是我的使命。我一定要成為雷族有史以來最偉大的戰士。我將成為下一任副族長，甚至下一任族長。森林的貓兒都會對我們畏懼三分。我們將所向無敵，戰無不克！我怎麼可能放棄這一切？」

斑點掌頓時覺得心裡像破了一個大洞。「成為戰士的目的不是為了毀滅我們的對手。」她低聲道。「是為了幫助我們的部族和森林裡其他部族共存共榮。求求你，薊爪，你要什麼，我都可以給你。」

薊爪轉身過去，她看不見他的表情。「斑點掌，妳不懂。」他喵聲道。「我無法拒絕自己的使命。它比什麼都重要。我喜歡血肉模糊，我喜歡血腥味，我喜歡對手對我聞風喪膽……這些都是我最渴求的，我一定會繼續努力，直到雷族統治整座森林為止。」

「你已經做出了選擇。」斑點掌告訴他，感覺自己好像掉進一個很深很深的洞裡。

「這不是選擇題。」薊爪低吼道。「我早就決定這一生要矢志奮鬥，成為雷族史上最偉大的戰士。如果妳不能助我一臂之力，那我對妳也沒什麼好留戀的。」

「可是以前你對我說過的那些話呢？你不是說你愛我嗎？」

「光靠愛是打不贏任何一場仗的！」薊爪不客氣地說道。

「你錯了，」斑點掌冷靜地說道。「愛比任何東西都強韌。」她轉過身去，又回頭看他。「再會了，薊爪。願星族照亮你的路……永遠照亮。」**不管你那條路的終點在哪裡**，她在心裡暗自想道。

她緩步離開凹坑，森林在她四周漸漸消失，她又躺在自己的臥鋪裡了，身上仍殘留著老母貓的血腥味。她的心很痛，就算被狐狸的尖牙咬到，也不若她此刻心痛的程度。**我的愛是愚蠢的，我的心是盲目的。**

她想去找陽星和褐斑，向他們如實吐出薊爪夜訪黑暗森林的事。可是他們會相信她嗎？他們能有什麼對策呢？難不成找貓兒看著他，不讓他睡覺？他若是一心想踏上那條不歸路，誰也阻止不了。但為了幫助自己的族貓，斑點掌決定她可以做一件事。

窩裡的其他臥鋪此刻都是空的。斑點掌猜想她的同窩夥伴們八成都去參加黎明巡邏隊了。她鑽出荊棘叢，卻差點撞上正被藍毛攙扶的暴尾。

「我正要帶他去外頭方便。」藍毛解釋道。

暴尾注視著斑點掌。「謝謝妳，」他沙啞地說道。「羽鬚說，要不是妳找到我，我恐怕早就死了。」

斑點掌垂下頭。

一直倚著藍毛肩膀的暴尾這時挪動了一下位置。「我想我還沒虛弱到得靠自己的女兒帶我去方便。」他低聲咕噥，然後就一拐一拐地走了。

藍毛看著斑點掌。「對不起，我昨天不該對妳說那些話。」她喵聲道。「我應該早點看出來暴尾病了。」

斑點掌抽動耳朵。「我只是僥倖猜中而已。」她聳聳肩說道。

「不，妳不是。斑點掌，妳非常聰明。妳總是觀察得很仔細。」

太仔細了，斑點掌心想，同時想起那隻老母貓在黑暗森林裡消失的畫面。

藍毛看著那叢擋在穢物處前面的灌木。暴尾剛從裡頭鑽進去，葉叢到現在都還在微微抖動。「我已經失去了母親和妹妹。」她低聲道。「我無法忍受再失去我的父親。」

她的語調哀傷到斑點掌好想立刻用面頰貼住藍毛的鼻口，向她保證她永遠不會孤單。但她沒有，反而改口告訴她：「妳是雷族戰士，妳永遠不會孤單。」

藍毛點點頭。「妳說得沒錯。謝謝妳，斑點掌。好好照顧自己。以後會有很多困難等著我們，我感覺得到。」

斑點掌張口想問藍毛這句話什麼意思，但暴尾這時已經從灌木叢裡出來，藍毛立刻跑過去扶住他，尾巴抬得高高的。斑點掌看著灰色母貓，心裡不免好奇她是不是也在夢裡聽到許多貓兒的尖叫廝殺聲。

要是薊爪遂其所願地成為一族之長，未來將會有更多血流成河的戰爭等著他們。因此一定會有很多貓兒受傷，甚至喪命。這一切究竟是為什麼？就為了那片刻的勝利滋味嗎？然後戰士們再投身下一場殺戮？

斑點掌總覺得她受訓的目的不是為了上場打這種仗。她有別的使命等著她。

她大步穿過羽鬚窩穴的蕨葉叢。巫醫貓正在岩縫那裡鋪排藥草，想趁陽光正強的時候把藥草曬乾。他一看見斑點掌，立刻豎起耳朵。

「要我幫什麼忙嗎？」他喵聲道。

「要，」她回答道。「我想當你的見習生。」

第九章

「從這一刻起，你的戰士封號是虎爪。雷族以你的膽識和戰技為榮，歡迎加入戰士行伍。願星族照亮你的路，直到永遠。」陽星向暗虎斑公貓垂頭致意，往後退一步，腳爪在薄薄的雪地裡印出黑色的爪印，雪花零星點綴著他身上的毛髮。

「虎爪！白風暴！」族貓們大聲歡呼。

虎爪抬高頭，環目傲視著他的族貓們，他們的歡呼聲響徹山谷。站在他旁邊的白風暴雙眼炯亮。

「雪毛一定很以他為榮。」斑點掌聽見藍毛喵聲說道。

「再過幾個月，妳也會親眼見到妳的小貓成為戰士。」罌曙意有所指地看著藍毛那圓潤的肚皮，雖然藍毛的毛髮豐厚，但肚皮已經大到藏不住。

「到時我們就會知道孩子的父親是誰了嗎？」玫瑰尾低語道。

「當然是鶇皮的。」絨皮嘶聲道。

「除了他，還會有誰呢？」玫瑰尾也壓低音量地附和道。「可是你們見過他倆在一起嗎？」

斑點掌的目光越過空地對面，望向她的前任導師。她知道鶇皮一直對藍毛有好感，就連她也認為他們可能成為伴侶貓。斑點掌一想到自己沒給鶇皮機會來訓練她成為戰士，心裡就不免遺憾。他是位好導師。但斑點掌要得到巫醫封號，恐怕還有很長一段時間。她要從羽鬚身上學的東西太多，多到六個月根本不夠，而且恐怕一輩子也學不完。

她的毛髮微微刺癢，因為她知道薊爪正盯著她看。她僵在原地，不願迎視他的目光。每隻貓兒都知道薊爪打算接替褐斑，成為副族長。褐斑這隻灰色虎斑公貓雖然受到大家的愛戴，但他已經瘦弱到未來根本不可能接替陽星，成為族長。這是大家早已知道的事實。他馬上就要退休，搬到長老窩去住。因此陽星必須在他的九條命用完之前挑出另一位副族長。薊爪顯然是個好選擇。畢竟現在只要褐斑覺得提不起勁，不想離開臥鋪，便委由薊爪代他組織巡邏隊。

只有斑點掌知道一旦有一天薊爪大權在握，他會是一個什麼樣的族長。但她也並非鐵石心腸。即便到了今天，只要看見他，她那顆心還是會隱隱作痛，尤其是看到他那溫柔或玩笑的一面時，就會令她想起她曾經愛過的他。可是她已經做了決定，再也沒有回頭路。**我的心不再愚蠢**，她告訴自己。

她身後的雪地傳來腳步聲，然後就聽見羽鬚低聲對她說：「斑點掌，回窩穴的時間到了。我想請妳把倉庫整個清點一下，我們才知道禿葉季結束前，還有什麼藥草可以用。」

斑點掌渾身發抖地跟著導師穿過結霜的蕨葉叢。氣溫似乎一天比一天冷。天空一片黃澄澄的，這意謂還會降下更多的雪。

「有小貓誕生，我們當然求之不得，」他們才在洞穴裡面安坐下來，羽鬚便這樣說道。「可是我的星族老天啊，白眼和藍毛就不能等到新葉季來臨時再把小貓生下來嗎？要是再多出一隻貓后，我實在不知道我們還有沒有足夠的乳薊給她吃。」

白眼兩個月前才生下小貓，那時落葉季還有太陽，天氣也仍算暖和。小鼠和小追又長得很快，現在已經大到足以撐過寒冷的天氣。可是藍毛的小貓恐怕得面臨更艱鉅的天候環境。斑點掌這陣子一直在生鮮獵物堆那裡收集鳥類羽毛，打算拿來鋪在育兒室裡的臥鋪上。

「不過別擔心，他們出生之後，會有整個部族的貓兒幫忙照顧他們。」羽鬚彷彿看穿了斑點掌的心思，於是這樣喵嗚說道。「雷族貓絕對不會輕易放棄小貓的。」

「把妳的腳爪拿開！」藍毛嘶聲吼道。斑點掌的前爪本來按在她那不停起伏的肚皮上。斑點掌像被打到一樣趕緊往後彈開，差點撞上蹲在她後面的羽鬚。

「對不起，」藍毛咕噥道。「我不知道生小貓這麼痛。」

「我剛有撞到你嗎？」斑點掌喵聲道。

羽鬚用尾尖輕觸她的腰腹。「沒有。貓后生小貓時，脾氣本來就不太好。」他斜瞟了藍毛一眼。「有些貓后的脾氣更糟。」

「如果你從黎明就開始陣痛，你不脾氣壞才怪呢！」藍毛回嗆道。這時陣痛又來了，痛得她擠眉皺臉。

「她還好嗎？」白眼在育兒室的另一頭緊張地喊道。

「她很好。」斑點掌回答。**但如果這裡沒有這麼多隻貓，應該會比較輕鬆。**小鼠和小追一直在臥鋪裡瞪大著眼睛朝這邊張望，彷彿不敢相信自己也是這樣被生出來的。斑點掌試圖挪動身子，擋住他們的視線，想讓藍毛有點隱私。

「第一隻小貓出來了。」羽鬚在藍毛尾巴旁邊大聲說道。「斑點掌，等一下妳用牙齒把它身上的囊膜咬破，讓小貓出來。」

一坨暗色的溼滑物體滑進羽毛堆裡，斑點掌趕緊伸長脖子，戳破囊膜，讓那已經在吞嚥空氣的小小鼻口可以伸出來。

「是公貓！」羽鬚喵聲道。

藍毛試圖坐起來。「他還好嗎？」她虛弱地問道。

窩在斑點掌鼻子旁邊的小東西竟不太妙地動也不動。

「快點，斑點掌！」羽鬚下令道。「用力舔他！」

斑點掌趕緊用舌頭舔洗那個小東西，彷彿正努力把生命注入其中。

「他有呼吸了嗎？」藍毛哭著問道。

「有了。」羽鬚喵聲道，然後把小貓推到藍毛的肚子旁邊。

藍毛偎著他，舔舔小貓的頭。「他好漂亮。」她低聲道。

「真的很漂亮。」斑點掌附和道，對小公貓的完美驚嘆不已。

藍毛的陣痛又來了，然後另一個小東西滑進臥鋪裡。

「是隻小母貓。」羽鬚大聲說道，同時把小東西推過去她哥哥那裡，但腳掌仍在按壓著藍毛的腰腹。「我想還有一個哦！」

疲累的藍毛翻了翻白眼。斑點掌朝她的頭彎身下去。「妳可以的！」她低聲說道。「妳真的很了不起！」然後迎視著藍毛的目光。母貓又開始用力。「沒錯，就是這樣！」

「做得很好！」羽鬚喊道。「又一隻小母貓！三隻看起來都很健康。」

「妳辦到了！」斑點掌在藍毛耳邊輕聲說道。「三個完美的雷族戰士！不過也可能是巫醫貓哦。」她補了一句，筋疲力竭的貓后被她這句話逗得莞爾一笑。

葉叢一陣窸窣作響，一顆沙灰色頭顱探進育兒室。「她怎麼樣了？」鶇皮問道。

「藍毛很好。」羽鬚告訴他。「她生了三隻健康的小貓。兩隻小母貓，一隻小公貓。」

鶇皮爬進窩穴裡，蹲下來用鼻口輕搓藍毛的耳朵。斑點掌蠕動身子，退到後面，讓他們獨處。看來雷族的母貓們說對了，鶇皮真的是這幾隻小貓的父親，只是他們從來不像白眼和半尾或者知更翅和斑皮那樣在其他貓兒面前秀恩愛。

「你要幫他們取什麼名字？」白眼問道，同時爬出臥鋪，窺看那幾個小東西。

「暗灰色小母貓叫小霧，」藍毛喵嗚道，「灰色公貓叫小石。」

「那這一隻呢？」鶇皮問道，同時用尾尖輕觸灰白相間的小貓。

「小苔。」藍毛語氣堅定地說道。

羽鬚抽動耳朵。「所以妳決定不讓孩子的父親幫孩子取名字？」他玩笑地說道。「藍毛，妳的個性真是強悍。」

但他的眼神似乎意有所指，不盡然是在揶揄。斑點掌頓時覺得身上毛髮微微刺癢。莫非羽鬚懷疑藍毛對小貓的身世有所隱瞞？難道鶇皮不是他們的父親？但如果不是，會是誰呢？在雷族戰士裡，有誰會不願承認自己升格為父親呢？

斑點掌要自己不要再胡思亂想。此時此刻，雷族多了三隻新生的小貓，這一點比什麼都重要。她低頭注視著他們，全身頓時泛起一股暖意。**我會用我的生命保護你們**，她暗地裡發誓，**無論發生什麼事，我都會是你們的巫醫貓，能為你們服務，是我的榮幸。**

她喵嗚笑了。原來當個巫醫比她想像中快樂多了。

第十章

斑點掌停下來喘口氣，納悶自己當初怎麼會想當巫醫？鵝羽最近咳嗽咳到聲音啞掉，不斷要求她拿剛泡水的青苔給他喝。這表示她得取道一條溼滑的路，到最近下雨才形成的一條小溪那裡摘取青苔，而那地方靠近山頂。她都不知道走了多少趟了，也不知道從那兒搬了多少捆青苔回營地。她真想告訴長老們，下次下雨的時候，直接坐在空地上張嘴接雨水喝就行了，省得她還得來來回回地跑這麼多趟。

她步履維艱地從小路下來，卻意外看見褐斑正從穢物處走出來。

「我八成吃到一隻生了病的歐椋鳥。」他喵聲道。

斑點掌看到他的腰腹凹陷，再加上搖搖晃晃的走路樣子，就知道他其實病得不輕。族貓們都在好奇他還能當副族長多久？陽星什麼時候會改派薊爪擔任副族長？斑點掌挺起肩膀，鑽進金雀花隧道裡，並提醒自己待會兒要再算一下藥草的庫存量，看看有沒有什麼辦法可以利用現有庫存的藥草來發揮最大的功效。

「斑點掌！妳有帶什麼好吃的東西回來嗎？」小苔跳起來站好，但她那四隻腳爪看起來對她來說有點過大。

「我也要！我也要！」小霧快步跟在她妹妹後面喵聲道，粗壯的尾巴伸得筆直，耳朵四周的暗灰色毛髮全豎了起來。「來吧，小石！斑點掌有帶好吃的東西回來哦！」

斑點掌放下溼漉漉的青苔，這時小貓都圍了上來。藍毛的小貓已經一個月大，天氣雖然寒冷，但他們還是長得很快。

小石伸出鼻子去聞青苔，馬上彈了回去，甩甩鼻頭上的水珠。「溼青苔這東西噁心死了！」他抱怨道。

「那是因為它不是給你吃的。」斑點掌喵聲道，然後趕在其他小貓上來玩它之前，趕緊叼起來，拿到長老窩那裡。鶇羽正側躺在臥鋪裡費力地呼吸。他一看見青苔，立刻伸舌去舔，尾巴不停甩打，這時糊足也蹲在旁邊，想分一點。

「我再去拿更多青苔來。」斑點掌疲累地承諾道。

她回頭穿過空地，經過鶇皮身邊，後者因叼著一隻肥胖的松鼠，步履顯得蹣跚。

「成績不錯哦。」斑點掌喊道。

「那是給我們吃的嗎？」小霧吱吱尖叫，跑過來嗅聞松鼠。結果鼻子沾到一坨毛，打起了噴嚏。

「這才是好吃的東西啊。」小石說道。

「當然是要給你們吃，」鶇皮喵嗚道。「誰會比你們更重要？」

小苔搖搖頭。「我覺得沒有。」她回答道，藍色眼睛很是嚴肅。「戰士守則上說，要先餵飽長老和小貓，那就是指我們。」

藍毛本來在樹墩跟玫瑰尾說話，這時慢慢走過來。「事實上，我剛剛才餵過他們，」她對鶇皮說道。「所以你可以把松鼠放到生鮮獵物堆裡。」

「不公平！」小霧喊道。「鶇皮說那是特別為我們抓的。」

「我是妳的母親，」藍毛喵聲道。「如果我說你們吃飽了，就表示你們吃飽了。」

斑點掌以為鶇皮會提醒藍毛，他是他們的父親，他有權利抓獵物給他們吃。可是鶇皮什麼也沒說，只是向小貓們低聲道歉，就叼起松鼠走了。

「不公平！」小石嘟起嘴巴，轉身背對藍毛。

「生活本來就不公平。」藍毛駁斥道。不過這時她的注意力已經轉移到別地方，目光落在金雀花隧道那裡。

薊爪正帶著邊界巡邏隊回來，虎爪走在他旁邊。他們的毛髮全都蓬起，虎爪的鼻口帶有爪痕。

「諒那些寵物貓再也不敢進雷族領地了。」薊爪大聲說道。「虎爪從他們身上扯下來的毛多到恐怕下個月都清不乾淨。」

陽星本來坐在高聳岩底下，這時豎起耳朵。「又入侵了嗎？」他問道。「我昨天才重新標示過兩腳獸巢穴旁邊的氣味記號。我不敢相信那些寵物貓竟然又越界了。」

「別擔心，」薊爪向他保證道。「我們的邊界現在很安全。」

其他隊員陸續走進空地，斑點掌注意到絨皮的腳有點跛，於是走向黑色戰士，問他還好嗎？

絨皮抽動耳朵。「沒什麼，只是被木屑扎到。」

「讓我看一下。」斑點掌把他帶到空地邊緣，彎腰檢查他的腳。果然有碎裂的木片插在他柔軟的腳墊裡。「我可以拔出來，但可能有點痛。」她喵聲道，沒等絨皮回答，就用牙齒一咬，拔了下來。

「噢！」絨皮立刻往後彈。可是當他試著把腳踩到地上時，就又點頭稱是。「好多了，謝謝妳，斑點掌。」

斑點掌開始研究那根木片。它的顏色有點灰白，很筆直，帶有一種濃烈的特殊味道。這不是來自樹木或掉在地上的樹枝。「你在哪裡踩到它的？」她喵聲問道。

絨皮聳聳肩。「我不知道，我猜在森林裡的某處吧。」他語氣有點閃躲。斑點掌抬眼看他時，他竟然不敢直視她的目光。

「我認得這味道。」她低聲道。「你是在兩腳獸籬笆那裡踩到的，對吧？薊爪帶著巡邏隊進到兩腳獸巢穴去找寵物貓？」她不由得腳底發涼。

絨皮的黃色眼睛帶著疑惑。「他叫我們不要說出去。可是寵物貓需要一點教訓！他們老是越界！」

「但他們今天沒有越界啊！」斑點掌直言道。「自從陽星更新氣味記號線後，他們就沒有越過邊界。薊爪不應該擅自闖入兩腳獸的領地。」

「反正也沒有誰受傷。」絨皮不安地說道。「不過虎爪爪下的寵物貓有沒有受傷，我就不知道了。」

絨皮心虛地往後退，這時他聽見薊爪叫他去生鮮獵物堆，頓時露出鬆了一口氣的表情。

「我的戰士需要進食了！」毛色灰白相間的戰士大聲喊道。

「他們不是他的戰士。」斑點掌旁邊有個聲音在低吼。

她嚇了一跳，轉身看見原來是藍毛，後者正怒目瞪著薊爪。「他是不是擅自帶隊進入兩腳獸領地？」灰色母貓嘶聲道。「他沒有權力這麼做。」

「妳要告訴陽星嗎？」斑點掌問道。

藍毛甩著尾巴。「說了又有什麼用？自從那次薊爪宣稱他單打獨鬥地打敗河族後，陽星就幾乎什麼事都聽他的。妳知道現在所有的隊伍都是由他在負責編派嗎？」

斑點掌喵聲道：「我們以後得習慣他來管事了。陽星一定會封他為副族長的。」

藍毛的眼神一黯。「我可不服。」她不客氣地回答，斑點掌被她嚇了一跳。

小石、小苔和小霧正在遠處跳來跳去，玩著一片枯葉，斑點掌用尾巴指指那裡。「妳別那麼在意薊爪的作為，」她又補充道。「妳現在還有三個孩子得照顧。」

結果她驚訝地發現藍毛的眼裡竟布滿愁雲。「我很愛他們，」她低聲道，「但我也愛我的部族。我從來不認為我的孩子們不該出生，只是為什麼是現在出生呢？要是我的部族比他們更需要我呢？」

斑點掌當場愣住。藍毛是故意說給她聽嗎？這位貓后的語氣好絕望、好孤單。但斑點掌又不敢問她話中的意思。於是她改口說：「藍毛，妳並不孤單。鶇皮一定會幫忙妳照顧孩子的。」

貓后看著她，只是目光焦點似乎不在她身上。「我已經請他幫了我很多忙，我不能再這樣要求他。」

可是他是孩子的父親啊！這句話卡在斑點掌的喉嚨裡。藍毛是打算告訴她，他不是孩子的父親嗎？

藍毛嘆了口氣。「愛情會害一隻貓兒走錯路，等到要回頭時，卻為時已晚。」她低聲道。斑點掌不免想到自己當初是如何為愛癡狂。因為愛上了薊爪，她的心竟愚蠢到看不見他的殘暴和野心，直到眼睜睜地看見他殺害了黑暗森林裡的一隻貓，才幡然醒悟。「沒有為時已晚這種事！」她脫口而出。「妳還是可以改變妳選擇的路。」

藍毛看著她的小貓，他們已經玩膩了那片枯葉，現在正在偷偷跟蹤糊足的尾尖。「我必須做個決定，」她輕聲說道。「但我的心裡有太多的愛，也有太多的恐懼。」

「這話什麼意思？」斑點掌追問道。「我能幫妳什麼忙嗎？」

貓后搖搖頭，「妳幫不上忙，這件事必須由我自己處理。」

她緩步離開，但不是朝她的小貓走去，而是走向金雀花隧道。斑點掌目送她離開，心開始慌了起來。藍毛的語氣聽起來像是要在生死之間做出抉擇，表情很是嚴肅。她到底要做什麼？

一輪圓潤的月亮掛在林間，雪地染成一片銀白。營地裡的空氣瀰漫著緊張的氛圍，戰士們不停地繞著圈子，準備出發前往大集會。斑點掌會留守營地，負責照顧褐斑，因為後者已經體弱到羽鬚不得不命令他搬到長老窩去住。她站在空地邊緣的蕨葉叢旁，看著她的導師默默走向陽星。

「斑點掌，我可以請妳幫個忙嗎？」是藍毛在叫她，前者瞪大著眼睛，神色不安，吐出的鼻息宛若白煙裊繞在她鼻口四周。

「當然可以，小貓們還好嗎？」

「他們很好。我今天跟他們玩捉迷藏的遊戲，把他們玩得很累，所以應該會一覺睡到天亮。」藍毛蠕動著腳。「我……我想今晚去參加大集會，我不在的時候，可不可以拜託妳幫我看一下小貓？白眼說她會幫我看著，可是她還有小追和小鼠要照顧，已經忙得不可開交了。」

斑點掌眨眨眼睛。住在育兒室裡的貓后從來不會去參加大集會，尤其是小貓還小，正是需要她的時候。可是藍毛的眼裡帶著一種決然與奮不顧身，她不得不點頭答應。「沒問題，我會看著他們。」她喵聲道。

藍毛眨眨眼睛，目光溫暖。「謝謝妳，斑點掌，我會記住妳對我的好。」她快步離開，藍灰色的身影消失在那群正要走進金雀花隧道的戰士身影裡。

斑點掌先確定褐斑一切無恙，然後給他一片薄荷葉咀嚼。還好她先前在河邊找到一株沒被大雪凍死的新鮮薄荷。這種藥草可以緩和褐斑的腹痛毛病，不過斑點掌知道她跟羽鬚能為他做的其實並不多。

褐斑嚼完葉子，下巴抵著臥鋪邊緣，開始打起瞌睡，斑點掌趁機快步走向育兒室，腳爪嘎吱嘎吱地踩在雪地上，腳墊被冰得微微刺痛。她把頭探進荊棘叢裡，看見小貓們和白眼都在酣睡，輕微的鼾聲在空氣裡此起彼落，她這才鬆了口氣。育兒室裡很溫暖，充斥著乳香味，斑點掌差點也想爬進去，陪小貓們一起睡。可是她今晚不能睡，至少得等羽鬚回來。她現在是部族裡唯一留守的巫醫貓。所有貓兒都歸她管。她蓬起全身毛髮，轉身回自己的窩穴，等待天明。

貓兒們天亮前才回到營地，由於天冷的關係，全都拱著背，不發一語。斑點掌對著列隊走進空地，要回窩穴的族貓們一一點頭致意。藍毛停在她旁邊，眼神清澈，情緒似乎冷靜多了。

「妳決定要怎麼做了嗎？」斑點掌問道。

藍毛點點頭。「我已經做好決定。」然後沒說什麼，就走開了。斑點掌好奇自己到底能不能知道她的決定是什麼。

⚡⚡⚡

睡夢中的斑點掌受到驚嚇，倏地睜開眼睛。剛剛那聲音是什麼？夜空布滿星子，但在嚴寒的天氣裡，星光異常朦朧。大集會過後，下了更多的雪。巫醫窩四周的蕨葉都被白雪壓垮。斑點掌坐了起來。剛剛是褐斑在臥鋪裡亂動嗎？她伸長脖子去瞧，只見副族長躺著那兒動也不動，雖然呼吸聲很大，但還算睡得安穩。

那聲音又出現了，是很輕微的窸窣聲和喃喃低語聲。斑點掌跨出臥鋪，從羽鬚和褐斑旁邊悄聲經過。感謝星族老天，她到現在都還沒忘記戰士的潛行技巧。空地靜悄悄的，所有聲音都被白雪封住。斑點掌緩步走向育兒室，豎耳傾聽，但只聽到輕微的鼾聲從裡頭傳來。到底是什麼吵醒了她？

她朝金雀花隧道轉身。今晚站崗的是暴尾。自從羽鬚找到藥草幫忙緩解他的口渴病之後，他就重回戰士崗位。斑點掌決定過去看看在嚴寒的天候裡擔任守衛的暴尾是否無恙。她鑽進結霜的金雀花叢裡，枝葉上的刺冰涼地刷過她的頸背，她不由得發抖。她的出現，把暴尾嚇得跳了起來，但又隨即喵嗚笑了出來。

「我剛差點打瞌睡。」他告訴她。「外頭太安靜了。」

「總比有影族入侵好。」斑點掌玩笑說道。這時她突然瞄見暴尾後方有動靜……就在山谷的半山腰上。那是貓嗎？為什麼他們不走平常走的路？

我的星族老天！那是藍毛和她的小貓！

怎麼會這樣？斑點掌猛然想起藍毛在談到她的小貓時，眼神所流露的絕望，她還說她必須做出決定。她應該告訴暴尾嗎？要是他知道了，一定會把藍毛帶回營地。**我能夠信任藍毛嗎？我可以相信她的決定是對的嗎？**斑點掌從不懷疑藍毛對她孩子的愛，**不管她做什麼，絕對不會傷害他們。**

摸黑離開的藍毛不小心一個打滑，小樹枝啪地應聲折斷。暴尾豎起耳朵，正要轉身查看。

「那是什麼？」斑點掌趕緊用尾巴指另一個方向。

暴尾跳了起來，瞪著那叢灌木。「在哪裡？」

這時斑點掌聽見後面傳來輕微的窸窣聲。**藍毛帶小貓走遠了嗎？**她不敢回頭查看。

「就在那棵很高的樹旁邊，」斑點掌喵聲道，還故意走到暴尾身邊，假裝想看仔細。「我確定我看到那裡有東西在動，也許是狐狸吧？」

「我去看看。」暴尾低吼一聲，緩步離開，背上的毛豎得筆直。

斑點掌待在原地盯著暴尾嗅聞那邊的矮木叢。她其實很想去追蹤藍毛，查出她的去向，但又不敢輕舉妄動，深怕被暴尾發現。

戰士又走了回來，毛髮被荊棘叢弄得凌亂不堪。「沒聞到什麼。」他回報。

「我確定我有看到東西在動，」斑點掌堅稱道。「它沿著山谷，走到更裡面了。要不你去那裡看看，我爬到最上面，或許能瞄到什麼。」

暴尾點點頭，又回那頭探看。斑點掌趕緊爬上小路，踩在雪地上的腳爪不時打滑。又下雪了，斑點掌眨眨眼睛，甩甩頭。她緊張地查看路上的痕跡。他們是走哪一條路？

最後她在一叢荊棘底下發現很淺的腳印。有的很大，有的小到她幾乎看不出來。看來他們是往陽光岩去了。斑點掌深吸一口氣，鑽進蕨葉叢，盡量抬高腳步踩在雪地上，還不停甩動四條腿，以免腳底凍傷。冰雪沾上她的腹毛，她冷到耳朵微微刺痛。**希望小貓們沒事。**

夜色在她四周悄悄聚攏。斑點掌納悶自己是不是跟丟了他們。她鑽進蕨葉叢，想找個地方躲，卻聽見上方傳來聲響，那聲音低沉且急迫。斑點掌隔著莖梗窺探，隱約看見在結冰的河邊有兩個高大的身影。

其中一個身影朝她方向轉身，她連忙躲起來。原來這就是藍毛的祕密。較高大的那個身影開始步下河岸，旁邊跌跌撞撞地跟著幾個小身影。斑點掌倒抽口氣。**難道藍毛是在送走她的小貓？她為什麼要這麼做？**

她只想到一個原因：唯有送走自己的孩子，藍毛才可以離開育兒室，取代薊爪當上副族長。哪怕藍毛並沒有親眼見過黑暗森林裡的薊爪，但這是藍毛在衡量過她對族貓的愛以及對薊爪的顧忌之後所做出的決定。

斑點掌嘆了口氣，**藍毛，薊爪改變了我們倆的命運。但妳恐怕永遠不會知道妳我之間竟有這樣的共通點。**

「星族啊，求祢們保佑藍毛的小貓一切平安，讓他們勇敢堅強，最重要的是，擁有很多的愛。」斑點掌蹲在蕨葉叢裡默默祈禱。

她四周的空氣微微震動，一股似曾相識的溫熱氣味迎面撲上她的鼻口。斑點掌瞇起眼睛，好像看見前方的莖梗間隱約有白色的身影成形。

我們會盡全力，一個聲音在她心裡小聲響起，**斑點掌，謝謝妳相信我姊姊。**

「雪毛？」斑點掌低聲道。「是妳嗎？」但四周的蕨葉靜悄悄的。淺白色的身影慢慢消失在繽紛墜落的雪花裡。

我和藍毛也會盡全力的，斑點掌誓言道，**我絕不會再愚惷或盲目。拜薊爪之賜，我終於明白自己的天命何在，從現在起，我的心只屬於我的部族。**

WARRIORS

貓戰士

松星的抉擇

Pinestar's Choice

獻給朋友蘇西・普拉特納

特別感謝維多利亞・霍姆斯

花尾：有一身漂亮花紋的玳瑁色母貓。

長老　（退休的戰士或貓后）

鹿斑：銀黑相間的虎斑母貓。

籽毛：灰色母貓。

綻心：灰色虎斑公貓。

鶇爪：淺棕色虎斑公貓。

各族成員

雷族 *Thunderclan*

族長　**橡星**：琥珀色眼睛，身材結實的棕色公貓。

副手　**牝鹿羽**：琥珀色眼睛，淺黃與白色相間的母貓。
所指導的見習生，雛菊掌：黃色眼睛的灰白相間母貓。

巫醫　**雲莓**：黃色眼睛，長毛白色母貓。

戰士　（公貓以及沒有幼貓的母貓）

霧皮：綠色眼睛，毛髮豐厚的灰色母貓。
所指導的見習生，松掌：綠色眼睛的紅棕色公貓。

蕁麻風：薑黃色公貓。
所指導的見習生，閃掌：白色鼻口的暗薑黃色母貓。

甜薔：有著白色腳爪的淺棕色虎斑母貓。

糊足：琥珀色眼睛的薑黃色公貓。

雀歌：淺綠色眼睛的玳瑁色母貓。

鴉尾：藍色眼睛的黑色公貓。

風翔：淺綠色眼睛的灰色虎斑公貓。

兔撲：黃色眼睛的淺棕色母貓。

松鼠鬚：琥珀色眼睛的棕色虎斑母貓。
所指導的見習生，微掌：藍色眼睛的黑白相間公貓。

冬青皮：琥珀色眼睛的黑色母貓。

雨毛：琥珀色眼睛，帶有斑點的黃白相間母貓。

牡鹿躍：琥珀色眼睛的灰色虎斑公貓。

褐鹿歌：淺棕色母貓。

腐肉場
影族營地
轟雷路
頭鷹樹
大梧桐樹
雷族營地
蛇岩
沙坑
松樹林
兩腳獸地盤
KEY
To The
CLANS
雷族
河族
影族
風族
星族
NORTH

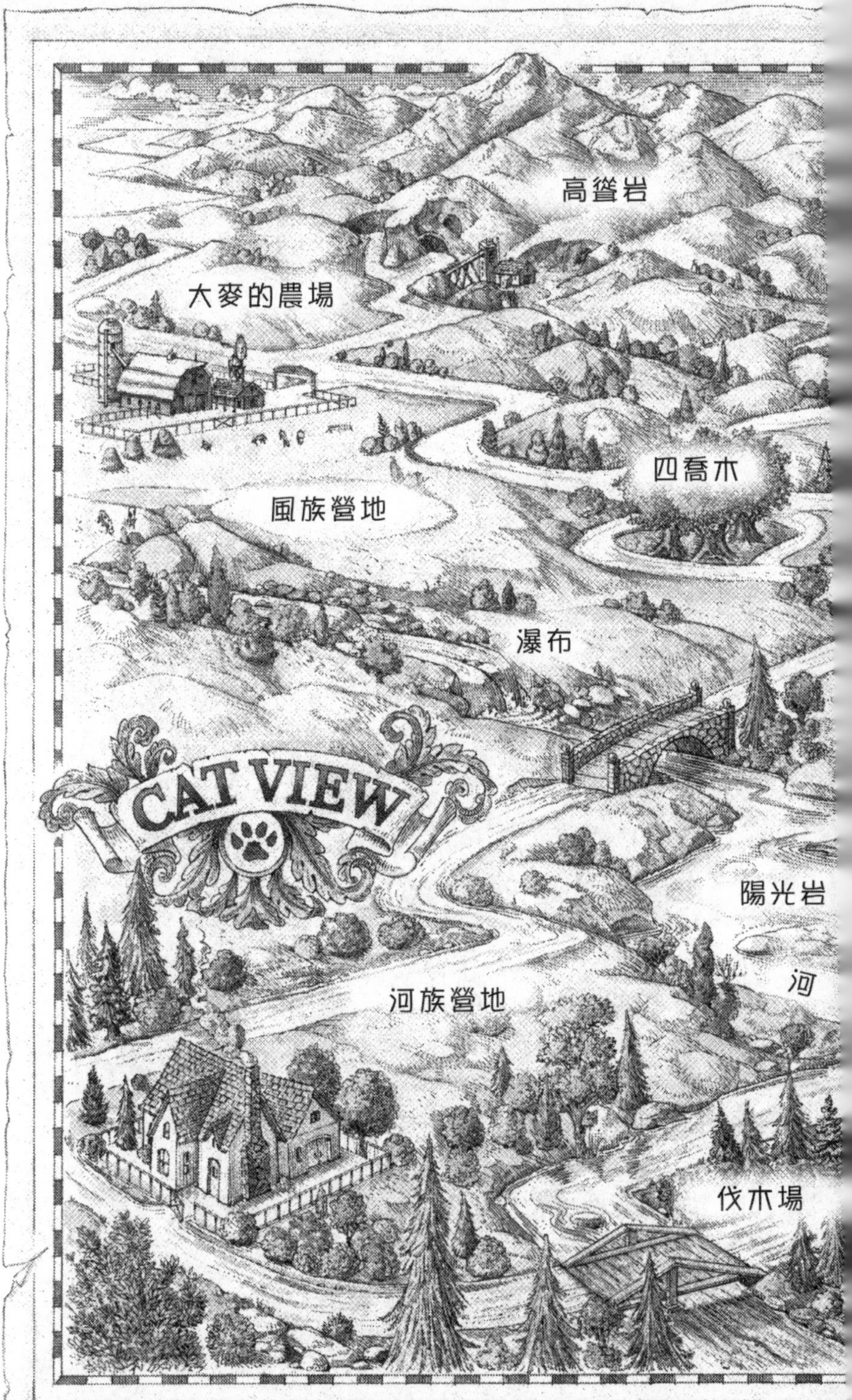
高聳岩
大麥的農場
四喬木
風族營地
瀑布
CAT VIEW
陽光岩
河
河族營地
伐木場

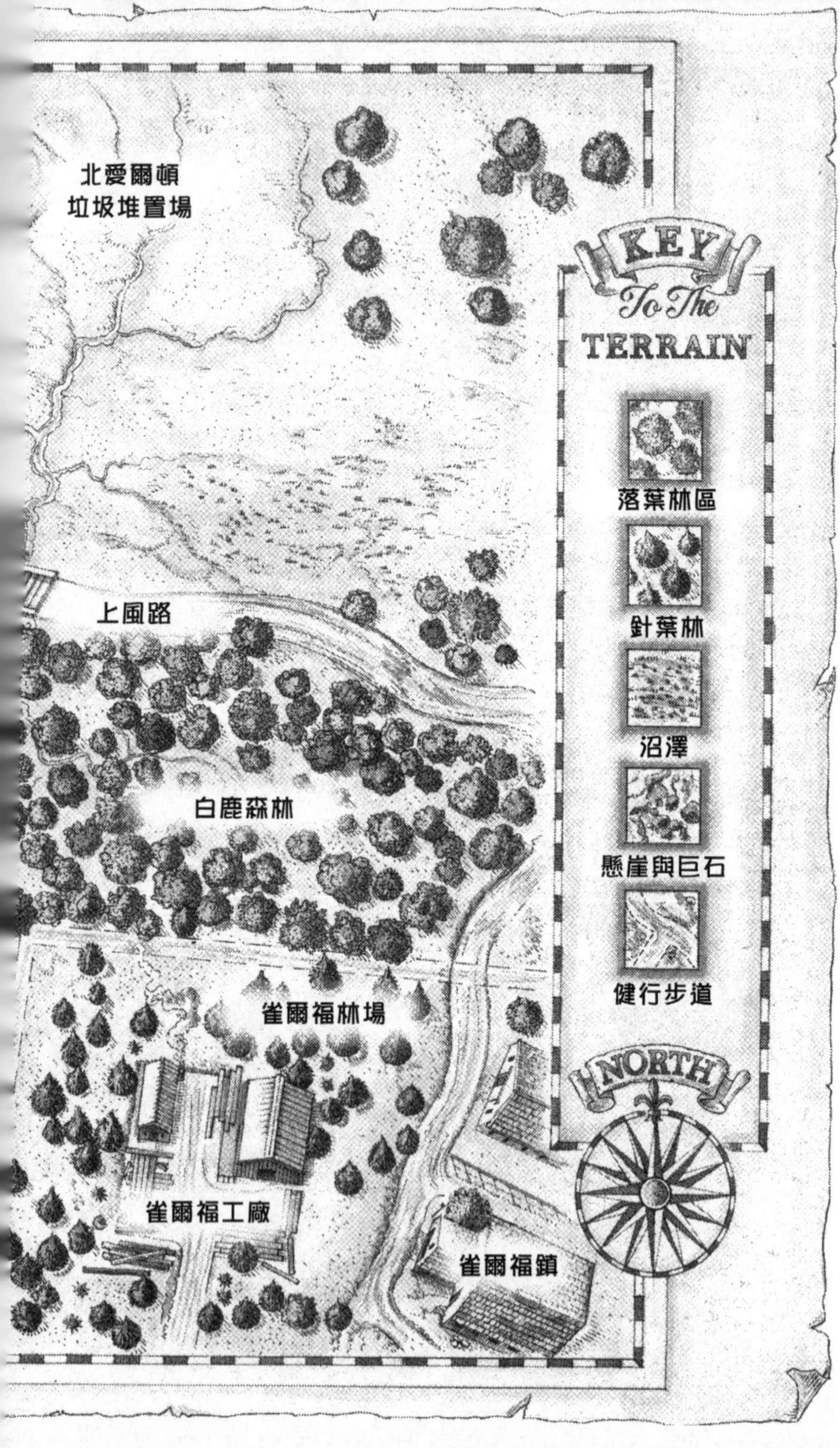

北愛爾頓
垃圾堆置場
上風路
白鹿森林
雀爾福林場
雀爾福工廠
雀爾福鎮
KEY
To The
TERRAIN
落葉林區
針葉林
沼澤
懸崖與巨石
健行步道
NORTH

惡魔指山
[廢棄礦坑]
北愛爾頓公路
上風農場
督依德谷
上風高地
督依德
急流
TWOLEG VIEW
雀爾河
摩根農場
露營地
摩根農場
摩根路

第一章

「松掌，這裡就是兩腳獸地盤！」霧皮用尾巴指著沿林子邊緣豎起的一排木製籬笆。

松掌身子後傾，抬頭仰望籬笆頂端。籬笆往他左右兩邊綿延，直抵林子盡頭。「兩腳獸蓋這籬笆是為了擋住我們嗎？」他問道。

霧皮喵嗚笑了出來。「我們沒那麼可怕！我想牠們是想標示出自己的邊界，就像我們標示邊界一樣，只不過牠們太懶了，連巡邏隊都不派。你一定要記住，它就像其他部族的邊界一樣代表不歡迎我們去籬笆的另一頭。」一身淺灰色毛髮的戰士這時綠色眼睛黠光一閃。「不過這不表示要是我們真的很想去，就一定不能去。不過那邊的景致跟林子這邊肯定完全不一樣。」

說完，她就沿著林子邊緣躡手躡腳地走開，腹毛刷過長草地。綠葉季的氣味沉滯在空氣中，風裡有花粉和植物汁液的味道。

松掌待在原地，試圖想像籬笆後面的景致有何不一樣。樹木的顏色不一樣嗎？兩腳獸住在什麼樣的窩穴裡？他瞄到籬笆有個小洞，高度剛好與他齊耳，於是朝小洞爬過去，往裡頭窺看。

但洞裡竟有隻碩大的黃色眼睛朝他回瞪。松掌尖叫一聲，趕緊往後彈開。這時突然傳來一陣爪子亂耙和震耳欲聾的木頭咯咯聲響，而聞聲而來的霧皮衝上籬笆頂端，穩住身子，弓背發出刺耳的嘶叫聲。

「你這隻長滿疥癬的死毛球，不准你動我的見習生！你是嚇到不敢出來面對我們嗎？那就滾回你的兩腳獸那兒，你這個狐狸腦！」

她跳了回來，對松掌點點頭。「那只是一隻又肥又老的寵物貓。」她喵聲道，聽起來喘吁吁的，隨即低頭舔舔胸前的毛。「下一次，你自己去趕跑他們。」

松掌緊張地回頭看了小洞一眼。寵物貓還在盯著他看嗎？他想以後恐怕會常做惡夢，夢到有怪物的眼睛從洞裡偷窺他。霧皮正快步離開，他趕緊追上去挨著她走，他很想回頭看對方有沒有跟過來，但忍住衝動沒敢回頭。

「就算從沒見識過寵物貓，我也不介意。」他嘴裡咕噥。

霧皮喵嗚笑了出來。「才怪，不過他們嚇不了你的。他們的牙齒和爪子都鈍得跟石頭一樣，而且他們連看到自己的影子都怕。」她朝著一大叢擋住去路的荊棘點頭示意。「後面就是轟雷路了。你有聽到聲音嗎？」

松掌停下腳步豎耳傾聽，怪獸一頭接一頭地呼嘯而過，發出怒吼。牠們似乎不像寵物貓那樣會嚇到他，畢竟怪獸從不離開黑石路面。不過在這裡隨時可能碰上擅自闖入雷族領地的影族戰士，這才是最可怕的事吧。影族貓就住在邊界的另一頭。霧皮帶著他鑽進多刺的荊棘叢裡。松掌往外窺看，望見怪獸疾奔而過的模糊身影，陣陣惡臭的熱風不時撲上他的毛髮，他縮回身子，忍住作嘔的感覺。

「我們不能再靠近了，」霧皮出聲警告。「等你要去月亮石的時候，就會學到怎麼過轟雷路，不過短時間內還不會去。」

松掌興奮到毛髮微微刺癢。他的未來正在眼前開展，清楚到就像正站在樹頂往下俯看。這是他當上見習生的第一天，就已經見識到寵物貓和怪獸了！他好奇會不會遇見同樣跟導師出來受訓的其他見習生。松掌沒有兄弟姐妹，所以早已習慣獨處，不過他很期待跟其他見習生一塊受訓，那樣他就能把自小練習的戰技秀出來。

他跟著導師沿著邊界走，這條邊界離隆隆作響的轟雷路只有幾條尾巴之距。怪獸的嗆鼻氣味黏附在每片樹葉和每片草葉上，松掌並不指望沾在身上的臭味待會兒就會消失。這時前方的霧皮猝然停下腳步，耳朵豎得筆直。松掌看見樹叢間閃現亮橘色的身影，並聽見兩腳獸的粗嘎聲音劃破怪獸的怒吼聲。

「我們得繞過牠們，」霧皮低聲道。「雖然牠們對我們並不感興趣，不過還是別冒險比較好。」她蹲下來，爬進蕨葉叢裡，遠離轟雷路和站在路旁的那群兩腳獸。松掌躊躇不前，試圖從樹幹間窺看牠們在幹什麼。這群兩腳獸全都有閃亮的橘色毛皮和會折射出陽光、看上去很硬的白色頭顱。其中兩頭兩腳獸站在轟雷路邊泥濘的坑洞裡，還有一頭正用一根棍子戳著地面。

「走吧！」霧皮在松掌的耳邊嘶聲說道，害他嚇了一跳。他顧著看兩腳獸，根本沒注意到他的導師又折回來。「你在等什麼？」

「我想看牠們要做什麼。」松掌低聲回答。

「見習生若是太好奇，鼻子恐怕會遭殃哦。」霧皮揶揄道。「橡星昨晚有派一支巡邏隊來過，看起來兩腳獸是打算在轟雷路底下比較鬆軟的地方挖一條地道。」

「好酷哦！」松掌小聲說道。

他的導師看著他。「哪有酷？我們才不希望影族以後輕而易舉地就能逛進我們的領地。」她語氣冰冷，不以為然，松掌垂下頭，覺得自己很蠢。

他們鑽進蕨葉叢，遠離轟雷路。松掌的腿開始痠痛，腳墊也被荊棘刺和石子扎得很痛。他這輩子從沒走過這麼遠的路！真不知道巡邏隊怎麼有辦法每天繞著領地走上一圈。轟雷路的吵雜聲漸漸隱去，沒多久，松掌就聽見流水四濺的聲音。

是河！他聽說過很多有關河的傳聞，一直努力想像它是什麼樣子。他衝出蕨葉叢，站在河岸邊。**看起來好像水狀的轟雷路哦**，他心想道，覺得有點失望。從長老們的描述裡，河流是很可怕的地方，隨時會把小貓吸進水裡。可是河族戰士卻喜歡游泳，可見河族戰士有多麼邪惡和可怕。

霧皮踩著嘎吱作響的石子，從旁邊躡手躡腳地過去。「來踩踩水吧！」她小心翼翼地踏進水裡，回頭喊道。

松掌往後退，心想那河水可能會饑渴地舔著他的肚皮，再把失足的他拖進水裡，「不了，謝謝。」他喵聲道。他望著河對岸的柳樹，樹葉在風中翻飛，折射出灰濛迷離的銀光，下方的蘆葦淺聲低吟。河族貓正在監視他們嗎？松掌覺得不寒而慄。他今天可不想遇見滿嘴魚腥味的河族貓。至少在他學會如何戰鬥之前，還是別碰上比較好。

霧皮走了回來，輪流甩著腿上的水珠。「我們回去吧。」她喵聲道。

「真的嗎？我整個領地都看遍了嗎？」松掌問道。

霧皮喵嗚笑了出來。「呃，邊界差不多都走過了，剩下的改天再來吧。」她低頭鑽進蕨葉叢，找到一條小路，路上有強烈的兔子味和其他味道，聞起來很刺鼻。「那是狐狸的氣味。」霧皮注意到松掌皺起鼻子，於是這樣說道。

松掌眨眨眼睛。「就在附近嗎？」他尖聲問道。

「沒有，這是很久以前留下來的味道。」這時路面愈來愈寬，霧皮加快腳步。松掌突然發現自己以前見過路邊這些樹，也聞過同樣的味道……而且山谷上面有一條路可以往下通到雷族的營地。**原來我們到家了！**

他跟著導師步下石子路，鑽進金雀花隧道，進到空地裡。但他還沒來得及喘口氣，就有隻綠色眼睛的棕色虎斑母貓急忙跑過來用鼻子搓揉他，不停舔他背上的毛，喵嗚地輕笑。

「你覺得怎麼樣？」甜薔問他。但松掌還沒來得及回答，她就又朝霧皮轉身：「他表現得還好嗎？他有聽你的話嗎？」

松掌蠕動身子，掙脫母貓。「我當然有聽話。」他喵聲道。他母親的舉動令他很不好意思。

霧皮點點頭。「他是一百分的見習生。」

「他當然是囉，」橡星低沉地說道，同時走過來找他們，一身暗棕色的毛髮在陽光下閃閃發亮。他眼神充滿父愛地看著松掌。「我兒子將來要成為這個部族史上最優秀的戰士。」

松掌挺起身子。「我會盡力達成。」他承諾道。

「霧皮的戰技課，你一定要好好上。我要你做好準備，才能上場對抗河族那些疥癬貓！」橡星喵聲道。「他們絕對奪不走我另一個兒子。」

松掌望著他父親那雙悲痛的眼睛。他從沒見過他同父異母的哥哥，他只知道樺臉死在一場與河族的戰役中。

一隻乳白色的母貓走過來加入他們。「在這之前，他可能得先跟影族戰士交手，」她警告道，「兩腳獸的地道很快就會完工，到時影族便可長驅直入我們的領地。」

橡星點點頭。「牝鹿羽，妳說得沒錯，不過我認為只要我們每天都去那裡重新標示氣味記號，諒他們也不敢過來。妳一定要嚴格要求黎明巡邏隊每天做好這件事，拜託妳了。」

牝鹿羽點點頭。「當然。」

金雀花叢那裡傳來劈啪作響的腳步聲，閃掌、雛菊掌和微掌衝進營地，後面緊跟著他們的導師。

「我們剛剛上了一堂很棒的戰技課！」雛菊掌喵聲道，背上灰白相間的毛髮豎得筆直，其中一隻耳朵掛著一片蕨葉。

牝鹿羽打量她。「妳看起來好像打輸了？」她直言道。

「對啊！」雛菊掌的姊姊閃掌大聲說道，「我和微掌差點就把她壓扁了。」

「這種戰術不算正常吧，」微掌的導師松鼠鬚說道。她朝牝鹿羽點點頭。「不過妳的見習生表現得很不錯。很有膽識，哪怕是一對二。」

牝鹿羽喵嗚笑了。「我很高興聽見妳這麼說。謝謝妳幫她上課。」

閃掌的導師蕁麻風正在空地邊緣的溼青苔那兒喝水。他囫圇吞了口水，轉身問松掌：「你第一天去巡看邊界，感覺如何？」

「感覺很棒！」松掌喵聲道，「我有看到寵物貓和一些兩腳獸。」

「哦，好可怕哦。」雛菊掌揶揄道。

「他表現得很好，」霧皮喵聲道。「事實上，我覺得他明天就可以加入你們的戰技練習，這樣雛菊掌就不用一對二了。你覺得呢，松鼠鬚？」

棕色虎斑戰士垂下頭。「松掌、霧皮，有你們的加入，是我們的榮幸。」

松掌趕緊跳起來站好。能當上見習生是他這輩子最幸運的事了！

喀嚓！一根小樹枝在松掌腳下應聲折斷，他趕緊靜止不動，屏住呼吸。在他前方的那隻歐椋鳥仍在葉屑裡啄食，他這才鬆了口氣。他從眼角餘光瞄見閃掌正用嘴型對著他說**運氣不錯哦！**松掌點頭同意。他只要再往前走幾步，就可以撲過去了。

他已經當了快一個月的見習生，這是他第四次參加狩獵隊。目前為止，他每次狩獵都會抓到一些獵物，他不打算壞了這個記錄。他把重心從前腳移到後臀，蹲下來準備飛撲。

「噓～」

松掌聞聲轉頭去看。是誰在說話？閃掌不見了，蕨葉叢裡好像只有他一個。

「不要踩我尾巴！」另一個聲音嘶聲響起。「你是想讓全雷族的貓都知道我們在這裡嗎？」

松掌當場愣住。這不是他的族貓。難道雷族被入侵了嗎？他嗅聞空氣。這裡離轟雷路很近，樹葉和獵物的氣味幾乎都被怪獸的惡臭味覆蓋。不過今天還有別的味道……一種很淡的貓味，以前沒聞過。

他背上的毛全豎了起來。他朝聲響來源的灌木叢匍匐過去，完全忘了歐椋鳥這回事。歐椋鳥這時突然嘎嘎大叫，飛了上去，荊棘叢一陣騷動，松掌意外瞥見棕色、灰色和橘色毛髮，更有出鞘的利爪閃現其中。他錯失了偷襲的機會。

「有入侵者！」他放聲大喊，轉身就朝剛跟隊員們分手的地點跑回去。「快來支援！」

牝鹿羽立刻跳了出來，站在他前面，毛髮豎得筆直，鼻口仍留有一抹血跡，代表她剛剛成功抓到一隻獵物。「在哪裡？」她追問道。

松掌朝後方示意。「在荊棘叢裡。」他氣喘吁吁。

「你在這兒等，」副族長告訴他，同時朝灌木叢跑過去，並放聲大叫：「雷族戰士！快出來集合！」

松掌四周的矮木叢頓時熱鬧起來，霧皮、松鼠鬚、雛菊掌和微掌全跳了出來。霧皮停在松掌旁邊。「發生什麼事了？」

「我們被入侵了。」松掌告訴她。

松鼠鬚嗅聞空氣，露出尖牙。「有影族貓從那條該死的地道鑽到我們這邊來了。走吧，我們把他們趕回去！」

她立刻跑開，微掌尾隨其後。霧皮喵聲說道：「松掌，你快回營地找更多戰士前來支援！」說完也跟著族貓們跑開。

松掌正要衝進蕨葉叢回營地通報，突然有個想法。他確定他只在荊棘叢裡看到三、四隻貓。這表示雷族狩獵隊的隊員數量多過影族貓。與其浪費時間去找更多貓兒前來支援，倒不如直接加入他們，趕在影族貓深入林地之前，趕走他們？

於是他旋身一轉，追在他導師後面。前方的廝殺怒吼聲告訴他入侵者已經被找到。松掌衝進濃密的接骨木樹叢裡，然後從另一頭衝出來，看見他的隊員們正在一小塊空地與四隻影族戰士正面交鋒。他們個個壓低著頭，左右甩打尾巴。松掌愣了一下，驚見影族貓個個精瘦結實，已經做好迎戰的準備。

他看見自己的族貓堅守陣地，全身毛髮豎得筆直。他知道敵方在哪裡，於是趕緊跳過去站在霧皮旁邊，後者嘶聲質問他：「我不是叫你回去求援？」

「那會耗太多時間，還不如我直接過來幫忙！」松掌低聲回答。他將爪子戳進泥地，同時在腦袋裡演練一遍學過的戰技。

微掌用尾尖碰碰他。「我們並肩作戰，」他低聲說道。「一起合作，這樣殺傷力更大。」

松掌點點頭，同時朝黑白毛色的公貓移近。

「你們要趕我們走？」其中一名影族戰士冷笑說道，她是一隻毛色橘灰相間的母貓，有一雙凶狠的琥珀色眼睛。「那就看你們有沒有這個能耐了！」

「廢話少說！」牝鹿羽反駁，立刻撲上入侵者，迎面痛擊，其他影族貓蜂擁而上，雷族貓也不甘示弱地跳上去迎戰。

松掌和微掌聯手攻擊一隻牙齒長得亂七八糟的淺棕色公貓。松掌巴住戰士的脖子，微掌啃咬對方的耳朵。但那隻貓的身子往地上一甩，擺脫微掌，松掌卻仍巴著不放，爪子戳進戰士的毛髮。但公貓在地上翻滾，試圖壓扁他。松掌及時跳開，等對方站起來，又立馬跳上他的肩。

「這招厲害！」微掌氣喘吁吁，同時轉身低頭，狠咬影族貓的尾巴。戰士慘叫一聲，腳步蹣跚。松掌趁機猛毆對方碩大的頭顱，後者痛得跪在地上。

空地另一頭，霧皮正對著一隻暗灰色公貓齜牙低吼。儘管鮮血從霧皮的耳朵滴下來，但她眼神仍然凌厲，出爪猛擊對方。公貓想要後退，卻被一叢荊棘擋住。被困的他只能低頭忍受霧皮那宛若雨點落下的拳腳。

「幹得好，霧皮！」松掌大聲喝采。

那隻橘灰相間的母貓從牝鹿羽身子底下滾了出來，跳起來大吼：「影族戰士！撤退！」第四名入侵者是一隻灰白色母貓，她正在猛咬雛菊掌的耳朵，卻被松鼠鬚反擊回去。松掌正準備迎戰下一波攻擊，但影族戰士在橘灰色母貓嘶聲吼叫的一聲令下，立刻聽命轉身，迅速逃開。牝鹿羽追在後面，其他隊員也追上去。儘管松掌身上帶傷，腳爪瘀青，也還是飛快地追在後面。**我們贏了！**

他們把入侵者一路追進轟雷路底下的地道，最後在被挖掘出來的泥土堆上煞住腳步，看著他們爭先恐後地爬進陰溼惡臭的洞裡。

「滾遠點！」牝鹿羽尖聲喊道。

轟雷路對面的蕨葉叢一陣窸窣作響，影族貓正在鑽出來，隨即逃竄不見，一切迅速歸於平靜。就連轟雷路也空盪盪、靜悄悄的，只剩下雷族戰士們的喘息聲。

霧皮推推松掌。他抬頭看她。「小夥子，你打得不錯，」她喵聲道，「你父親一定會以你為榮。」

松掌覺得全身發燙，很是自豪。

牝鹿羽點點頭。「你留下來的決定是對的，」她咕噥道。「而且表現得很勇猛。松掌，有一天你一定可以當上族長，等著瞧吧。」

第二章

「可是楓影復仇還沒有結束，她怪那些貓兒害死她的小貓，她一定要把他們全都凌虐過，才肯罷休。於是她回到雷族，只為了去找一隻貓：可憐無助的斑希。」蕁麻風壓低音量，松掌全身發抖。這故事他已經聽過很多遍，所有見習生也聽過了，但還是忍不住想聽，總是拜託蕁麻風再說一遍。

「快告訴我們她找到她之後呢？」雛菊掌懇求他，黃色眼睛瞪得斗大。先前跟影族戰士的那場衝突害她前腿留下很深的咬痕，所以這幾天都待在巫醫窩裡養傷，不過很快就可以回去受訓了。

蕁麻風蹲下來，背上毛髮全豎了起來。

「楓影找到了她，當時她正在蛇岩那裡巡邏。楓影把她逼進一堆岩石裡，裡面藏了很多條蛇。其中一條蛇對斑希吐出毒液！」

他突然打住，瞇起眼睛，表演斑希的痛苦表情。

「結果被綻心發現，」蕁麻風繼續說道，但聲音沙啞悲傷。「可是他救不了她。雷族當時沒有巫醫貓，因為烏翅被楓影殺死了，那時又還沒有見習生可以接下巫醫貓的工作。斑希撐了幾個日出，最後死了。蛇毒是從她體內慢慢發作。」他搖搖頭。「也許這也算是星族慈悲，因為就算她活了下來，眼睛瞎了不說，搞不好也已經被嚇瘋了。所以楓影要是沒去無星之地，那就太沒天理了。」

「太沒天理了！」見習生們小聲覆誦他說話，同時搖搖頭。

「蕁麻風，你又在跟他們說楓影的故事了？」褐鹿歌擠進見習生窩，同時甩甩身上的雨滴。「看在星族老天的份上，別再說了！你會害他們做惡夢的！」

「不會啦。」微掌反駁道。

褐鹿歌把頭歪到一邊。「我的臥鋪就在見習生窩的另一頭，」她直言道。「我可以聽到你們在做惡夢！好了，牝鹿羽把你們的導師都派去地道那邊更新氣味記號了，所以要我們帶你們去狩獵。這一次，我們盡量不要撞見入侵者，好嗎？」

松掌蹣跚爬了起來，跟著其他貓兒走出窩穴。雨勢已經和緩，變成了毛毛雨，沾在他毛髮上，也滴掛在睫毛上。他眨眨眼睛，拔腿就往前跑，不想在滴水的金雀花隧道裡面磨蹭太久。

褐鹿歌和蕁麻風帶著他們來到伐木地附近的松樹林裡，頭頂上方的枝葉很尖很利，林地陰暗沉靜，貓兒們一聲不響地各自散開，尋找獵物。松掌看見其他見習生都在布滿針葉的林地上搜找，於是決定往兩腳獸的地盤趨近，希望能在林子邊緣的長草地那裡找到獵物。如今的他已經沿著那道籬笆巡邏過很多回，不曾再停下腳步去偷窺那個小洞。他告訴自己，現在的他已經不怕懶惰的寵物貓了。只是他看不出來有什麼必要去找寵物貓的碴。

他快走到林子邊緣時，就遠遠望見兩腳獸窩穴的紅色尖屋頂。他先是聽見兩腳獸喋喋不休的刺耳聲音，然後突然被某種撞擊聲打斷，接著有怪獸發出隆隆聲響，一開始聲音很大，後來隨著牠走遠變得愈來愈小聲。松掌繞過一片正在滴水的酸模葉，森林的氣味充斥鼻口。這裡一定有獵物……可能是兔子……或其他東西，有股很濃的霉味，幾乎快被溼葉子的氣味掩蓋。

前方橫躺著一棵樹，四周沙地寸草不生，樹根曝露在外。松掌朝它爬過去，確定那味道來自於那些曝露在沙穴上方的樹根上。他聞到溫熱毛髮的氣味。**這獵物想必不小！**松掌喜孜孜地想道。

這時樹林旁邊突然有東西竄了出來，還挾帶著震耳欲聾的咆哮聲。松掌旋身一轉，看見一隻狐狸正在草地邊緣齜牙低吼，赤褐色的頸毛豎得筆直，唾沫自牙間滴落。他聽見後方的樹根下面傳來輕微的吠叫聲，心不禁一沉。原來他追蹤的不是獵物，而是一窩小狐狸。

狐狸媽媽上前一步。松掌聞得到對方那溫熱、帶著肉腥味的惡臭口氣。母狐狸的眼裡閃過一絲憤怒和饑渴。松掌趕緊掃視那夾在狐狸和那棵樹幹之間的缺口，他有辦法趕在她逮到他之前，跑到樹幹上嗎？他心跳快到無法清楚思考。他的腿一直在抖，得費好大力氣才站得直。

狐狸傾身向前，蓄勢進攻。松掌閉上眼睛，硬著頭皮準備迎戰。他知道自己速度不夠快，根本逃不掉。他只希望能殺出一條血路逃出去。

正當狐狸要撲上來之際，突然有腳步聲劈啪作響地沿著橫倒在地的那根樹幹跑過來。一個橘白相間的身影飛撲下來，在松掌前面落地。那是一隻貓，正蓬起全身毛髮，豎直尾巴。

「不准動他一根寒毛！」母貓嘶聲喊道，同時狠揮著其中一隻前腳，利爪在半空中閃爍不定。「快給我滾！」

令松掌驚訝的是，狐狸竟然壓低鼻口，後退一步，耳朵不停彈動，彷彿想搞清楚這隻凶惡的貓在說什麼。

「你快爬上籬笆，」母貓從嘴角低聲提醒他。「快上去！」

松掌趕緊轉身跳上那根橫倒在地的樹幹，沿著樹幹頭也不回地跑開，再一躍而上兩腳獸的籬笆。籬笆被他的重量壓得晃來盪去，他以為自己會掉到草地上，被狐狸一口咬住……還好他戳進爪子，穩住身子，這才得意地站在籬笆上。橘白相間的母貓也跑過來找他，下方的狐狸氣餒咆哮。

「哈！」松掌揶揄道，「抓不到我了吧！」

橘白相間的母貓用一雙冰冷的藍色眼睛覷著他。「別忘了你這條命是誰救的？」她喵聲道，「要不是我及時趕到，你八成被拿去餵小狐狸了。」

「那可不一定，」松掌爭辯道，但卻覺得全身發燙。「我是雷族戰士！我知道怎麼反擊！」

「那你也該知道千萬不要跑到狐狸和她的小孩那裡。」母貓喵聲道，「顯然最近訓練出來的戰士都不怎麼樣。」

「妳是別族的戰士嗎？」松掌瞪著她那身光滑的毛髮問道。

母貓翻了翻白眼。「什麼？要我每天捉獵物才能飽餐一頓？別傻了好不好，我才沒那閒功夫呢。我住在這裡。」她朝後方的兩腳獸地盤點頭示意。

松掌張口結舌。「妳……妳是寵物貓！可是寵物貓不會打鬥啊？」

母貓眨眨眼睛。「你應該有注意到我剛沒跟那隻狐狸打起來吧。我只是嚇嚇牠，讓你有機會可以開溜。又不是所有寵物貓都是膽小鬼，」她站起來，尾巴捲在背上。「尤其如果有了小貓，我們也會像那隻狐狸一樣奮不顧身地保護自己的孩子。」她腳步輕盈地沿著籬笆上面走。「你可以離開了，快回你的領地吧，離狐狸遠一點！我可沒辦法老待在這兒等著救你。」

她跳到籬笆下面翠綠色的草地上，頭也不回地快步朝兩腳獸的窩穴走去，消失在牆上的小洞裡。松掌打量那片夾在籬笆和林子中間的空地。沒有母狐狸的蹤影，他猜牠已經回到樹幹底下的窩穴。他跳下去，蹲在長草叢裡好一會兒，沒發現任何動靜，也沒有新的狐狸味從風中飄送過來，於是他放膽穿過空地，朝松樹林的安全地帶走去。

他與寵物貓的第二次正面交鋒比第一次更令他瞠目結舌。雖然他不想承認，但他下定決心絕不告訴霧皮或任何族貓今天的遭遇……他被那隻勇敢的母貓救了一命。他突然想到他忘了謝謝她，但現在想到也太遲了。**搞不好我再也見不到她了**，他一邊想，一邊快步穿過林子，朝狩獵隊的聲響來處走去。

第三章

松掌緊咬著牙齒，大氣不敢喘地用浸泡過老鼠膽汁的青苔來輕敷籽毛的身體。他被這臭味嗆得眼淚都流出來了，不過長老好像沒什麼感覺。膽汁滴在籽毛肚皮上被蝨子盤據的那塊地方，而仰躺在地的她發出舒服的呼嚕聲響，扭動了一下，拉長身子，讓松掌再多敷一點。

松掌被這臭味熏得都快昏過去了，納悶自己還能撐多久。他不敢相信他都已經當了快六個月的見習生了，卻還得做這最噁爛的工作。要是能有年紀更小的見習生來幫忙除蝨就好了。他加重了一點力道，然後就聽見小到不能再小的噗一聲，蝨子從籽毛的身上彈跳出來。松掌順勢一掌拍在地上，壓扁牠。

「謝了。」籽毛說道，同時坐起來，舔舔肚子上那一小塊血漬。

松掌拿起裡面裹有死蝨子的青苔，朝穢物處的通道走去。就在他快走到荊棘叢那裡時，後方突然傳來雜沓的腳步聲，幾隻貓兒正衝進空地。松掌丟下青苔，趕緊轉身查看。糊足站在營地中央，棕毛濃密的脇腹上下起伏，邊界巡邏隊的其他隊員也全都氣喘吁吁地擠在他後方。「寵物貓！」糊足衝口而出。

空地四周有幾隻貓兒跳了起來。「在哪裡？這裡嗎？我們被攻擊了嗎？」

橡星和牝鹿羽從高聳岩下方的族長窩裡出來。「怎麼回事？」橡星質問道。

「不在這裡，」糊足上氣不接下氣。「但是是在我們的領地裡，就在籬笆那邊。」

「我在松樹林底下聞到他們的氣味。」風翔打岔道。「他們比以前更深入我們的領地。」

「他們可能正在計畫入侵。」冬青皮喵聲道，身上的黑毛全蓬了起來，毛髮上仍留有剛在林子裡奔跑時沾到的蕨葉屑。

微掌和雛菊掌跑過來找松掌。「你覺得寵物貓真的會笨到想攻擊我們嗎？」微掌低聲問道。

「我倒希望他們會！」雛菊掌喵聲道，同時亮出前爪。「我就可以讓他們知道我們有多不好惹！」

「我不認為我們有危險，」橡星喵聲道。「不過我們還是必須提醒那些毛球，我們不歡迎他們進入我們的領地。如果他們敢深入林子，就表示他們的膽子愈來愈大了。」他環顧空地。「我想我們今晚應該派支隊伍進入兩腳獸地盤警告他們，我們無法容忍這種越界之舉。牝鹿羽，妳覺得呢？」

副族長點點頭。「好主意。」她用尾巴朝零星散布在空地裡的戰士們示意。「我來帶隊。

我要鴉尾、兔撲、松鼠鬚和霧皮一起去，另外也帶各自的見習生一起來。」

「那我呢？」閃掌喊道。「你沒有挑中蕁麻風。」

「我是認為我在兩腳獸地盤裡的追逐日子應該結束了，」他的導師咕噥道，「不過如果你想加入他們也可以。」

「我會幫你看著她。」鴉尾提議道，蕁麻風點頭表示謝意。

「我們黃昏時出發，」牝鹿羽決定道。「戰士們，先去生鮮獵物堆那裡吃點東西，然後休息一下。其他沒有隨行的戰士，就請負責今天的狩獵工作。」

貓兒們竊竊私語地各自散開。戰士們排在生鮮獵物堆前面，松掌走到隊伍最後面去找其它見習生。

「我興奮到吃不下！」雛菊掌承認道。

「可是我們必須要有體力啊！」微掌一本正經地說道。

松掌一句話也沒吭。他很想再去籬笆那裡探索兩腳獸的地盤。不過他不相信寵物貓會構成什麼可怕的威脅。如果他們真的像族貓們說得那麼好吃懶做，怎麼可能會想去偷雷族的獵物？他也不相信他們找得到通往營地的路，畢竟營地是隱藏在布滿灌木和林木的山谷裡。

這時他想起幾個月前幫他趕走狐狸的那隻慓悍的寵物貓。於是提醒自己千萬別小看任何一隻貓，哪怕是跟兩腳獸住在一起的寵物貓。

巡邏隊趁最後一抹陽光染上樹冠的時候，出發前往陽光岩。淺灰色的天空高掛著缺了四分之一的月亮，正準備灑下銀色的月光，好讓戰士們一離開熟悉的領地，就能看清楚前路。松掌跟著同窩夥伴穿過金雀花隧道，從山谷邊坡爬上山頂，一路上都感覺得到自己心跳得很快。在兩腳獸地盤上等候他們的會是什麼呢？

「我們不是去找麻煩的，」帶隊的牝鹿羽腳步俐落地穿過蕨葉叢，同時回頭警告他們。「我們的計畫是找到愈多寵物貓愈好，然後嚇嚇他們，要是他們敢反抗，就拔他們的毛，但沒必要見血。我們只是要他們學會尊重部族貓，與我們的領地保持距離。」

她四周的戰士們都點頭附和。「我很樂意給他們一個永生難忘的教訓。」兔撲嘴裡嘟囔道，一身淺棕色毛髮在黃昏裡變成了淺灰色。

松掌前一晚才離營前往月亮石，那趟旅程得在黎明破曉前提前出發，半途還得趕在太陽升起之前，穿過風族領地。不過這是他第一次出發前往禦敵。他很訝異有這麼多隻貓兒同行，竟然還能在路上如此肅靜，腳下針葉幾乎沒有發出碎裂聲響，等到抵達林子邊緣時，就連低語聲也嘎然而止。

牝鹿羽在籬笆下方停下腳步，戰士們環繞在她四周。「我負責指揮，」副族長低聲說道，聲音小到跟風聲一樣。「如果我看到寵物貓，我會讓你們知道。我們必須分組進行警告任務，不用為了嚇阻一隻貓就全數現身。」

隊伍裡出現喵嗚笑聲。不過松掌還是感覺得到空氣裡充斥著一觸即發的緊張氣氛。他輪流活動自己的腿，伸展肌肉。哪怕只是要嚇嚇那些斗膽包天的寵物貓，也得做足格鬥的準備。

牝鹿羽突然消失在籬笆上，四腳幾乎沒碰到籬笆，便一躍而過，消失在籬笆另一頭。隊員們魚貫跟著她跳過去，籬笆在多隻貓兒重量的傾壓下發出不祥的嘎吱聲響。松掌從籬笆上跳了下來，在鬆軟的短草地上落地，其他貓兒也跟著在四周落地，但幾乎看不到他們在大樹底下的身影，而且那樹的味道很濃烈。牝鹿羽快步走進布滿月光的草地上，其他隊員默默跟上，耳朵全都豎得筆直，並張開嘴巴嗅聞空氣。他們繞著兩腳獸窩穴的邊緣查看，最後從兩堵紅色石牆中間的縫隙鑽進去，因為牆面實在太高，根本跳不上去。牝鹿羽加快腳步，大家一起衝上一條小轟雷路，路兩邊排滿正在睡覺的怪獸。

轟雷路遠處有一對黃色眼睛閃著微光，牝鹿羽扭過頭去。「鴉尾、兔撲、閃掌，你們去那裡處理一下。」

三隻貓兒聽命奔過堅硬的黑石路面。松掌聽見腳步一陣雜沓，遠方那隻寵物貓試圖逃跑。鴉尾大吼一聲，戰士們加速衝上去，疾步繞過角落，追著前方哀哀求饒的寵物貓。

牝鹿羽滿意地點點頭。「走吧！」她命令其他隊員。於是大夥兒沿著兩邊都是兩腳獸窩穴的轟雷路走，路旁停滿靜止不動的怪獸，他們盡量挨著怪獸底下的陰影前進。一路上與惡臭的銀色怪獸貼得很近的松掌全身發麻，暗地向星族祈禱千萬不要有怪獸突然醒來。

溫暖的空氣裡傳來低沉的喵聲，牝鹿羽愣在原地，抬尾示警。松掌豎直耳朵，原來有兩隻貓正在矮灰牆的後面小聲說話。牝鹿羽指著他和霧皮。「你們倆負責處理那兩隻貓，松鼠鬚，妳跟他們一起去。雛菊掌、微掌，跟我走。」

霧皮銜命點頭，往矮牆的方向跑去。松掌偕同松鼠鬚跟在後面。**寵物貓！小心囉，雷族來了！**

他們從牆面一躍而過，在暗處蹲低身子。月光下是一大片淺色的石子地，盡頭處有兩個身影。「如果我們直接過去，恐怕會製造太大的聲響，」霧皮低聲說道，「我們先跳回牆上，看能不能繞過去嚇他們。」

他們跳回牆上，沿著牆緩步前進，同時壓低身子，以免曝露行蹤。松掌心跳快到差點喘不過氣來，但還是盡量穩住步伐。他們從一堵矮灰牆和一棟木造小窩穴中間的陰影穿過去，霧皮這時頓了一下，豎起耳朵。

「我好像聽見下面有什麼聲音，松掌，你去看一下。」

松掌倒吸口氣。**我自己去？**但他告訴自己，他已經快當上戰士了，要是霧皮這麼信任他，他就應該義無反顧地銜命前往。於是他跳進下方的陰暗處，其他貓兒則繼續沿著矮灰牆前進。下面黑漆漆的，他用力眨眨眼睛再睜開，想適應這裡的幽暗。暗處有雙眼睛閃閃發亮，然後就有好幾隻貓的氣味飄送過來，嚇得他毛髮倒豎。他蹲伏下來，準備撲上去，打算讓他們領教一下雷族戰士的本事。

但他還沒行動，就有一隻腳爪朝他揮過來，鬍鬚差點被它耙掉。松掌驚覺與他對峙的竟是一隻憤怒的母貓，後者齜牙咧嘴，利爪在月光下閃閃發亮。

「是你！」他張口結舌。原來是那隻幫他趕走狐狸的母貓。沒想到又在兩腳獸地盤遇見她……只不過這次敵我涇渭分明。

「快滾開！」母貓低吼道。

松掌毛髮倒豎。「寵物貓，休想指揮我！我是雷族貓！」

「你在威脅我嗎？」母貓嘶聲說道。

松掌正準備揮爪進攻時，突然聞到另一股味道……那是他很久以前聞過、充斥在他記憶裡的奶香味。**這裡有三隻小貓！**

他看著母貓，對方眼裡的怒火與當初那隻母狐狸如出一轍。她什麼都不怕……為了保護她的小貓，她什麼都沒在怕。他該攻擊她嗎？畢竟她救過他一命。松掌退後一步，強逼著自己讓身上的毛髮服貼下來。

「沒事，」他喵聲道。「妳的孩子很安全，我不會傷害他們。」

「我不會讓你傷害他們的。」母貓吼道。

「我知道妳不會。」松掌急忙說道。他不希望讓她覺得自己必須證明給他看。

在矮牆這頭的他們聽見牆後方的雷族貓正在驅趕和威嚇寵物貓所傳來的尖叫怒吼聲和腳步雜沓聲。

母貓瞪大眼睛。「發生了什麼事？」

松掌回頭看了一眼。「我……呃……我們是來給寵物貓一點教訓，他們溜進我們的領地。」

「教訓我們什麼？我們連待在自己的家裡也不行嗎？」

「不是，只是要告訴你們，我們的領地不歡迎你們。」

母貓哼了一聲。「我又沒去你們領地。我在這裡可忙得很。」

她說話的時候，有三顆小小的頭顱從她後方探出來偷窺。這時在他們上方，啪地一聲突然亮起刺眼的白光，松掌這才發現他正瞪著一隻薑黃色小公貓看，他從沒見過這麼翠綠的眼睛。

而突如其來的強光也嚇得松掌立刻縮起身子。「那是什麼？」

母貓聳聳肩。「是我的主人打開光源，方便我夜裡找路回家。」她用尾巴把小貓們聚攏。「走吧，小東西，睡覺時間到了。」她開始把小貓們從松掌旁邊帶開。「你要把我追進屋裡嗎？」她揶揄道。

松掌搖搖頭。突然間，上方傳來吼聲，還有爪子的抓耙聲。

「松掌？你在下面嗎？」站在牆頂的霧皮看不到小縫裡的松掌和寵物貓。

母貓瞪大眼睛，趕緊伸出尾巴圈緊小貓們。松掌微微搖頭。**我不會讓他們下來騷擾妳的，**他暗自保證道。

「我馬上上來！」他朝他的導師喊道。「下面什麼也沒有。」他往後退，騰出空間讓母貓帶小貓們走進暗處。母貓趕緊加快腳步，小貓們跌跌撞撞地追在後面。但就在他們消失在窩穴角落前，薑黃色的小公貓突然回頭看了松掌一眼。

「謝謝你！」小貓喵聲答謝。松掌點頭回禮。

「你被困住了嗎？」霧皮吼道。「你到底在哪裡？」

松掌趕緊轉身，往牆上一跳。「我在這裡，沒事了。」他氣喘吁吁。

霧皮抽動尾巴。「你在底下的時候，我們已經趕走了那兩隻喋喋不休的貓了。牝鹿羽在轟雷路上等我們，快走吧。」

松掌跟在導師後面沿著牆跑開去找其他隊員，後者全都站在一頭直背大怪獸的陰影底下。牝鹿羽環顧隊員們，然後點點頭。「任務完成，」她喵嗚地宣布。「寵物貓已經知道我們不好惹，不會再越界了。」她沿著窩穴邊緣往回走，循原路回到籬笆處。「走吧，我們回去跟橡星報告，邊界安全了。」

⚡⚡⚡

松掌垂頭站在高聳岩下方，太陽炙烤著他紅棕色的毛髮。橡星站在前面俯看松掌，如今橡星只比長到與他齊肩高的松掌高出一隻老鼠身長的高度。松掌回想以前，他父親總是赫然聳立在他面前，感覺比一頭獾還要魁梧高大。**我已經變得快跟他一樣高了**，他心想，**也許有一天，我也會跟著他的腳步當上族長。**

「兩腳獸的襲擊行動很成功，」橡星大聲宣布，語氣喜不自勝。「我們很容易就會忽略不起眼的寵物貓，從不把他們當成什麼可怕的威脅，但是他們就跟其他貓兒一樣也會偷走我們的獵物。如果我們無法忍受別的部族入侵我們的邊界，那麼對寵物貓也一樣不能例外。」他低頭看著松掌。「我對我兒子在這場行動裡的表現自豪。霧皮告訴我他這次是單獨行動，像真正的戰士一樣驍勇。」

松掌盡量不讓自己表現出不安的樣子。他要怎麼解釋他其實沒有跟任何一隻寵物貓交手，他只是讓他們知道，只要不試圖干涉雷族貓的行動，他會讓他們平安離去。

橡星垂下頭，用鼻口輕搓松掌的耳朵。「從此刻起，你將更名為松心，」他大聲宣布。「無論是兩腳獸地盤的襲擊行動，還是抵禦入侵者時的臨場反應，你的表現都令雷族以你為榮。願星族永遠照亮你的前路。」他用鼻口輕觸松心的前額，同時低聲說道：「兒子，我為你感到驕傲。」

「松心！松心！」

松心抬起頭來聽族貓們歡呼他的新名號。他的未來就像一條遍灑陽光的道路正在眼前開展。他覺得自己的運氣好到沒話說，他何其有幸能誕生在這座林子裡，而且還是族長之子。戰士的美好生活正等著他。他對雷族忠心不二的程度……以及對星族的感恩……誰都比不上。他相信只要自己一息尚存，一定會誓死保衛這片領地和族貓們的安全。

第四章

松心叼著死掉的松鼠，大步穿過金雀花隧道，穿過空地。四周林木光禿的枝葉正嘎吱作響，寒風沿著他的背脊拂亂毛髮。不過樹木已經開始長出小小的綠色葉苞，早晨也不再降霜，就連等著出發巡邏的貓兒們鼻口也不再呼出裊裊白煙。

松心看見禿葉季快要接近尾聲，心裡開心極了。他曾親眼目睹到第一場洪水的降臨和緊接而來的大雪是如何毀了他們僅存的一點獵物，並眼睜睜看著他的族貓們挨餓受凍。鶇羽提議把生鮮獵物埋起來保存的這個點子澈底失敗，因為大雨來襲，空地變得泥濘不堪，族貓根本來不及吃上一口，獵物就全數腐壞了。當時身為雷族副族長的松心只覺得心痛無助，像小貓一樣驚慌失措。

此刻的松心很清楚貓兒們都在看著他，他們竊竊私語，而且聲音愈來愈大，因為其他隊員也都帶著獵物回到營地。**先用眼睛飽餐一頓**

吧，待會兒就可以大快朵頤了！嘴裡叼著獵物、無法開口說話的松心，心裡這樣想道。**挨餓的日子終於要過去了！**

他聽見雀歌警告自己的小貓要小口吃。「不要急，吃太急肚子會痛。這隻松鼠是焰鼻特地抓給你們的，等你們吃完了，一定要去謝謝你們的父親。」

雲莓拿了一塊獵物的肉給霧皮。「妳好久沒吃東西了，一下子吃太多會生病，」巫醫貓告訴那位碩果僅存的長老。「我們合吃這隻糊足帶回來的老鼠好了。」

霧皮咕噥道謝。松心為他的前任導師感到難過，因為在這漫長、艱困的禿葉季裡，她曾眼睜睜看著她的同窩夥伴蕁麻風被活活餓死，除此之外，還有其他許多貓兒也沒逃過此劫。松心知道自己就跟族貓們一樣瘦到肋骨歷歷可見，大家只能往臥鋪猛塞青苔，好讓瘦到見骨的身子躺下去舒服一點。

不過天氣現在終於轉好了。雪水融化的速度快到林子裡的每棵樹都在滴水。空氣變得溫暖許多，綠葉的氣味從刺狀的矮木叢裡隱約飄出來。自從落葉季以來，他們的狩獵成績始終不理想，今天是松心帶隊出去最有斬獲的一次，每隻貓兒都捕到了獵物，終於可以在營地裡堆出一座生鮮獵物堆。他聽見族貓們的腳步聲在泥地上叭滋作響，全都擠在附近分享獵物。

松心沒有把他的松鼠放進獵物堆裡，反而直接拿到高聳岩那裡。他穿過荊棘叢，低頭進入族長窩穴。他也許變得瘦可見骨，但他還是雷族裡頭最高大的一隻貓，高到兩隻耳朵不時會碰到牝鹿星窩穴的穴頂。

「新鮮的松鼠，是我專程為妳帶來的。」他大聲說道，同時在乳白色母貓面前坐下來。蜷伏在臥鋪裡的牝鹿星對他眨了眨那雙模糊到沒有焦距的眼睛。

雲莓的見習生鵝羽站了起來。「妳看松心帶了什麼東西來！」他喵聲道，同時用腳爪推推牝鹿星。「來吧，難道妳不想吃一點？」

牝鹿星撇過頭去。「把它放回生鮮獵物堆。」

松心在她旁邊蹲下來。「還有很多獵物給族貓吃，」他告訴她，「這是我專門為妳抓的。」

族長挪動了一下身子，好方便自己可以抬頭仰望松心。「生鮮獵物堆滿了嗎？」

松心點點頭。「狩獵隊裡的每隻貓都有抓到獵物。牝鹿星，新葉季來了，一切都會否極泰來的。」他又把松鼠往前推，牝鹿星低頭咬了一口。鵝羽的目光在牝鹿星的頭頂上方與松心的交會，並點頭表示滿意。

松心把松鼠留給牝鹿星獨自享用後，便退出了洞穴。空地上，他的族貓們三兩成群地分食獵物。獵物堆已經空了，松心忍住饑腸轆轆的感覺。**我們明天會再捕到更多獵物的**，他告訴自己，**後天也是，以後的每一天都是，雷族不會再挨餓了。**

糊足走到他旁邊，尾巴輕刷過松心的腰腹。「我們今天的成績不錯，」老戰士低聲道。「感謝星族救了我們。」

「可惜沒有全部獲救。」松心喵聲道，目光隔著光禿的枝椏望向營地圍籬外那半山腰上的纍纍土塚。除了蕁麻風之外，他們也失去了兔撲、牡鹿躍、冬青皮、和閃鼻，他們全都是被兇猛的大雨和缺乏獵物、漫無止盡的禿葉季給活活餓死的。

見習生窩穴旁邊的窸窣聲響將松心拉回了現實。兔掌和月掌正在爭食兔子的耳朵。松心快步過去，伸爪按住那副吃剩的耳朵。還沒鬧饑荒前，吃剩下來的獵物耳朵向來會被埋在穢物處的地底下，或者拿去給小貓當玩具。但經過這幾個月下來的饑荒，已經讓這種東西成了很珍貴的點心。

「有兩隻耳朵，你們可以各分一隻。」他大聲說道，同時將連皮帶毛的耳朵各分一隻給他們。「我們不會再挨餓了，有足夠的獵物給每隻貓吃。」

見習生眨眨眼睛看著他，眼裡帶著隱約的企盼。月掌的銀灰色毛髮鬆垮地垂在肋骨兩邊，尾毛打結，染上了髒汙。

「今天放一天假吧，」松心大聲說道。「大家待在營裡把自己梳洗乾淨。我們是雷族戰士，不是無家可歸的惡棍貓。」

他轉身離開，看見雲莓正望著他。巫醫貓身形瘦弱到松心幾乎不敢相信她是怎麼熬過這場饑荒的。在獵物付之闕如的情況下，她跟著族貓一起啃樹皮、吃枯葉，竟然也撐了過來。如今她站在那裡，還是殷殷照顧著每隻貓兒，把他們當成自己的孩子一樣掛念在心。

松心停在巫醫貓旁邊。「牝鹿星還好嗎？」他小聲問道。

雲莓眨眨眼睛。「她跟我們一樣虛弱。」

「妳沒有回答我，」松心喵聲說。「我是她的副族長，我必須知道她是不是正在失去一條命。」

雲莓嘆口氣。「這是她的最後一條命了。她很清楚。她拒絕告訴我她的病況如何。不過我想她的病況比我們想像得嚴重。松心，你要做好跟她道別的準備。星族很快就會召她去了。」

松心緊張地看著她。「這已經是她的最後一條命了嗎？我……我都忘了幫她算了。」他難過地搖搖頭。「她不能離開我們。我還有好多事沒學會，沒辦法現在就當族長。」

「你可以的。」雲莓喵聲道。「你就像你父親一樣是驍勇善戰的戰士。雷族需要一位像你這樣的領導者。」她用尾尖輕觸松心的腰腹。「你要對自己有信心。」

她一跛一跛地走開，尾巴拖在泥地上。松心回到高聳岩下方的窩穴裡。他不安到像是肚子裡壓著一塊石頭，他努力地想克服那種心慌的感覺。他還不能當族長！這一切來得太快！

牝鹿星正在打瞌睡，但是松心才在她旁邊安坐下來，她就驚醒了。「松心？」她低語道，「是你嗎？」

「是我！」松心回答。「要我幫妳什麼忙嗎？」

「不用。」牝鹿星嘆口氣。她蠕動身子，往鋪滿黑色鴉羽的臥鋪裡頭鑽。「鹿掌剛來過，你有看到她嗎？」

松心愣住。鹿掌是牝鹿星的同窩手足，在她當見習生的時候早夭而亡。她是來帶她姊姊去星族嗎？「我現在沒看到她。」他小心翼翼地說道。

「那就好，」牝鹿星嘟囔道。「她一直煩我，要我跟她去別地方，可是我今天不想離開我的臥鋪。也許明天我再跟她去。」

求求妳不要去！松心心想道。**我還沒準備好要當族長！妳得待在這裡，直到這個部族完全恢復過來、再度強壯才可以離開我們！**

「今天見習生們的狩獵成績都很好，」他改變話題說道。「鷺掌自己抓到一隻鴿子。」

牝鹿星發出沙啞的喵嗚笑聲。「他從小速度就很快。」

松心看見族長的思緒又回到了現實，暫時鬆了口氣。

「我明天會把他們全封為戰士。」牝鹿星突然宣布。「他們盡忠職守地幫忙部族熬過饑荒的季節，我們應該慶祝我們活了下來。」她坐起身子，眼神看起來清澈多了，似乎恢復了以往的神采。

松心垂下頭。「這主意太好了。」他喵嗚道。

母貓伸出腳爪，擱在松心的前腿上。「我很高興在我之後是由你來接掌雷族，」她喵聲道，「我何其有幸能輔佐你父親，但我的唯一遺憾是，我無法繼續留在這裡看著你領導雷族。」

「可是妳很快就會好了……」松心正要開口反駁，牝鹿星就用爪子輕戳他的腿，要他別再說下去。

「我們認識彼此這麼久了，你心裡在想什麼，我怎麼可能不知道。」她喵聲道。「我沒有想到自己會這麼快就要用完這九條命。不過雷族交給你來帶領，我很放心。所有部族都被這次禿葉季折磨得很慘，這表示等天氣一暖和，他們就會想盡辦法證明自己的實力還在。所以你一定要全力以赴地守衛邊界，懂嗎？尤其是陽光岩。別忘了，你父親向來不信任河族。」暮色中，她的眼裡突然銳光閃現。

「我保證我們不會失去陽光岩。」松心告訴她。「雷族會像以前一樣強大，哪怕必須與敵營交手來證明這一點。」他的心開始狂跳，爪子跟著出鞘，戳進堅硬的地面，彷彿正在想像自己帶領雷族貓投入戰場，保衛領地。

這時他突然發現牝鹿星整個身子跌進臥鋪裡，呼吸變得短促。「牝鹿星？牝鹿星？妳還好嗎？」母貓動了一下，但沒有坐起來。

雲莓走進窩穴，站在松心後面。她嘴裡叼著一大坨浸溼的青苔。「她沒事，只是累了，」巫醫貓說道。「讓她休息吧。」

松心退出窩穴，無法將目光從牝鹿星身上移開。**千萬別丟下我一個，雷族還需要妳！**

第五章

松心瞪著空地中央的牝鹿星屍體看。雲莓躺在她旁邊，幾乎跟死去的族長一樣動也不動，悄無聲息。雲莓禁止任何貓兒接近他們，因為牝鹿星的病在後期惡化得很快，她擔心具有傳染性。松心回想他和牝鹿星兩個日出前的最後一次對話。她當時就知道鹿掌很快又回來接她嗎？至少她昨天撐完了月花、罌曙、鷺翅、和兔躍的戰士受封大典。此刻雷族的新戰士們正蹲在空地邊緣，悲痛地垂著頭。

雲莓正在小聲地對鵝羽說話。松心緩步朝他們走去，腳步像石頭一樣沉重。從雲莓那拱起的雙肩和呆滯的神情來看，帶他去月亮石的顯然會是鵝羽。「我們要走了嗎？」松心喵聲道。他又回頭看了牝鹿星的屍首一眼。「我沒有想到這一天會這麼快到來。我不知道我能不能做得有她一半好。」

「牝鹿星會在星族保佑你，」鵝羽喵聲道。「你沒問題的。」

松心覺得稍微安心了點。他和鵝羽以前少有交談，從沒想過他們這麼快就要一起帶領部族。「真的嗎？你有看到異象嗎？」

鵝羽點點頭，但沒說什麼。「來吧，我們還有很長的路要走。」他喵聲道，然後朝金雀花隧道走去。

松心以前去過月亮石，但這次感覺不一樣。地底下的洞穴冷得像冰塊一樣。月亮石則明亮璀燦到幾乎刺傷他的眼。他瞇起眼睛，但等到再睜開時，他發現自己竟站在陽光遍灑的森林裡，風中充斥著獵物的氣味，吹拂著他的毛髮，耳裡聽到鳥兒正在啾唱。鵝羽站在不遠處，灰色毛髮有斑駁的陰影。

「你們來了！」牝鹿星喊道，快步穿過草原，過來見他。她身上的白色斑塊閃閃發亮，看起來又變回原來強健的模樣，沒有煩惱。

松心垂下頭。「我們當然會來。」他幾乎不敢動，因為他從眼角餘光裡看見有更多貓兒從林子裡出來。**時候到了**，他心想，**我就要成為雷族族長了。**

「我要賜你一條命，讓你能夠生存下去，在熬過艱難的困境之後能夠重建實力。」牝鹿星大聲說道，下巴抵住他下垂的頭顱。這時一股奇大無比的力量竄流他全身，他看見眩目的日光、爆裂紛飛的綠葉、騷動不安的獵物，還聽見林間生物震耳欲聾的聲響。

接著牝鹿星退後一步，另一隻貓走上前來。松心一看到眼前虎背熊腰、毛髮光亮的棕色公貓，不禁雀躍。橡星大聲喵嗚叫：「我就知道你有一天會當上族長。」他說道。「我要賜給你一條命，讓你懂得判斷，無論眼前處境有多艱難，都知道該走哪一條路。」這一次，這道力量更強、更痛苦，松心的四肢頓時僵硬，他慘叫一聲，突然就結束了，但腿還在發抖。

這時他見到了以前的族貓，有冬青皮、兔撲和牡鹿躍。「我們很想念你們！」他脫口而出。

星族貓點點頭。祂們的眼裡布滿星光。祂們賜給他的命代表的是勇氣和忠心，讓他知道何時該戰，何時該選擇和平。

接著梨鼻走了過來，他是一隻很古老的雷族巫醫貓，他賜予的命將使他信任親密戰友的智慧，共同合力保護族貓。松心看了鵝羽一眼，後者正從林子遠處望著他，對他點頭稱是。

接下來的兩條命是年代很久以前的兩隻貓兒所賜予的，已經古老到幾乎快看不見祂們站在綠色草地上的身影。其中一隻暗棕色的母貓是風族的鷹足，她將貓后保衛小貓時所釋出的強大力量賜給松心。當這條命在他四肢流竄燃燒時，松心想到了兩腳獸地盤裡那隻寵物貓為了保護自己的孩子，連林子裡來的戰士都沒在怕。接著來了一隻腳掌很大、眼睛琥珀色的橘貓。

「我是雷星，」他低聲說道，聲音小到松心幾乎聽不見。「每位族長都有自己的難題得面對，而你的是最困難的。你必須知道，無論做下什麼決定，都得一輩子承擔它的後果，如果你能承擔得了，就是正確的決定。」

而這條命跟其他條命不一樣，它不停地翻攪、顛來倒去，害他頭昏眼花，以為自己正在不斷翻滾，被吊在半空中。等他感覺到終於踩到地面時，趕緊睜開眼睛。

一隻淺藍色眼睛的長腿灰色公貓赫然在他面前。「我叫晨星，」他沙啞說道。「我賜給你的命會教你同情弱者，包括雷族和其它部族裡的弱者。現在回你的部族去吧，松星，好好帶領他們。」

九條命像冰火似地在松星身上流竄發光，他突然變得頭腦異常清楚和冷靜。他環目四顧。空地空蕩蕩的，只有鵝羽在旁邊仔細打量他。

「我收到九條命了！」松星低聲道。

巫醫貓悶聲不吭。松星突然有股衝動，很想問鵝羽到底看過什麼異象：雷族會在大饑荒過後再度統領這片森林嗎？等在前面的是什麼戰役？有哪個戰役可以避免？但是鵝羽已經轉身離開，走進林子下方的陰暗處，松星只能快步追上去。

⚡⚡⚡

「你已經是族長了，不必再出去巡邏。」有個輕柔的聲音對他揶揄道。

松星進入金雀花隧道之前，先暫時停下腳步。松鼠鬚正躺在長老窩的外面曬肚皮。

「糊足已經派出兩支狩獵隊。邊界巡邏隊也才剛回來，」她繼續說道。「你是覺得他們可能漏掉什麼地方沒巡邏到嗎？」

松星搖搖頭。「我只是想伸伸腿而已。」他才當了不到四分一個月的族長，就已經緊張到整天都覺得焦躁不安。他現在不再像以前當戰士時那麼忙！哪怕有幾隻貓兒在背後嘀咕糊足的年紀太大，但是他還是相信當初選糊足當副族長的這個決定是對的。松星非常信任糊足，將調兵遣將的工作全放手交給他來處理。其他貓兒也都敬重糊足的老資格。松星知道如果他想，他隨時可以加入任何一支隊伍，但他又不希望他的戰士覺得他是在干預他們的工作或者自攬太多責任。

「松鼠鬚，歡迎妳跟我一塊到外面走走。」他喵聲道，但長老搖搖頭。

「幾個日出前，我還是戰士，」她直言道，「但現在既然知道有其他貓兒會捉獵物給我吃，那我就好好把握機會，躺著曬太陽吧。」

松星喵嗚笑了，他壓低身子進入金雀花隧道，跳上邊坡，衝進林子裡，浸淫在新芽綠苞、獵物和軟溼泥土的氣味裡。新葉季似乎在一夜之間降臨，他已經快要想不起來過去那段饑餓的日子。

蛇岩附近的狩獵隊聲響提醒松星最好繞路到伐木地去。他不想受到干擾，至少目前還不想。他疾步走在松樹林下方布滿針葉的林地上，再從林子裡出來，步入西斜的陽光底下，最後在兩腳獸地盤邊緣的長排木籬笆旁坐下來。他覺得這裡很溫暖，想先在這塊安靜的地方打個盹，待會兒再回營地。

就在他快睡著的時候，後方籬笆突然嘎吱作響，頭頂上方傳來抓耙聲。他睜開一隻眼睛，抬頭看見一隻薑黃色的貓正俯看著他。

「你在下面做什麼？」公貓問道。

「睡覺啊。」松星咕噥道。

他背後的籬笆發出嘎嘎聲響，那隻貓跳了下來，落在長草地上。松星坐了起來。

「你是野貓嗎？」公貓問道。他的毛髮豐厚發亮，身上有橘色斑紋，淡綠色的眼睛晶亮無比。事實上，他們的巧遇攪動了松星久已遺忘的記憶。

「是啊，我從雷族來的。」松星喵聲道。他決定不告訴對方他是一族之長。他直覺這隻寵物貓不會覺得族長有什麼了不起，不過他的母親就難說了……

公貓歪著頭仔細打量他。「我好像見過你。」他大聲說道。

「你說得沒錯。」松星很驚訝這隻貓居然還記得他，畢竟他們當初碰面時，對方可能不到半個月大。「雷族進入兩腳獸地盤的時候，你跟你母親在一起。」

寵物貓皺起鼻子。「什麼是兩腳獸地盤？」

松星朝籬笆的方向點頭示意。「後面那裡，就是你住的地方。」

「好怪哦！」公貓拿腳爪搓搓被草葉弄得很癢的鼻子，然後看著松星，眼裡閃著好奇。「你怎麼會在這裡跟我說話呢？你不是應該追著我，把我趕回籬笆後面，用爪子耙我的耳朵嚇唬我嗎？其他貓兒都說你們會這麼做。」

松星不禁為族貓的威名感到自豪。「我不認為你會對雷族構成威脅。」他喵聲道。

這隻年輕的貓看起來很不服氣。「我很有威脅性，好不好？！你不知道我有多會抓老鼠、小鳥和松鼠！」

「哦，是嗎？你很會抓老鼠？」

寵物貓一屁股坐下來。「其實也沒有，不過我有一次把兔子嚇壞了！牠們被關在籠子裡，我就坐在籠子上面一整天，直到肚子餓才回家。」

松星一想到兔子都近在他眼前了，竟然還會肚子餓，就覺得好笑，但強忍住笑意。

「我叫傑克。」寵物貓喵聲道，同時站起來，很快地點個頭。

「我叫松星。」松星回答。

「這名字好酷哦，」傑克開心地喵嗚道。「我母親叫克莉斯托，我的同窩手足叫菲瑞斯和鬚鬚，可是我不知道他們現在住在哪裡。」

「我記得你母親，」松星喵聲道。「你知道她救過我一命嗎？」

「真的假的？她是怎麼救你的？」傑克瞪大眼睛。

「我還是見習生的時候，有一次闖進一隻母狐狸和一窩小狐狸中間，你母親幫我嚇走那隻母狐狸，讓我有時間逃走。」

「她真的很勇敢，」傑克很是驕傲地說道。「她現在視力不太好，所以得吃一種很特別而且很噁心的食物。不過如果有狗靠近，她還是會很不客氣地用爪子耙牠們！」

松星喵嗚笑了。「我可以想像那副畫面。」他站起來，輪流屈伸四條腿。「我得回營地了，很高興認識你，傑克。」

「我也是！」寵物貓喵聲道。「我會告訴我朋友，野貓其實沒有像他們想得那麼兇。」

「有一些真的很兇，」松星警告道。「你千萬不要走進林子，只要待在自己的領地裡，我們就不會惹你們，懂嗎？」

「再說吧！」傑克喊道，同時爬回籬笆。「松星，下次再見囉！」他甩了甩薑黃色的尾巴，消失在籬笆後面。

松星搖搖頭。寵物貓真是奇怪的生物！虧他們身懷貓兒的本領和絕技，卻不知道如何運用它們。他們怎麼受得了這麼無聊的生活？他們一整天都在做什麼呢？

不過他覺得跟傑克聊天是件愉快的事，至少不用老是討論巡邏隊、邊界、或哪裡有更多獵物等這類話題。也許他會再見到他，純粹用來殺時間吧。松星甩甩身上的草葉，轉身離開籬笆，快步走進林子。

第六章

松星扭身甩開風族戰士，感覺身上的皮被劃破。風族黑色公貓的腳爪一個扭到，往旁邊踉蹌跌倒，但很快穩住身子，齜牙咧嘴，又撲了上來，松星霍地轉身，後腿撐起身子，使出前爪。他揮爪如雨下，同時瞇眼擋住朝他鼻口和肚子噴來的鮮血。風族公貓哀叫一聲，貼平耳朵，抱頭鼠竄……松星心想對方應該是死足吧，只是混戰中，他幾乎難辨敵我。

松星停下動作，環目四顧。他正站在風族營地遮風擋雨的坑地邊坡上。坑底到處是扭打成團的貓兒，空氣裡瀰漫著嘶叫喊殺聲。就在他正下方，暴尾和花尾正英勇地連手對抗三隻風族貓，對方完全占不了上風。營地盡頭，捷風正把豹掌拖到安全地帶，後者的腰腹有條很深的傷口，松星看見羽鬚正在坑地邊緣的大石塊後方等著接手處理豹掌的傷。

不應該發生這種事！是鵝羽說我們可以毀掉風族的藥草，藉此削弱他們的實力，但又不

會濺血。我怎麼會傻到相信風族會坐視不管我們攻擊他們的藥草庫呢？

風族巫醫窩外面有動靜閃現，松星看見月花和石皮溜了進去。

我們成功了！松心暗自鬆了口氣，**我可以叫族貓撤退了。**

但他還來不及開口，就有兩隻風族貓跟在雷族戰士後面溜進窩穴。過了一會兒，風族巫醫貓鷹心疾奔而過浴血的空地，蹲伏在窩穴入口。他拍打著尾巴，像在伺機等候獵物。

「完了，星族。」松星心裡暗自慘叫。

巫醫窩裡傳來可怕的哀號聲，石皮爬了出來，肩上的傷口血流如注。一名風族戰士跟在他後面齜牙低吼。接著月花也出來了，藍灰色毛髮沾到綠色的藥草汁，後面本來追著另一隻風族貓，但旋即後退，交由鷹心來解決她。鷹心毫不留情地撲上月花，母貓當場重摔在地。

松星弓起後腿，正準備跳下去助族貓一臂之力，但鷹心的尖牙已經戳進月花的頸部。月花掙扎著想脫身，伸爪猛揮鷹心的鼻口。但後者根本不甩她，反而一把掐住母貓咽喉，把她往草地猛摔。母貓砰地一聲落地，從此再也動不了。

「不要！」遠處一個哀號聲劃破空氣。松星心上一沉，目光越過空地，望向月花的女兒藍掌，後者就站在邊坡的坡頂驚恐地目睹這一切。她兩個日出前才被晉升為見習生。**今天就被派上戰場，眼睜睜看著自己的母親死在面前。這就是星族在告訴鵝羽可以從風族的藥草下手所樂見到的事嗎？**

「雷族，撤退！」松星微仰著頭，對著偌大的天空下達撤退指令。

下方的空地頓時肅靜一片，只剩呼嘯的風雨聲提醒松星他還活著……還站在這片充滿血腥、痛苦……和死亡的地表上。楠星緩緩步上邊坡，朝他走來，藍色眼睛充滿憤怒。

「你的攻擊行為完全不符正義，」她吼道。「星族絕不會讓你得逞。帶著你的傷兵回去吧。」

我真的很抱歉，松星知道自己無話可說。他垂下頭，轉身去找族貓會合，後者全都集合在營地入口，他們眼神木然地佇足在那裡，垂著尾巴，帶傷的的身軀滿是血跡。後方的風族貓一個接一個地消失在窩穴裡，空地上只剩下一個身影，毛髮被滂沱大雨打到全貼服在身上。松星麻木地看著藍掌跌跌撞撞地走到她母親的屍體處，蹲伏下來。

「月花！月花！是我，藍掌！」

可是月花不會回答她。松星再也受不了了。他疾奔越過染血的泥濘草地，俯看見習生。

「藍掌。」他輕聲催促她。

小母貓抬頭看他。「她為什麼不起來？」

「她死了，藍掌。」

「她不會死。」藍掌伸出小小的腳爪按住她母親已然溼透的腰腹，不停搖晃她。「她不會死。我們對抗的是戰士，不是惡棍貓或獨行貓。戰士不會無故殺死對方。」

我要怎麼告訴她她說得沒錯？戰士守則被打破了，她母親死了。這場仗是我們主動發起的，全是我的錯。

「她想毀了我們的藥草庫。」這時一個低沉的聲音響起。鷹心走出窩穴，蹲在一條狐狸身長外的地方。「這個理由夠充份了吧。」

「但是是星族叫我們來破壞的啊！」藍掌喵聲道，那雙藍色大眼睛看進松星的眼裡。「我們別無選擇。是祂們叫我們這麼做的，不是嗎？鵜羽是這樣說的。」

鷹心氣呼呼地大喊：「你們只聽了鵜羽的片面之詞，就甘願冒這麼大的風險？」他怒甩尾巴，轉身離開，弓起身子抵禦雨勢。

「他說那話是什麼意思？」藍掌低聲問道，又朝月花轉過身去，用鼻口推她，屍體在雨水積成的水窪裡搖來晃去。「快醒來！」藍掌哀求道。「一定是搞錯了，妳不用死啦。」

捷風走上前來，將藍掌輕輕拉開。松星彎下腰，從頸背叼起月花。他剛打完仗，肌肉原本就在痠痛，月花的重量害得他更是痛到擠眉皺臉，但還是忍痛將她拖離水窪，扛著她穿過空地，去跟其他雷族貓會合。他會一路扛她回去，為她舉辦戰士葬禮，然後獨自面對族貓的憤怒，因為他們知道這場敗仗歸疚於他。

「情況真的很糟嗎？」傑克問道。他的綠色眼睛滿是同情。

松星點點頭。「我還以為捷風會跑去殺了鵜羽，她不甘心月花死了。」

「至少她找到正確的對象來怪罪。」傑克說道。「畢竟是鵜羽叫你去攻擊風族的。」

「可是我是一族之長！」松星反駁道。他蠕動著後臀，在短草地上調整出舒服的坐姿。他們是在傑克的兩腳獸窩穴後方碰面，就躲在枝條及地、長滿灰綠色葉子的灌木叢底下。「是我決定偷襲的。」

傑克探身過去，舔舔松星耳朵上的傷口。上面的血跡已經乾了，但仍黏在毛髮上。「你告訴過我，族長必須信任他的巫醫貓。」他低聲說道。「你也許是族長，但你還是得遵守戰士守則。」

松星想到鵝羽，這個巫醫貓的灰色毛髮總是亂蓬蓬的，藍色眼睛時而呆滯，時而狂亂。「我……我不知道我能不能再信任他。」他承認道。他吐出來的每一個字都令他的胃揪在一起。「他的預言好奇怪。他看著我的樣子，就好像知道什麼我不知道的祕密。我在想他是不是有看到什麼跟我有關的凶兆，卻不肯告訴我。」

「也許是有預兆告訴他，你不能再聽他繼續胡說八道下去。」傑克喵嗚笑道。他舔完松星的耳朵後，改用腳爪輕輕按摩雷族族長的腰腹。

松星伸長攤平的身子，面頰擱在地上。松星先是習慣了每個月溜過來找傑克，後來改成每半個月就過來一趟，他們總是隨便閒聊，躺在兩腳獸梳理過的草地上曬太陽，看著小鳥撲撲拍翅，完全不會想去追捕牠們。

傑克對部族的生活感到好奇，但還不至於好奇到想越過籬笆，進林子裡去親身體驗。哪怕傑克很清楚副族長和巫醫貓叫什麼名字，也知道最難防守的邊界在哪裡，還有松星老是擔心見習生們的安危，但他其實一點威脅性也沒有。松星曾偶爾提過一個叫做高尾的風族戰士。於是傑克今天劈頭就問松星有沒有在這場戰役裡看到那隻長尾的黑白色公貓。松星告訴他，就他所知，高尾在這場戰役中完全沒受傷。

傑克不是族貓，而是他的朋友，松星對他的重視程度就跟他重視旗下的戰士不相上下。

「我不能不理我的巫醫貓。」松星喵聲道，同時扭過身子，好讓傑克幫他按摩另一邊的肩膀。

「我只能無能為力地看著我的族貓死去。」他小聲說道。

傑克停下動作，把鼻口擱在松星的背上。「我真希望我能幫你什麼。」

「你已經幫了我很多了，」松星說道，同時坐起來。「像這些話我都沒辦法跟別的貓兒說。」

「豹掌呢？」傑克揶揄他，「你常提起她啊。」

「她是個很棒的見習生。」松星帶點防備地說道。「再過不久，我就要封她為戰士。這次出征她受了傷，不過感謝星族，沒什麼大礙。」

傑克歪著頭打量他。「松星，你要管的事情實在太多了，你們的生活到處都有危機，你不可能拯救得了每一隻貓。」

「我希望我可以。」松星低聲道，同時躺下來，把頭擱在腳爪上。

「嘿，傑克，你有訪客啊！」

松星抬頭看見一隻嬌小的棕色虎斑貓從牆上跳下來，快步穿過草地。

「我是香緹。」她喵聲道。

「這位是松星。」傑克邊說邊站起來與母貓互觸鼻口。

香緹歪著頭，皺起鼻子。「你不是寵物貓。」

「我不是，我是部族貓。」松星喵聲說道。「我住在森林裡。」

「跟野貓住在一起欸，好酷哦！」香緹在他們旁邊坐下來，捲起尾巴蓋住腳爪。她瞇眼看著松星。「你好像有受傷，你還好嗎？」

松星抽動耳朵。「我沒事。」他低聲道。

香緹轉頭對傑克說：「你有聽說提爾的事嗎？他的兩腳獸把門鎖了一個晚上，他只好去睡在棚子底下。」

「哇，提爾一定很不爽！」傑克冷哼道。「他是一隻有血統證明的暹邏貓。」他向松星解釋。

「而且老愛提醒我們他的出身！」香緹也不屑地哼了一聲。

松星知道自己根本搞不清楚暹邏貓跟貛有什麼不一樣。他很想嗅聞香緹，但強忍住衝動。這隻虎斑貓絕對是隻母貓，但聞起來跟族裡的貓后們都不太一樣。她對他毫無懼色，這一點松星很欣賞，她甚至對森林裡的生活感到好奇。松星希望在籬笆這一頭的他可以受到跟一般貓兒的對待。他只是一個朋友，不是陌生的貓或可怕的對手。他對傑克的信任就像信任自己的族貓一樣……甚至超過其中幾個族貓。

搞不好香緹也能成為他的朋友。他趴了下來，閉上眼睛。香緹和傑克正在吱吱喳喳地聊著那些他從沒見過、也無須為他們傷神的貓兒們，他聽著聽著……竟覺得他們與風族的交戰、戰場上受傷的族貓、戰敗的屈辱，這一切的一切都在不知不覺中隨風遠去了。

第七章

「你做的決定是對的。」小耳評論道，同時用尾巴拍掉身上的一隻蚊子。

「嗯～你說什麼？」松星抬起頭。身子下方的沙地很溫暖，才狩獵回來的他累得打起了瞌睡。

小耳指向正在戰士窩外啃著一隻歐椋鳥的雜黑色母貓說道。「我是說豹足，」他說道，眼裡有微光一閃。「你知道嗎，大家都在討論這件事了。」

「我還以為你不愛聽八卦。」松星反駁道。他覺得全身發燙。他是喜歡豹足，最近也跟她走得很近，但他還不打算昭告天下。

小耳豎起耳朵。「所以傳言不是真的囉？近期內我們還不會在育兒室裡聽見小貓跑來跑去的聲音嗎？」

松星伸個懶腰，翻身過去。「有小貓很好啊。」他閉著眼睛低聲說道。他不想跟他的戰士討論這種事。難道就因為他是族長，便不能保有一點隱私嗎？他在心裡告訴自己，他是因為小耳的刺探才覺得不爽，而不是因為他一直在苦等空地上的貓兒都走了，他才能趁機溜到兩腳獸地盤那裡。

他睜開眼睛，看見藍掌和雪掌正在小心分食一隻松鼠。他應該盡快將她們封為戰士的。她們曾親眼目睹自己的母親死於風族之戰，而後來的表現也依舊可圈可點。松星閉上眼睛，試圖揮卻那些痛苦的回憶。從那天起，又歷經了多次戰役，每次少不了得為死去的戰士守夜。

他向來與戰士們並肩作戰，捨我其誰地衝往戰況最激烈的地方，也不知道已經失去了多少條命。事實上，鵝羽最近才提醒他，他只剩兩條命了，要他多加小心。但松星根本不在乎。他已經比他的族貓們多了很多條命，有什麼好特別當心的？陽落絕對能夠取代他成為一個好族長。未來還有很多場仗得打，很多條命得失去，族長也會被繼續替換下去。

「嘿，小耳！」甜掌從金雀花隧道那裡喊他。「你答應要在日正當中過後，帶我去練戰技的。」嬌小的母貓身上的白斑在陽光下閃爍不定，小小的耳朵豎得筆直。

小耳弓起身子，站了起來。「我的星族老天，過動的見習生怎麼這麼多啊？」他嘀咕道。松星喵嗚笑了。那一瞬間，他不禁好奇豹足是否已經懷了他的孩子？要是真有了他的孩子，他會收其中一個當自己的見習生嗎？

就為了維護家園四周那幾道無形的牆，我便得教會自己的兒女去攻擊、傷害、和威嚇敵人嗎？也許有一天我也得眼睜睜地看著他們戰死沙場，若果真如此，我還願意教他們嗎？

貓兒們紛紛出外巡邏或受訓，要不就是走到林子底下躲正午的太陽，空地陷入了寂靜。松星站起來，走到入口處。沒有貓兒喊他，問他要去哪裡或還有什麼事情得交待。於是他趁機低身鑽出金雀花隧道，奔上山谷的邊坡，衝進林子裡。為了避免遇到陽落帶領的狩獵隊，他刻意繞路，改道轟雷路附近的伐木地。他快步穿過木籬笆底下的長草地，享受腹毛被草葉刷過的沁涼感。

他走到有斷枝被拖曳在地上的一棵矮松樹旁，攀上籬笆，再從另一頭跳下來。寵物貓沒有住在這裡，不過松星曾在這兒見過一頭粉色大臉的兩腳獸隔著窩穴的其中一個開口遠望著他。松星三兩步就穿過草地，越過矮牆，沿著一條石子鋪成的窄徑往前疾奔。這裡雖然跟他在森林裡的家完全不一樣……包括空氣裡的味道、堅硬的紅色窩穴、怪獸的隆隆聲響、還有小兩腳獸的尖叫聲……但對松星來說，卻是安全和熟悉的。他總是避開從沒打過照面的寵物貓，也知道哪座窩穴裡頭有很愛吠叫的狗，但這一切都不會讓他害怕。只要他不擋路，怪獸不會對他感興趣，就連兩腳獸也對他視而不見，只有一次他停在灌木叢底下方便，結果意外惹到一頭兩腳獸大吼大叫地揮著粉紅色的爪子趕他離開。

他穿過空蕩蕩的轟雷路，往樹葉油亮的一堵矮籬走去。就在他經過時，樹籬裡突然探出一棵小小的棕色頭顱。「松星！」

他停下腳步，回頭看。「哈囉，香緹，妳住在這裡嗎？」

香緹從樹籬裡出來。「是啊，你想進來看看嗎？」

松星目光掃視轟雷路。「我要去找傑克。」

「傑克今天滿腦子都在想薔薇。」香緹歪著頭說道。「她住在那條大街上。你見過她嗎？」

松星聳聳肩。「應該沒有吧。」

「我相信你一定會喜歡她，」香緹冷冷地說道。「反正所有公貓都喜歡她。」她轉身鑽回樹籬。

「等一下！」松星喊道。「我……我很樂意去看看妳住的地方，我是說如果妳方便的話。」

他跟在她後面鑽進籬笆，在枝椏間蠕動著身子。這棟窩穴的四周就跟其他兩腳獸地盤一樣也有綿軟的短草地，甚至還有座圓形的小水池在草地中央，更有水柱不斷往水池裡噴。香緹用尾巴示意松星，然後快步走到池邊。

他小心跟上去，以免被飛濺的水滴噴到。松星蹲下來朝水池裡看，水面下有兩條亮橘色的身影在游動。

「有魚！」松星大聲說道。「妳會抓嗎？」

香緹搖搖頭，「我試過一次，結果掉進池裡，被我的主人救起來。」

松星伸出單隻腳爪，輕觸水面。結果金色魚身一閃，竄進水裡綠色植物底下。「妳最好別讓河族知道這裡有魚。」松星玩笑說道。

但香緹已經快步離開，朝兩腳獸窩穴的另一頭走去。松星追在後面，腳爪溼漉漉地踩在草地上，很是沁涼。他們跑進一處蔭涼的地方，再衝進窩穴後方的陽光底下。這裡的草地更開闊，但一樣蔥綠、綿軟。盡頭有幾株銀色的樺樹，斑駁樹影灑在柴堆上，幾簇蕨葉從柴堆表面冒出頭了松星緩步過去，嗅聞沁涼的蕨葉。

香緹在他後方說道：「我不喜歡這裡。這裡太冷了。」

松星拱起背，身子刷拂正在滴水的蕨葉。「我倒覺得這地方很平靜詳和。」他低聲道。他聽到遠處怪獸在呼嘯。香緹的領地四周圍有一圈籬笆，有兩隻麻雀正在籬笆外面吱喳爭吵。不過大半聲響都被蕨葉阻絕，樺樹的葉子在風中婆娑作響，彷彿置身森林

這時附近突然有聲音傳來，松星嚇了一跳。窩穴出現一個開口，一頭兩腳獸走出來。松星趕緊挨在柴堆旁邊。牠看到他了嗎？香緹卻從草地上跑過去，伸長身子用頭摩蹭兩腳獸的前爪。松星強迫自己讓身上的毛髮服貼下來。這一定是她的其中一個主人。從兩腳獸的音調來研判，這是一頭母的兩腳獸，皮膚是棕色的，頭上的毛髮是黑的。雖然亮出白牙，但發出的聲音很溫柔。

香緹朝松星喊道。「過來這裡，我覺得牠一定會喜歡你。」

松星朝兩腳獸的方向走了兩步就停下來。他覺得自己的心狂跳，嘴巴也發乾。兩腳獸不再搓揉香緹，反而蹲下來，看著松星。他看得出來兩腳獸眼睛的顏色比膚色深一點，直長的毛髮就像河族貓身上的毛一樣光滑柔亮。牠朝松星伸出前爪，發出低沉的咕咕聲，像鴿子在叫。

松星又上前一步。他豎直耳朵，壓低尾巴。他是雷族戰士。他不想嚇跑兩腳獸。**我們兩個到底誰比較害怕呢？**他不禁好奇。

香緹跳起來站好。「讓牠摸摸你嘛。」她喵聲道。「我保證牠不會傷害你。」

兩腳獸突然走到他面前。松星愣在原地。他覺得有隻光裸溫熱的腳爪摸上他的頭。他嘶叫

一聲，低身躲開。**太近了！**

香緹抽動尾巴。「我還以為戰士很有膽子呢！」

兩腳獸再度朝他傾身，同時發出更多的咕咕聲。松星強迫自己不要動。兩腳獸把腳爪輕擱在他頭上，然後順著毛摸，一路摸到他的尾巴。松星眨眨眼睛，感覺很怪，但沒有不舒服，就像自己正在被一條很大很乾的舌頭舔。兩腳獸又摸了一次，然後朝他的下巴搔了搔。松星退了回去。這不太舒服，而且讓他覺得很沒安全感。

香緹走過來站在他旁邊，毛絨絨的溫熱腰腹貼著他。「你膽子蠻大的哦，」她喵嗚笑道，語帶揶揄。「牠很和善，對吧？」

兩腳獸突然站起來，松星直覺往後一彈。這時有另一個低沉粗啞的聲音響起，另一頭兩腳獸出現在窩穴入口。這一頭比較高大，膚色較暗，身上氣味較濃烈。松星猜牠是公的。母的兩腳獸指著松星，嚎叫了幾句。松星貼平耳朵，覺得這領地好像開始變得有點小又有點擁擠。

香緹推推他。「沒關係啦，這是我的另一個主人，牠嗓門可能大一點，但我保證很安全。」

松星退回蕨葉叢那裡。「我想我今天已經認識夠多新朋友了。」他喵聲道，試圖裝出輕鬆的語氣。

香緹點點頭。「我很佩服你欸，」松星看了她一眼，聽得出來她的語氣是誠懇的。「要是我就不敢走進森林跟野貓為伍。」她繼續說道。

「如果妳跟我一起去，就不會有危險。」松星喵聲道，不過在他心裡，倒是從沒想過要介紹香緹跟族貓們認識。「妳可以信任我的戰士。」

「你也可以信任我的主人啊。」香緹回答。他們回到蕨葉叢那裡，坐在被太陽曬得暖烘烘的柴堆底下，身上灑著斑駁淺淡的影子。「我從小到大，牠們都對我很好，給我吃、給我住，還給我玩耍的空間。」

「妳母親也跟他們住在一起嗎？」松星問道。

「沒有，我在別地方出生，不過我不太記得了。我知道我有同窩手足，但我不曉得他們現在在哪裡。」

松星很驚愕。「妳不擔心他們嗎？」

「我為什麼要擔心？」香緹問道。「如果他們也跟我一樣有很好的主人，那我想他們應該也過得很好很快樂。」

「可……可是妳不覺得無聊嗎？」松星脫口而出。他一直有很多問題想問傑克，這下竟滔滔不絕地說了出來。「妳整天都在做什麼？妳不需要巡邏領地或捕捉獵物嗎？或者訓練見習生或練習戰技……」

香緹的琥珀色眼睛瞪得斗大地看著他。「我為什麼想過那種生活？你把它說得好像每天都在掙扎求生似的。」她用尾巴比了比四周。「我沒有想跟這裡的貓打架。我也不想擔心自己的下一餐在哪裡。我並不是我領地裡的囚犯，我隨時可以去拜訪我的朋友，我朋友也可以來找我。」她吸了吸鼻子。「不過有些貓是比較受到歡迎啦。要是薔薇不是那麼愛勾引公貓，我也可以跟她當朋友。」

松星抬起鼻口。「妳為什麼可以擁有這一切？是因為妳的忠心、勇氣、還是榮譽感？如果沒有戰士守則作為指標，妳怎麼知道自己活得有沒有價值？」他的毛髮豎得筆直，甚至聽得出來自己的聲音有些激動。**我是要香緹向我證明，我活得比她有價值嗎？**

棕色母貓眨眨眼睛。「我很忠心，也有榮譽感。松星，你看看四周。我為什麼要留在這裡？我大可爬出去，馬上離開這裡。但是我愛我的主人。我以牠們為榮。牠們餵養我、照顧我，是因為牠們重視我、珍惜我。牠們喜歡我的陪伴，牠們保護我的安全。只要我出去太久，牠們就會擔心。」她站起來虎瞪著他，眼神像戰士一樣犀利。「松星，這種感覺跟你對戰士的感覺不是一樣嗎？就因為我的長相跟主人不一樣，說的語言或吃的食物不一樣，不代表我們不能是同一個部族。牠們不是我的敵人。這世上不是只有掠食者和獵物而已！」

她氣呼呼地坐下來。「對不起，」她喃喃說道。「我想你碰到我的痛處了。」

松星伸出尾巴，搓搓她的腰腹。「我才應該說對不起，」他喵聲道。「我剛當上族長的時候，有一隻叫橡星的貓賜給我一條命讓我懂得判斷。我應該早一點學會如何聰明地運用自己的判斷力才對。」

香緹抬頭看他，眼神困惑。松星把鼻口擱在她頭上。「我對妳的看法太膚淺了，」他解釋道，「也對所有寵物貓的看法太膚淺。請原諒我。」

他感覺到母貓喵嗚笑了，聽上去像遠處的悶雷。「沒關係，」香緹喵聲道。「我早就聽說野貓有點笨。」

松星咕噥道。「不過我們的爪子還是比你們的利。」他揶揄道。他閉上眼睛，挪動身子，躺在香緹旁邊。斑駁的陽光烘暖了他的毛髮，蕨葉的氣味充斥他的鼻腔，他漸入夢鄉。

松星站在四喬木上環目四顧。谷地空蕩蕩的，頭上夜空布滿星子，但不見圓潤的明月。現在不是開大集會的時候，是誰帶他來這裡的？

「是我！」有個聲音說道。一隻毛色黃褐白相間的母貓從巨岩後面走出來。

「牝鹿星！」松星倒抽口氣，同時快步上前迎接前任族長，用頭顱搓揉她的面頰。

牝鹿星退後一步打量他。「你當族長當得很辛苦。」她說道，同時朝他鼻口上的傷疤點頭示意。「對不起，當初我沒給雷族帶來和平，就先離開了。」

松星抽動尾尖。「這些大小戰役不是妳的錯。所有部族這陣子都不好過。只要河族願意放棄陽光岩，事情就會簡單多了。」

「對會游泳的貓兒來說，河流不等同於邊界。」牝鹿星直言道。「陽光岩的戰役還沒結束。」

「所以還要犧牲更多戰士，只為了要在一堆石頭上曬太陽？」松星低吼，「我還真是期待。」

母貓眨眨眼睛。「這不是戰士該有的態度。松星，你的自尊到哪去了？你不是承諾要保護我們領地邊界的安全嗎？」

松星貼平耳朵。「我沒忘記。」他喵聲道。「我當然會盡全力保衛我們的部族。」

牝鹿星繞著他轉。「再過不久，你就多了一個要保護部族的理由了。」她的琥珀色眼睛在星光中閃閃發亮。「你快要當爸爸了，豹足懷了你的孩子。」

「什麼？」松星瞪著她看。「妳確定？」

母貓點點頭，但眼神隨即一黯。「不過松星，你一定要小心。其中一隻小公貓的天命黑影幢幢。」

「這話什麼意思？」松星質問道，爪子伸了出來，戳進地面。「什麼樣的黑影？」

牝鹿星轉過身去。「最可怕的黑影，」她低聲道。「他生來就具有毀滅雷族的力量。」

「妳不可能預知得到這種事！那只是一隻小貓，怎麼可能危害整個部族？別傻了！」他心跳加快，毛髮豎得筆直。**一隻小貓怎麼可能對整個部族的戰士構成威脅？**

星族貓再度面對他。「松星，你聽我說。目前為止，還沒有任何一隻貓知道你兒子的天命是什麼，只是他有可能帶著這樣的天命出生。所以你有責任教會他榮譽感、忠誠和慈悲……也就是九條命所賜給你的禮物。如果你好好引導他，他會成為一位偉大的族長。」

松星開口想再提問，但牝鹿星身上的星光令他目眩，他瞇眼抵禦強光，這時突然有東西在戳他。是他撞到巨岩了嗎？

「松星，快起來，你在做惡夢！」

原來香緹正在戳他的肋骨。松星睜開眼睛，看見淺綠色蕨葉前面有一張焦急的棕色貓臉。

「我得回去了。」他喵聲道，同時坐起來。「我不應該待在這裡。」

香緹一臉不解。「你這話什麼意思？」

松星爬起來站好。「妳不會明白的。」他咕噥道，覺得羞憤到全身發燙。難道他這個當族長的連放一天假都不行嗎？

但在他離開之前，香緹用面頰抵著他的肩膀。「你要回來哦，」她喵聲道，「我們永遠歡迎你回來，我的朋友。」

松星從草地上跑開，在香緹那裡找的平靜與詳和如今煙消雲散，部族需要他，他必須回森林去，回到那個血腥衝突與絕望求生的地方。而現在又多出了另一個新的威脅，而且還是他自己創造出來的威脅，只是他覺得自己一定無能為力。

我要怎麼去對付一隻還沒出生的小貓，保護我的部族？

第八章

松星躡手躡腳地穿過蕨葉叢，無視蕨葉對耳朵造成的刺癢。他在來回兩腳獸地盤時，必須取道這處遍生矮木叢的地方，避開那幾條可能遭遇巡邏隊或狩獵隊的小路。四分之一個月前，豹足看見他跟傑克的主人在說話，松星只好對她辯稱自己之所以跟兩腳獸做朋友，只是為了對寵物貓有更多的瞭解。

松星的毛髮微微刺癢，他不能讓族貓們發現他在領地外面有交到朋友。他們絕對無法理解是傑克和香緹這樣的寵物貓在幫忙他冷靜心緒，集中注意力，他也無法對戰士們訴說他的恐懼，只有傑克和香緹才懂。

今天香緹對他再三保證，雖然那群身上腥臭的河族貓又在陽光岩四周標示了氣味記號，但他沒對他們展開另一波攻擊的這個決定是對的。松星知道他的戰士都很不高興，還在等他下令攻擊對方。但香緹同意他的看法，認為不應該在落葉季快到的時候冒險，以免徒增更多傷亡，反而應該叫戰士們專心狩獵，養足體力，才能熬過嚴寒的季節。松星擔心他的族貓會以為他過於軟弱，無法防禦邊界，但香緹對他們的看法一笑置之，不屑一顧。

「他們必須知道是你在設法保護他們免於受到傷害。」她不耐地說道。

但他有一件事從沒對寵物貓提起，那就是牝鹿星對他那還未出生的小貓所做的預言。松星還無法處理這件事，只能等到小貓出生再說。

此刻他正和斑皮坐在生鮮獵物堆旁，陽落的巡邏隊剛回來。還好隊伍裡的戰士們看起來並未遇到什麼衝突流血事件，這令松星鬆了口氣。不過他看見藍毛正在仔細打量他，似乎想從他身上探查跟兩腳獸地盤有關的任何一絲蛛絲馬跡，害他緊張到毛髮微微刺癢。

這時羽鬚突然從育兒室裡出來。巫醫貓的銀色毛髮顯得蓬亂，他驚慌地瞪大眼睛，大聲說道：「豹足要生了！」

「這麼早就生？」捷風倒抽口氣。「不是還有半個月嗎？」

「她還好嗎？」斑皮喊道。

羽鬚沒理會他們。「松星！」他喵聲道。「你陪一下她，我去拿藥草。」

松星一臉沮喪地看著他。**不會吧！怎麼要生了？我都還沒做好心理準備！**「我覺得最好還是留給你和鵝羽來處理。」他喵聲回答。但藍毛和捷風都瞪著他，活像他身上多長出一顆頭，害他愧疚到全身發燙。

「我去陪她好了。」捷風氣呼呼地說道，同時鑽進育兒室裡。

松星鬆了口氣。有豹足的母親親自照顧，那是再好不過了。但是他喘息的時間沒有太久，因為在他後方的鵝羽正在生鮮獵物堆那裡磨蹭，嘴裡不停咒罵和嘀咕。松星心跳不由得加快。

莫非他看出了新生小貓的凶兆？

這一天過得漫長。鵝羽不再翻攪獵物，反而一跛一跛地走出營地。巡邏隊和狩獵隊陸續回來，部族裡瀰漫著小貓即將出生的喜悅。羽鬚派藍毛出去找藥草，族貓們緊張兮兮地等候小貓誕生，活像在等著聽什麼惡耗似的。但育兒室裡並沒有動靜，只聽見豹足的呻吟聲和羽鬚、捷風輕聲鼓勵的聲音。松星不耐地看著圍聚空地的戰士們，他們的表情活像有棵樹即將倒在他們頭上。小貓出生是很稀鬆平常的事，為什麼今天特別不一樣？

「我們一定要吃點東西，」他告訴他們。「餓肚子並不會讓小貓快點出生。」

他看見藍毛正怒瞪他，只好快快然地轉身離開。他其實緊張到吃不下，索性從生鮮獵物堆旁走開，朝高聳岩下面的窩穴走去。他知道他的族貓都認為他太冷漠，不夠關心孩子的母親。但他絕不能把牝鹿星的警告跟任何一隻貓兒說。他怎麼可能告訴他們，他的兒子即將成為這個部族有史以來最大的威脅？

他聽到外面出現連聲的驚喜讚嘆聲。藍毛大聲宣布：「兩隻母貓，一隻公貓。」

他出生了，會毀了我們部族的小貓出生了。

就在這個剛多了三隻小貓的部族裡，松星竟感到前所未有地害怕與孤單。

夜空無星，正在森林裡盲目奔跑的松星，被看不見的荊棘不停地耙著腳爪。他知道他現在應該陪在豹足還有小貓身邊，自豪地看著自己的孩子，就像橡星當年那樣。可是他辦不到。

他的小貓根本不該出生的！

松星光想到這件事，就嚇到縮起身子。暮色降臨時，他眼神木然地越過空地，望向育兒室，暮色中那一大坨緊密編織的荊棘窩穴正被慢慢罩上黑影，宛若變身成張牙舞爪的陷阱。他的腳無法移動，怎麼樣也踏不出那一步，像是石化一樣坐在那裡動也不動。空地上的貓兒漸漸散去，營地終於安靜了下來，族貓們都回去睡覺了，松星這才站起來，伸伸僵硬的四肢，朝金雀花隧道走去。他縱然再愧疚，也還是不願踏進育兒室，他辦不到。

如今只有一個地方可以讓他找到慰藉，遠離部族，遠離可怕的詛咒。他一躍而過木籬笆，沿著硬石路面穿梭。兩三隻寵物貓趕緊跳開，憤怒地嘶聲作響，但松星不理會他們。他在一棟兩腳獸窩穴旁邊拐了個彎，繼續往前疾奔，最後在一條小轟雷路的路邊煞住腳步。

香緹正坐在轟雷路對面跟一隻肥胖的灰色公貓在說話。她一看到松星，立刻跳起來，毛髮豎得筆直。

「你這時候在這裡做什麼？你還好嗎？」

她旁邊的灰色公貓溜進暗處，消失不見。

「豹足生了！」松星喊道。

他看見香緹的眼睛瞪得斗大。「這……這是好消息，不是嗎？」

「不是。」松星喵聲道。「這是我們部族的末日。」他的悲傷、他的自我厭憎、他的恐懼……一切的一切突然排山倒海而來，他呻吟一聲跌坐地上。

香緹倒抽口氣，趕緊朝他衝過來。就在那瞬間，一對白色的怒目出現在轟雷路的盡頭。怪獸大吼一聲，朝小棕貓衝過來。母貓在路中央停下腳步，嚇得動彈不得。

「香緹！」松星大叫，趕緊衝向她，四隻腳爪在黑色岩面上打滑。就在離她到一條老鼠身長的距離，怪獸同時撞上他們兩個，撞擊力大到松星當場被撞飛，在半空中翻滾了幾圈，砰地一聲落地。

他眼冒金光，感覺到有貓兒圍在他四周，嗅聞他的身子，要他躺著別動，承諾他馬上就會好起來。松星以前也有過類似經驗。他正在失去一條命。他癱著身子，感覺到那灼熱痛感像潮水似地從他全身肌肉緩緩褪下，他靜候著自己的腦袋再度澄明。

有隻貓俯身看他，耳邊傳來溫熱的鼻息。「松星，抉擇的時間快到了。」一個古老的粗啞聲音說道。「只有你才能做出決定。」

是雷星？松星掙扎坐起，環目四顧。他正獨自坐在轟雷路的路邊。怪獸已經跑了，四周靜悄悄的。轟雷路中央有一小坨棕色的東西躺在那裡動也不動。松星四肢僵硬地爬起來，絕望到毛髮全豎了起來。

「香緹！」他低聲喚她，緩步過去看她，每個步伐都像千斤重。那個小小的棕色身軀紋風不動。松星的鼻口探進她的毛髮，試圖感受她的心跳或呼吸。「香緹！快醒來！」怪獸也有撞到他，不是嗎？就算他死掉也沒關係，只要香緹能逃過這一劫。**她不能死！不能現在死！現在是我最需要她的時候！**

樹籬後方的兩腳獸窩穴傳來砰地一聲，一道光隔著濃密的樹叢探照過來。松星聽見雜沓的腳步聲，抬頭望見香緹的主人衝了出來，嘴巴張得大大的。松星從香緹屍體旁邊退開。

「對不起，」他喵聲道，「我想救她，但是晚了一步。」

母兩腳獸跪下來，朝屍首俯身，嚎哭聲劃破空氣。公兩腳獸拍拍她，用那隻無毛的褐色腳爪擦著臉，發出低沉沙啞的聲音。松星覺得自己的心碎了。他想告訴牠們，他跟牠們一樣難過，他也很愛香緹，她一直是他最親的朋友，比任何族貓都親……但他知道牠們不會懂他在說什麼，哪怕他跟牠們一樣心痛。牠們今晚會為香緹守夜，但他不行。

松星緩步離去，四周的兩腳獸窩穴漸漸模糊成一片。

他走在森林裡，一直走到黎明初曉，才坐在一棵樹下看著太陽升起。**香緹再也看不到這日出了**。他覺得整個心被掏空，像遊魂似的，彷彿腳爪踩不到地。他知道不管他做多少夢，都無法在星族找到香緹。那裡不是寵物貓死後會去的地方。**不管妳在哪裡，我都希望妳平安，不要受凍，而且看得到我**。松星一想到香緹可能完全化為烏有，便覺得自己無法承受。他以前就覺得孤單了，現在更覺得自己像是蹣跚走在深淵邊緣，與垂死貓兒的哀嚎聲相呼應。**香緹，我需要妳！**

四周的空氣愈來愈熱，飛蟲的嗡鳴聲不斷。松星知道自己必須回部族去。他必須去見豹足和自己的孩子。看在星族的份上，他終究是他們的父親。他再也幫不上香緹的忙。但他對部族……還有他的孩子們仍有份責任。

他緩步回到山谷，停下腳步在蕨葉叢裡滾了幾圈，掩飾兩腳獸的氣味。他剛失去一條命，四條腿還在發抖。他好奇羽鬚或鵝羽能否看出他只剩最後一條命。他很難對他們解釋他的命是怎麼弄丟的。

他步下小徑，朝金雀花隧道走去，整顆心沉到谷底。他穿過空地，刻意無視周遭的竊竊私語，逕自往育兒室走去。這時羽鬚正從葉叢裡鑽出來。

「我可以見他們嗎？」松星問道。

巫醫貓點點頭，退到一旁。「最虛弱的是小公貓。」他警告道。

松星的胸口突然一股熱燙，好似燃起一線希望。**也許星族會在預言成真之前就先接他回去。**

豹足抬頭望著走進來的他。「你來了。」她冷淡地說道。「我等了你一個晚上。」

松星垂下頭。「對不起，我很高興你們全都平安無恙。」

貓后朝擠在她肚子旁邊那幾個溼漉漉的小東西彎下身去。「除非我確定孩子們都沒事，否則我無法安心。」她喃喃說道。「他們太虛弱了，虛弱到都不喝我的奶！」她的聲音變成了哀號，並試著把小貓推近那沾染了乳汁的毛髮旁邊。

松星上前一步，將一隻腳爪擱在她肩上。「妳冷靜一點，」他喵聲道，「妳會嚇到他們的。」

「我只是想要他們喝奶。」豹足嗚咽道。

「我相信他們會喝的，」松星喵聲道。他的心跳聲大到他以為豹足也可能聽到。他低頭看著那三個小東西。「妳……妳幫他們取名字了嗎？」

豹足點點頭。「母貓們分別叫小霧和小夜，公貓叫小虎。」她邊說邊用鼻子輕觸每隻小貓，那動作就像任何一隻生養過小貓的貓后那般溫柔。

松星瞪看著暗棕色的小公貓，只見他緊閉雙眼，無聲地張合著嘴巴，虛弱到連喵喵叫都不會。他看上去比生鮮獵物堆裡的老鼠還小。這隻小貓真的有那麼大的能耐足以毀滅雷族嗎？若說是一隻金龜子可能威脅整個部族，他倒還願意相信。

但小公貓這時冷不防地突然睜開眼睛，怒瞪松星，眼底深處有琥珀色的火焰在跳躍。那一瞬間，小公貓的老成表情，竟比松星見過的任何一隻貓都來得可怕，他被嚇得往後一彈。豹足立刻嘶叫出聲。

「你小心點，別踩到他們。」

「小虎在看我！」松星結結巴巴。

「別鼠腦袋了，他們還要好幾天才會睜開眼睛。」豹足厲聲說道，很防備地用尾巴蓋住她兒子，這時他小小的眼睛已經再度闔上。「我想你該走了，」她抬眼看著松星。「我們的小貓很虛弱，你去跟星族禱告，求祂們保佑小貓們可以活下來。」

第九章

松星夢到他回到育兒室看著小貓窩進母親的懷裡。兩隻小母貓睡得很香甜，但小虎那雙冰冷的黃色眼睛竟倏地睜開，怒目瞪他。小公貓不斷長大，速度愈來愈快，身體大到蓋過他的兩個妹妹和豹足，占據了整個臥鋪，也占據了整座育兒室，將松星擠壓到荊棘牆邊。松星的腳爪陷入青苔裡……不，那不是青苔，而是某種液體……黏稠腥紅，沾上他的腹部。是血！育兒室被鮮血淹沒了。

松星絕望地耙著荊棘，試圖逃出去。在他身後，小虎熱燙的鼻息吐在他頸背，他聽見他的兒子正使盡丹田之力地放聲大吼。鮮血愈漫愈高，濺灑到松星的鼻口，將他往下拖……

他躺在某處離地很高的冰涼岩面上，上方只有廣袤的星空。一群銀毛貓將他團團圍住，每一張臉部被霧氣模糊成一片。松星想坐起來，卻被無形的腳爪壓制在地。

「你的兒子很邪惡！」其中一隻貓兒嘶聲

說道。松星看不見誰在說話，因為霧氣很濃。

「他只是一隻小貓！」松星反駁道。

「他不會永遠都是小貓。」

「你的部族有危險了。」

「我該怎麼做？」松星哀號。

四周瞬間無聲，就連風聲也止息。終於有個聲音低聲說道：「殺了他。」

松星嚇得縮起身子。「不！」

「殺了他！」

「殺了他！」

「殺了他！唯有殺了他，才能拯救你的部族！」

松星甩開無形的腳爪，跳起來站好。「我不能殺了自己的兒子。」

濃霧和山頂消失了，他站在自己的窩穴裡，身上沾滿青苔屑，腰腹上下起伏。鵝羽的臉出現在入口。

「你做惡夢了嗎？」他粗啞問道，那雙迷濛的藍色眼睛似乎看穿了松星……看進了他的心底深處。

「沒事。」松星喵聲道，同時甩掉身上的草屑，試圖整理腳下的臥鋪。

「不可能沒事吧，」鵝羽低沉說道，同時上前一步，走進窩穴。「甜掌死了。」

松星眨眨眼睛。「可……可是她吃老鼠吃壞肚子已經是四分之一個月前的事了！藍毛和玫瑰掌早就好了。」

「但是甜掌沒有好。」鵝羽直言道。「族裡又死了一隻貓，再加上你的小貓還在奄奄一息……」

「他們跟甜掌是兩碼事。」松星駁斥道。他目光冷峻地環顧自己的窩穴。「我覺得我們部族正愈來愈強大，」他低聲說道。「生鮮獵物堆每天都堆得滿滿的，我相信一切都會很順利的。」

「你真的這麼認為？」鵝羽冷哼一聲。「松星，你別再硬撐了，我想星族一定告訴過你這是怎麼回事。」

說完他就轉身一跛一跛地走出窩穴。松星深吸一口氣。**甜掌的死不是凶兆，我絕不會殺了自己的兒子。**

他緩步走進空地。幾隻悲傷的母貓圍著甜掌的屍首，從空地上稀落的貓兒來研判，陽落八成把多數的年輕貓兒都帶出去巡邏了。松星鬆了口氣。這幾個月來，部族幾乎喪事不斷，他不想讓大夥兒老是沉浸在這種氣氛裡。這時他從眼角餘光瞄見一個小小的身影正在玩一坨青苔。**是小虎！**

這隻小公貓活了下來，而且不只活下來，還長得很快，個頭兒愈來愈壯，不像他那兩個妹妹到現在都還弱不禁風得只能待在育兒室裡。松星在眾目睽睽下勉強走過去兒子那裡。

小虎抬頭看他。「甜掌死了。」他大聲說道。

「我……我知道。」松星喵聲道。

「你真的很難過嗎？」小虎問道。

「當然。」松星回答。

小棕貓歪著頭。「如果我死了，你也會這麼難過嗎？我意思是，你是我父親，所以你愛我一定比愛甜掌或其他貓兒還要多。」

松星驚愕地看著他兒子。**他為什麼要談到死亡？**「是……是啊！當然，我最愛的是你和你的兩個妹妹。但我也關心每一隻雷族貓。」

小虎似乎不想再談死亡。「陪我玩！」他把青苔球丟給松星。球滾到他腳下，他低頭看著球。

殺了他！

可是他只是隻小貓！

你必須保護你的部族！

「對不起，我今天不能陪你玩。」松星喵聲道。他雙耳充血，視線開始模糊。「我必須去一個地方。」他轉身快步穿過空地。

「那明天呢？」他聽見小虎在後面喊道。

松星沒有回答。他鑽進金雀花隧道，忍受荊棘耙抓著他的毛髮和戳刺他鼻口的痛感。**我不能當這隻小貓的父親！哦，香緹，我該怎麼辦？**

他衝進通往兩腳獸地盤的矮木叢裡。他對香緹的思念從未如此強烈過，他後悔自己沒在她死前告訴她那個預言。當初他刻意不提他做過的夢，是因為他知道她不會明白星族和凶兆這兩者的意義何在。但他現在好希望他當初是全然地信任她，她就會直言不諱她對這件事的看法，幫忙他從各種可能角度去分析和考量，不會要他一味認定只有殺死一隻無辜的小貓，才是拯救雷族的唯一方法。

他來到木籬笆這裡，但卻停下了腳步。他不能去香緹的家，畢竟她不在了。那種空盪盪的感覺會令他心碎。他決定改去找傑克，於是快步穿過長草地，直抵傑克的領地邊緣，然後敏捷地躍過籬笆，站在傑克的兩腳獸窩穴後方。但卻不見薑黃色公貓的蹤影。

「他去找薔薇了。」一個尖細的聲音傳來。他看見一隻身段優雅、全身淺褐色毛髮、但耳朵和腳爪是深褐色的貓。對方站在牆後面的一棵樹上低頭看他。「你就是那隻野貓，對吧？」

「呃，是啊。」松星說道。

陌生貓兒站起來，慢慢地輪流伸展四條長腿。「我是提爾，」他喵聲道。「希望下次還能見到你。」說完就從樹上跳開，消失在牆的後面。

松星站在草地上，感覺身上被太陽曬得暖烘烘的。他全身被兩腳獸地盤的氣味籠罩，有花、有葉子、還有隱隱約約的怪獸氣味。這裡聞不到血腥臭味，也不會聽到貓兒為了爭奪地盤而發出憤怒的嘶叫聲或驚恐哀嚎聲。松星知道雖然有些寵物貓的脾氣很壞，但也不至於壞到想找別的貓兒拚個你死我活。**他們比我們戰士更懂得遵守戰士守則！**

這時身後突然傳來聲響。松星轉身看見傑克的母兩腳獸用前爪拿著某樣東西走了出來，咯答咯答地響。松星知道那是被傑克稱之為食碗的東西，裡頭裝了很多傑克會吃的棕色小丸子。他豎起耳朵，很是好奇，寵物貓的食物真的那麼難吃嗎？

兩腳獸看見他，故意發出逗弄的聲音，同時伸出另一隻沒有拿碗的腳爪。松星緩步走過去讓牠摸。他已經跟這頭兩腳獸有過多次接觸經驗，所以知道自己無須驚慌。兩腳獸順著他的毛從頭摸到尾尖，他愉悅地喵嗚。兩腳獸於是發出更多友善的聲音，還把食碗放在繞著兩腳獸窩穴一圈的那條白色石板路上。松星上前一步，伸長脖子嗅聞碗裡的丸子。聞起來沒那麼糟，甚至帶點兔子味。他舔了舔其中一顆，又馬上往後彈開，在舌間回味那味道。**絕對有兔子味，還有一點別的東西，有點像鴿子的味道……**

兩腳獸喃喃低語，對著他亮出牙齒。松星知道這並非敵意的表現，反而相反。他低下頭，嘎吱嘎吱地大口嚼著丸子。兩腳獸又伸出腳爪摸他的背，那摸法正是他喜歡的那一種。他開心地喵喵叫，但聲音被嘴裡的食物蒙住。

等到食碗都空了，松星抬頭看著兩腳獸，身子抵住牠的後腿。「真好吃！」他喵聲道，「還有嗎？」

「松星！你在做什麼？」

松星嚇了一跳，當場反胃，丸子卡在喉嚨裡。獅掌站在籬笆上面多久了？他急奔過草地，思緒紛亂。「你不應該來這裡！要是那隻寵物貓回來了怎麼辦？」他希望獅掌還記得自己曾告訴他，有隻兇猛的寵物貓老在製造麻煩，所以他必須經常過來監看。

「有河族入侵！」見習生喵聲道。「我是來叫你回去的！」

又要開戰了！時間似乎在松星四周慢了下來，他心亂如麻。這一刻，他的族貓為了要把領地擴大到可以再多走幾步距離，或者再多兩三隻狐狸身長的草地或林子面積而浴血奮戰中，目的無非是為了有更多獵物可抓。**但我再也撐不下去了。**無論他怎麼努力，都還是會有英勇的貓兒戰死沙場。他想到香緹的主人因她的死而悲痛不已，也想到那天早上甜掌屍首躺在營地裡的冷肅氛圍。

難道我們失去了悲傷的能力？他納悶道，**還是因為我們看過太多貓兒死去，變得麻木，於是不再有嚴重的失落感？貓兒的生命真的那麼輕賤嗎？**

然後他想到了小虎，他的親生兒子……正在天真地玩著一坨青苔球，完全不知道殘酷的命運正伺機等候他。星族一定早就曉得無論給他多少警告，他都無法親手殺了小貓。如果松星阻止不了這場威脅，那麼或許可以由別隻貓兒代勞……他們需要一位新的族長……一位可以引導小虎改邪歸正的族長。

每位族長都有自己的難題得面對，有聲音在松星的耳裡低語，**而你的是最困難的。**是雷星！九條命裡有一條命是他賜予的。**原來我的難題就是這個**，松星心想道，**我到底該留在部族？還是該離開，改走另一條路？**他知道有一個地方是他的歸屬，他在那裡會被需要、會被愛、而且安全無虞，只是必須用另一種忠誠和榮譽感去換取。

所以根本沒有所謂的難題，或者就算有，松星也早就做出決定，只不過是在不知不覺中做的。但是當他開口時，還是無法迎視獅掌的目光。「我不能回去。」

「為什麼不行？是那隻寵物貓傷了你嗎？」

「沒有寵物貓，只有我。」

「你是在假扮寵物貓，」獅掌一頭霧水地喵聲道。「好讓兩腳獸不會驅趕你？」

松星回頭看著傑克的兩腳獸。拿著食碗的牠正望著他們。「牠不會驅趕我，牠喜歡我。」

「可……可是你是我們的族長。你不能跟兩腳獸當朋友。」

哦，香緹，這是我這輩子做過最困難的決定！我真希望妳在我身邊。

松星深吸一口氣。「那麼我就不能再當你們的族長。我很抱歉，獅掌。我盡力了，但我無法保衛部族。我太老了，太害怕再次戰敗。陽落比我更適合當族長。你就告訴……告訴雷族我死了。」

見習生憤怒地瞇起眼睛。「不，我絕不幫你撒謊。你也許不想再當我們的族長，但你至少要有那個勇氣去親口告訴你的族貓們。他們有權知道真相，你要離開我們去當寵物貓。」

松星垂下頭。他不能怪獅掌的憤憤不平。見習生說得沒錯，他欠族貓們一個交代，他必須對他們正式地告別。他們並沒有做錯什麼。他們盡忠職守，英勇護衛家園，至死方休，全都是優秀的戰士。他無法忍受再當戰士的這件事，不是他們的錯。

獅掌已經疾奔過草地，躍過籬笆。松星快步跟上，但腳步變得輕盈了，因為他明白這將是他最後一次進入森林，為這群比他更驍勇善戰、更能為生存奮鬥的貓兒們盡最後一份力。

而且他們一定會比他更能強硬地處理小虎的問題。

ﾉﾉﾉ

「松星！」松星一走進空地，迎接他的就是陽落的喊叫聲。

松星瞇眼皺眉，他注意到副族長耳朵上的血跡，至於站在他後面的蛇牙和暴尾，毛髮上則有很深的爪痕。**哦，我的族貓們，很抱歉我今天沒能與你們並肩作戰，應該有一個更棒的族長來領導你們才對。**

「你去哪裡了？」陽落喵聲道。

松星眨眨眼睛。「你們打贏了嗎？」

陽落點點頭。「我們把那些腥臭的河族貓追回河裡了。雖然他們還是占據著陽光岩……但日後我們一定會討回來……不過他們暫時不敢再越邊界的雷池一步了。」

這只是下場戰役之前的小小勝仗。

「很好。」松星大聲說道。**時候到了，這將會是我最後一次召集族貓，最後一次自稱為戰士。這麼多個季節以來，這裡一直是我的家，而這將是我最後一次呼吸這裡的空氣。**

他站上高聳岩，腳爪下是感覺熟悉的平滑灰色岩面。他低頭看著族貓們，知道這幅畫面以後將不時出現在他後半輩子的夢裡。「請所有已經會自己捕捉獵物的成年貓都到這裡集合，我有事要宣布。」

眼神疲累和悲傷的戰士和貓后們全都朝他轉身。松星感覺有股憂傷在他肚子裡翻攪。**我真希望能帶你們一起去！**在那一瞬間，他異想天開地這樣想道。

「雷族的貓兒們！我不再是你們的族長。從現在起，我將離開雷族，去兩腳獸地盤跟主人住在一起。」

現場一片驚肅。暴尾嘶聲喊道。「你要去當寵物貓？」

陽落表情看起來像是看到一頭刺蝟長出了翅膀。「為什麼？」

「你怎麼可以這樣？」蹲坐在甜掌屍體旁的罌曙哭號道。

松星垂下頭。**我愛你們，請你們相信我！**「我很榮幸能為你們服務這麼久，」他解釋道。「但我將以寵物貓的身份度過我的餘生，在那裡不再有戰爭，也不再有貓兒需要靠我保護和狩獵食物。」

「膽小鬼！」蛇牙吼道。

松星避開那位戰士的目光。「我已經為雷族付出了八條命，每一條命都是我心甘情願付出的，但我不打算再拿我的第九條命去冒險。」

「為部族而亡是無比光榮的事，不是嗎？」草鬚不客氣地說道。

「你會升天成為星族貓，」罌曙喵聲道。「和曾經亡故的族貓話舊。」

松星很想逃進身後那片蕨葉叢裡，但強逼自己留下。「我會這麼做，是為了雷族著想，我是說真的。」

「你是為了你自己吧。」暴尾在嘴裡嘀咕。

這時一隻體型不大的金色條紋貓兒擠到前面來，轉身面對大家。松星驚詫地低頭看他。**獅掌要做什麼？**

見習生勇敢地抬起頭。「我們真的想要一位沒有意願領導我們的族長嗎？」他質問道。

謝謝你，獅掌。松星看見他的族貓們的眼神宛若蝴蝶撲撲拍翅，茫然不安地在他身上飄來飄去，彷彿把他當成一隻不小心撞進營地裡的陌生貓兒。

「陽落會領導你們，星族也完全能夠理解。」松星承諾道。

「但其他部族不會理解，」陽落說道，眼裡閃著怒光，背上的毛全豎了起來。「你知道你從此以後將再也不准進入森林。」

松星聳聳肩。「哦，我可以想像得到他們會在我背後說我什麼。就算有族長提議戰士守則裡得再多一條規定，要求真正的戰士絕不能追求寵物貓好逸惡勞的生活，我也不覺得意外。不過陽落，雷族一定會在你的領導下變得前所未見的強大。我的最後一個任務就是把部族交託給你，因為我對你有信心。」

陽落垂頭致意，但眼裡仍有慍色。「松星，這是我的榮幸，我保證我會盡我最大的努力。」

松星跳下高聳岩，打量他的族貓們。**或者應該說是以前的族貓們？**那個當下，他突然好奇他們會不會從這一刻起就把他當成寵物貓來對待，他會不會得一路殺出重圍，才能逃回兩腳獸地盤。但陽落走上前來，尾巴擱在松星的腰腹上。

「松星，謝謝你過去的領導。」他低聲道。

雀歌也走了過來。「我們會想念你的。」

「陽落會是稱職的族長。」白眼說道，四周貓兒也都點頭稱是。

「謝謝你們。」松星低聲說道。他轉身面對獅掌，心裡隱約有股欣慰。雷族何其有幸能有他在。「你說得沒錯，」松星告訴他。「我的確必須親口告訴他們。不然對他們或對你來說都不公平。小夥子，你有一顆善良的心。等你有一天被封為戰士時，請轉告陽落我希望獅心這個名字能成為你的封號。」

獅掌兩眼發亮。松星知道自己沒有看錯他。**還好我不是每件事都做錯。**

他開始朝金雀花隧道走去，卻被豹足擋住。「松星，我們的小貓怎麼辦？」她語調尖銳地哀求道，一臉懷疑與不解。「你就不能留下來等他們長大嗎？」她把育兒室裡的小貓帶了出來。小霧和小夜挨著彼此，縮在地上，體型比剛出生時沒大多少，眼神顯得迷濛，沒有焦距。這時小虎赫然出現在他們旁邊，身強體健，蹲下來撲玩松星的尾巴。

松星小心抽動尾巴，深怕打著他。**這是最困難的部份。我從沒告訴過族貓星族給我的警語，小虎需要在一個被公平對待的環境下長大，才有機會成為堂堂正正的戰士。我沒有資格現在就汙名化他。**「豹足，他們跟著妳不會有問題的。我不是一個他們可以自豪的父親。不過我會永遠以他們為榮。尤其是你，小戰士。」他強迫自己加上這一句。

小虎抬頭看他，發出一聲小小的吼叫。

「你要堅強哦，我的小寶貝。」松星低聲道。「好好服務部族。」**無論如何，都要向星族證明祂們錯了。**

他該說的話都說完了。該離開了。他再次環顧空地，將這裡的每寸枝葉和每個足跡都深深印進腦海，這才鑽進金雀花隧道，將一切全都拋下。

第十章

松星最後一次穿過森林，循著早被踏平的小徑前進，再也無所謂有沒有被巡邏隊看見。反正他已經不是族長，不會再有貓兒對他感興趣。他已經卸下責任，不用再擔心生鮮獵物堆或邊界記號，或者長老窩在下次暴雨時會不會漏水……

快要走到木籬笆的松星，突然往前疾奔，這裡遍地長草，他身子一蹲，縱身一躍，跳過那條將過往與未來完全分隔的邊界。他砰地一聲落地，忽然覺得腿軟。他發現自己在發抖，那一瞬間，他心裡像被劃開了一個口子，裡頭空蕩蕩的。他這一生所熟悉的一切，他從小貓到見習生、戰士、副族長、一直到當上族長……他擔綱過的每一個角色，族貓們對他的態度，領地之間的邊界，以及每天的例行公務全都消失了。那他還剩下什麼呢？

那當下，松星突然好想回頭。他不再是雷族族長，也許就改當長老好了，那就可以安穩地住在可以遮風蔽雨的窩穴裡，每天吃得飽睡得好，不用再負任何責任，就連抓蝨子也不勞自己動手。可是族貓們還是會在他身邊，他還是會看到他們出外打仗，再也沒有回來。而他也還是無力改變小虎的命運。

松星繼續前進，快步穿過幾隻寵物貓的領地，路上還看到提爾正在一塊被陽光烤得暖烘烘的岩面上打盹。他翻過一堵牆，沿著窄徑走，來到轟雷路的路邊，站在那兒回想最後一次見到香緹的情景，當時她被籠罩在一片橘光底下，那是一種奇怪的光源製造桿所射下來的光。他腳步沉重地穿過轟雷路，不願低頭去看她死後隱約留在地上的那塊棕色汙跡。他告訴自己她已經不在了。他的痛苦以及她在那恐怖的一刻所遭遇的恐懼全都結束了。不管她現在在哪裡，她都安全了。

他在香緹家的入口停下腳步。他聽到她的主人正在窩穴外面說話，牠們的聲音很低沉。是他的想像嗎？還是牠們的聲音聽起來真的很悲傷？**牠們一定比我更想念香緹。**他深吸一口氣。就這麼決定了。這也是他為什麼決定離開部族的原因。**我可以幫忙你們克服悲傷，雖然我永遠無法取代香緹，但是我可以填補她所留下的空缺。我知道你們的感受，因為我也有同樣感受。**

他經過那堵葉面光亮的樹籬，進入香緹的領地。兩腳獸停止說話，瞪著他看，眼睛睜得斗大。公兩腳獸對松星比出手勢，出聲吼叫。牠顯然在趕松星離開。

「是我！」松星喵聲道。「我是香緹的朋友。」

兩腳獸朝他上前一步，像棵大樹似地陰森逼近，發出不祥的隆隆聲響。松星緊張地縮起身子。**香緹，我該怎麼辦？**這不是他能應付得了的對手。戰士守則裡沒有教這個。他在這裡只算是個入侵者。

可是母兩腳獸也朝他移動，還伸出淺棕色的腳爪按住公兩腳獸的前爪。牠語氣溫柔，好像是在問公兩腳獸一些事情。牠指著松星，亮出牙齒。松星屏息以待。過了一會兒，母兩腳獸蹲下來，朝他伸出前爪，發出以前曾對香緹發出的那種溫柔聲音，像是鼓勵他，邀他再靠近點。

松星上前一步。他知道香緹的兩腳獸不會傷害他。以前第一次被牠觸摸時，他很緊張。但現在他不緊張了，他知道不是因為自己變勇敢了，而是因為他信任對方，所以很放鬆，而且過程中會讓他不斷想起他至愛的寵物貓朋友。就好像香緹還在他身邊，開心地繞著他轉，在他耳邊喵嗚道**我就知道你們兩個合得來**。

他保持不動，讓香緹的兩腳獸搓揉他的耳朵。牠的腳爪比傑克兩腳獸的腳爪輕柔，而且會搔他癢。後來牠又發出一個聽在松星耳裡更熱情的聲音。他不由得朝牠貼近。而這一次牠把整隻腳爪都覆上他的背，摸著他的毛，把他剛剛在林子裡沾到的葉屑全清掉。

公兩腳獸也走了過來。但即便牠蹲了下來，還是很高大。公兩腳獸伸出暗棕色的巨大腳爪，松星勉強自己待在原地不動。但原來牠跟母兩腳獸一樣動作溫柔，只是腳爪比較重、比較粗糙。松星用頭顱磨蹭著無毛的腳掌部位，讓自己的氣味與兩腳獸的濃烈味道合而為一。

母兩腳獸站了起來，看著松星，用腳爪示意，這個手勢松星以前從遠處見過。牠是要他跟牠走。松星告訴自己沒什麼好害怕的，他見識過香緹對兩腳獸的全然信任，她愛牠們的程度就跟他愛族貓一樣。只是香緹現在不在了，松星好想她，想到快要不能呼吸。

母兩腳獸走進窩穴裡，再一次示意他跟上。松星停在入口，忍不住渾身發抖，感覺上好像比他以前參與過的任何一場戰役都來得危險，也比他遇到過的兇惡野獾或張嘴大咬的狐狸來得可怕。他的眼睛漸漸適應窩穴內幽暗的光，總算看清楚裡面是一處方正的空間，牆面是白色。本來從外牆來看，他以為裡面空間會很大，但其實沒有。地面硬梆梆的，像冰塊一樣光亮。松星小心翼翼地踏出一步。**很好，不像表面看起來的那麼滑。**他走進去，環目四顧。母兩腳獸在角落蹲下來，似乎在指著什麼東西。

但松星無法專注，因為這裡到處都有香緹留下的痕跡，包括她的味道，她玩過的東西，還有他曾看過她在外面進食的那只食碗。最重要的是，他感覺得到她好像仍在窩穴裡對他說話，不斷鼓勵他，只是他看不到她。哪怕她不在星族，松星也強烈感覺得到她的存在，就像以前他感覺得到星族貓在他身邊一樣。原來他在這裡並不孤單。**我再也不孤單了。**

他小心翼翼地踩著發亮的地板，嗅聞母兩腳獸指的一塊軟毛皮。從上頭的味道和毛皮壓出來的形狀來研判，這是香緹睡過的臥鋪。松星突然一陣心酸，**所以現在這是我的臥鋪了，**如果他想要的話，就是他的了。而他確實想要，非常想要。他爬進臥鋪，蜷伏起來。兩腳獸發出快樂的喵嗚聲，再度對他亮出牙齒。公兩腳獸也現身，發出得意的隆隆聲。牠彎下腰來，拍拍松星的頭，他被牠拍得嘴裡的牙齒幾乎在咯咯作響。**兩腳獸的力氣真大！**

母兩腳獸站了起來，放了一些東西進食碗裡。松星瞇著眼睛看。那不是傑克吃的丸子，而是某種塊狀的肉。他的肚子咕嚕咕嚕叫，他提醒自己，當了長老之後，本來就不用再自己抓獵物了。所以管它是誰給的，有吃的就行了！他探身過去，咬了一口。還不錯，事實上，這比他在禿葉季裡吃過的任何東西都來得多汁美味，也比傑克的乾丸子好吃多了。松星清光了食碗，兩腳獸見狀對他發出快樂的喵嗚聲。

肚子吃飽的松星有點坐立不安。他跨出臥鋪，朝外面走去。他回頭看見兩腳獸正焦急地望著他。

「我會回來的。」他承諾道。他一想到牠們可能會等他回來，就覺得心裡竄起一股暖意。**這就是當寵物貓的感覺嗎？知道兩腳獸時時刻刻都在乎你的安全，怕你受凍挨餓？為什麼戰士們這麼不屑這種生活？這不就是我們一直想讓小貓和長老擁有的生活嗎？**

他快步穿過草地，躍過一堵矮牆，看見傑克正在一大片平坦的灰色岩面上曬太陽，那裡緊鄰空蕩蕩的轟雷路。傑克看見他，驚訝地眨眨眼睛。

「嘿，我沒想到你會回來。」他喵聲道。「我以為香緹死了以後……」他聲音愈說愈小。

松星點點頭。「我的確有陣子不確定自己會不會再回來，」他承認道。「不過我想我在這裡比較有幫助……我是指對香緹的主人來說……應該會比我對族貓的幫助更大。」**只是他們現在不再是我的族貓了，而是陽落的了。**

傑克彈動尾尖。「你這話什麼意思？你離開雷族了？」

「是啊，我離開了。」**哇，說出來之後，感覺真實多了。**

薑黃色公貓表情佩服。「你真的願意為了香緹的主人，放棄一切，來當寵物貓？」

「我真的願意。」松星低聲道。

傑克的眼神頓時溫柔起來。「松星，香緹一定會很開心。」他站起來。「你想見幾個新鄰居嗎？你還沒見過薔薇吧？她是個甜心寶貝。」

「我該回家了。」松星喵聲道。「我……我的主人在等我回去。哦，對了，我的名字不再是松星，而是松，叫我松就可以了。」

傑克抽動著耳朵。「這名字很適合你。」他轉身離開，但又馬上停下腳步，回頭看了他一眼。「松，歡迎你回家。」

WARRIORS

貓戰士

雷星的感念

Thunderstar's Echo

特別感謝克拉麗莎・赫頓

晨火：琥珀色眼睛的暗棕色母貓。

顫薔：其中一隻耳朵有白色斑點，琥珀色眼睛的黑色母貓。

小貓

斑皮：毛色黃黑相間的小公貓。

櫸尾：淺薑黃色的小母貓。

各族成員

雷族 *Thunderclan*

族長　**雷星**：有著巨大白色腳爪的橘色公貓。

副手　**閃電尾**：綠色眼睛的黑色公貓。

巫醫　**雲點**：有著白色耳朵、胸毛，還有兩隻白色腳爪的黑色長毛公貓。

狩獵者　（公貓以及沒有幼貓的母貓）

紫曙：毛色光滑的暗灰色母貓，耳朵和腳爪四周有黑色斑點。

梟眼：琥珀色眼睛的灰色公貓。

粉紅眼：粉紅色眼睛的白色公貓。

葉青：琥珀色眼睛，毛色黑白相間的公貓。

奶草：帶有斑點，薑黃色和黑色相間的毛色，鼻口有疤的母貓。

三葉草：黃色眼睛，毛色黃白相間的母貓。

薊花：綠色眼睛的薑黃色公貓。

鵝莓：淺黃色的虎斑母貓。

紫杉尾：乳白色和棕色相間的公貓。

蘋果花：毛色橘白相間的母貓。

蝸殼：帶有斑紋的灰色公貓。

藍鬚：有黃色斑點的白色母貓。

見習生

榛洞：毛色黑白相間的公貓。

柳尾：藍色眼睛的淺色虎斑母貓。

天族 *Skyclan*

族長　天星：藍色眼睛的淺灰色公貓。

副手　麻雀毛：琥珀色眼睛的玳瑁色母貓。

巫醫　橡毛：紅棕色母貓。

狩獵者　（公貓以及沒有幼貓的母貓）

星花：有著一身豐厚金色虎斑毛髮的母貓。

露瓣：銀灰相間的母貓。

花足：棕色條紋的母貓。

荊棘：雜棕色公貓，淺藍色眼睛*。

快水：灰白相間的母貓。

蕁麻：灰色公貓。

白樺：眼睛有一圈白毛，薑黃色公貓。

赤楊：灰棕白相間的母貓。

花開：黃色眼睛的玳瑁色和白色相間的母貓。

紅爪：紅棕色公貓。

蜂蜜皮：黃色條紋公貓。

風族 *Windclan*

族長　**風星**：黃色眼睛，瘦長的棕色母貓。

副手　**金雀毛**：削瘦的灰色虎斑公貓。

巫醫　**蛾飛**：綠色眼睛的白色母貓。

狩獵者　（公貓以及沒有幼貓的母貓）

塵鼻：琥珀色眼睛的灰色虎斑公貓。

灰板岩：毛髮豐厚的灰色母貓，少了其中一隻耳朵的耳尖。

白尾：琥珀色眼睛，身上有白色斑塊的暗黑色小公貓。

銀紋：藍色眼睛的淺灰色虎斑小母貓。

黑耳：琥珀色眼睛，黑白斑塊的小公貓。

斑毛：琥珀色眼睛，身上帶著斑點的金色棕色相間的公貓。

石頭佬：綠色眼睛，肥胖的橘白相間公貓。

迅鯉：灰白相間的母貓。

蘆尾：銀色虎斑公貓，對藥草知之甚詳。

鋸峰：藍色眼睛，體型不大的灰色虎斑公貓。

冬青：毛髮蓬鬆炸開的母貓。

暴皮：藍色眼睛，尾毛濃密豐厚的雜灰色公貓。

露鼻：黃色眼睛，鼻頭和尾尖有白毛的棕色虎斑母貓。

鷹羽：黃色眼睛，虎背熊腰，尾巴有條紋的棕色公貓。

影族 *Shadowclan*

族長　影星：綠色眼睛，毛髮濃密的黑色母貓。

副手　陽影：琥珀色眼睛的黑色公貓。

巫醫　礫心：琥珀色眼睛，胸前有白斑的灰色虎斑公貓。

狩獵者　（公貓以及沒有幼貓的母貓）

柏枝：綠色眼睛的長毛玳瑁色母貓。

鴉皮：黃色眼睛的黑色公貓。

鼠耳：大虎斑公貓，耳朵異常的小。

泥掌：淺棕色公貓，四隻腳爪是黑的。

泡溪：有黃色斑塊的白色母貓。

河族 *Riverclan*

族長　**河星**：琥珀色眼睛的銀色長毛公貓。

副手　**夜兒**：黑色母貓。

巫醫　**斑皮**：金色眼睛，體型嬌小的玳瑁色母貓。

狩獵者　（公貓以及沒有幼貓的母貓）

碎冰：綠色眼睛的灰白相間公貓。

露珠：灰色母貓*。

曙霧：綠色眼睛的橘白相間母貓。

苔尾：金色眼睛的暗棕色公貓。

小雨：淺藍色眼睛，毛色灰白相間的小母貓。

松針：黑色小公貓，黃色眼睛。

蛛掌：綠色眼睛，白色公貓。

* 露珠與荊棘在五部曲開始，時常性別與描述不一，後証實露珠為灰色母貓，荊棘為棕色公貓。

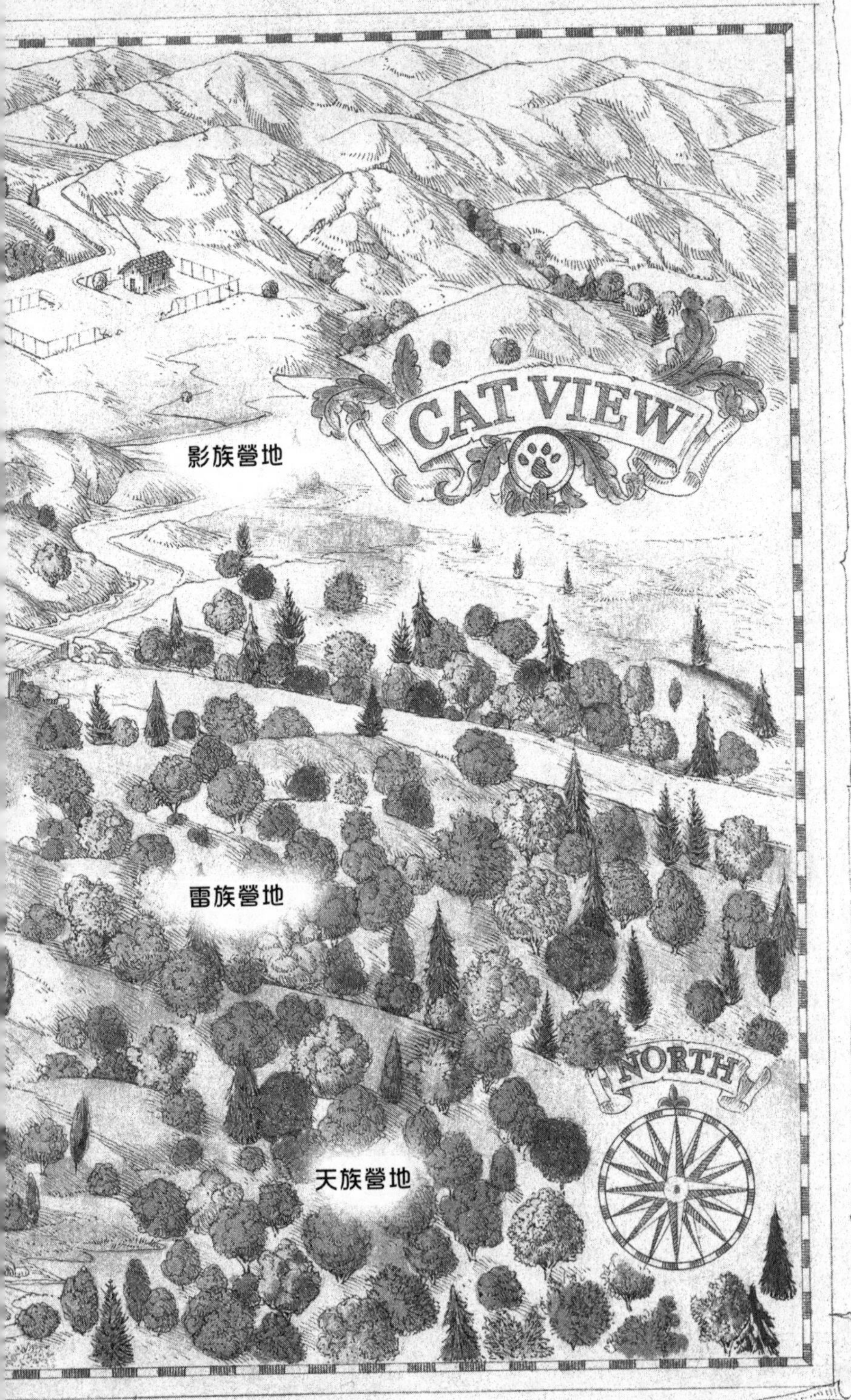
CAT VIEW
影族營地
雷族營地
天族營地
NORTH

高岩山
轟雷路
風族營地
四喬木
瀑布
河流
河族營地

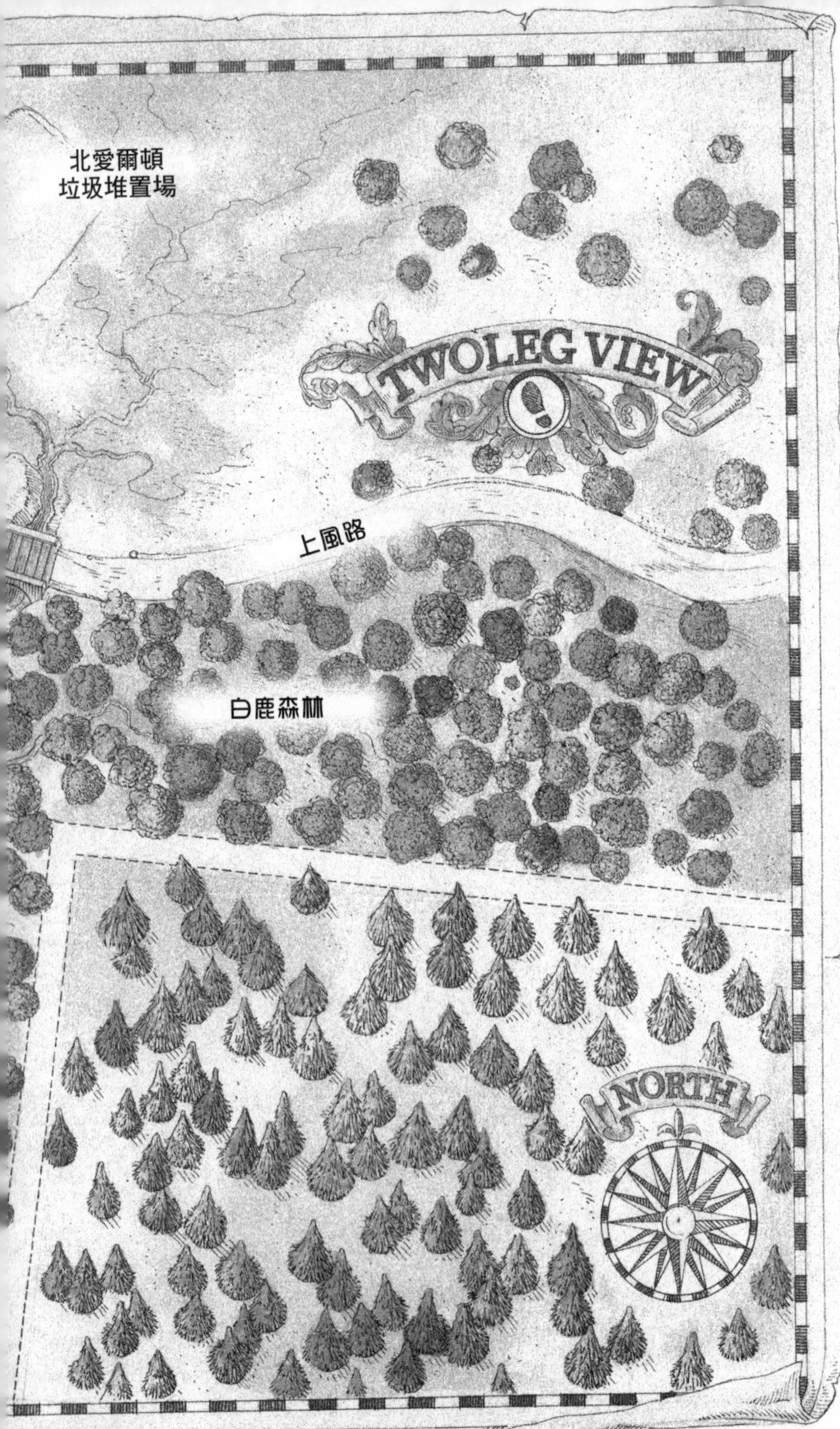
北愛爾頓
垃圾堆置場
TWOLEG VIEW
上風路
白鹿森林
NORTH

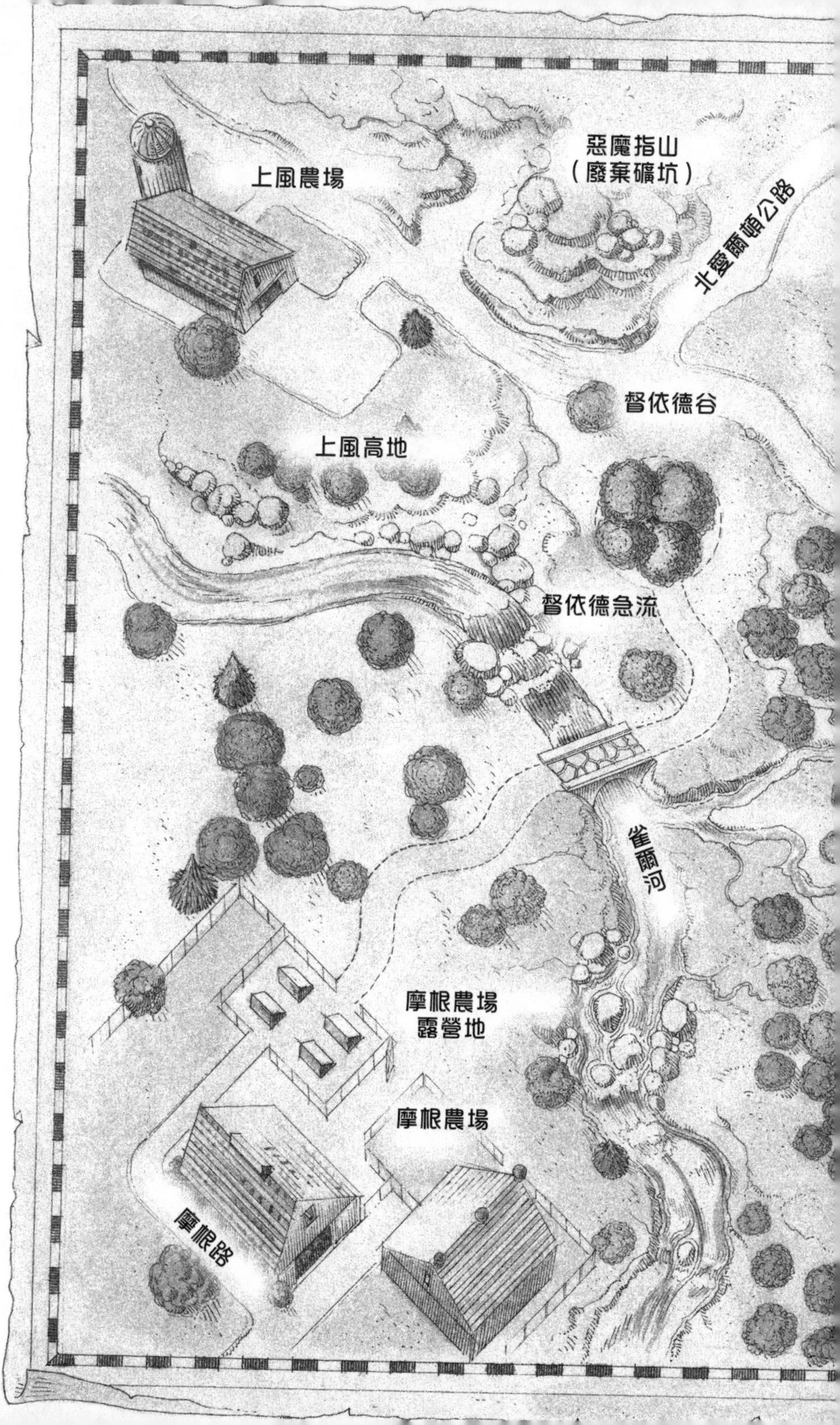
惡魔指山
（廢棄礦坑）
上風農場
北愛爾頓公路
督依德谷
上風高地
督依德急流
雀爾河
摩根農場
露營地
摩根農場
摩根路

第一章

雷星表情稱許地看著蝸殼從林子邊緣的羊齒植物叢裡爬出來。年輕的灰斑公貓先繃緊後腿肌肉，隨即往前一個飛撲，消失在視線裡。過了一會兒，從矮木叢裡出來，尾巴抬高，嘴裡叼著一隻肥碩的田鼠。

「表現得很好。」雷星很是讚許地眨眨眼睛，看著站在他旁邊的梟眼。「你把他訓練得很好。」

梟眼喵嗚笑道：「他很好學。」

蝸殼把田鼠放在雷星腳下。「你有看到我的飛撲方式嗎？」他興奮地問道。「梟眼剛開始訓練我的時候，我每次落地都離獵物差那麼一點點距離，後來他告訴我要試著把落點放在獵物前面，從此我就每次都能正中目標了。」

他的姊姊蘋果花很是不屑地彈著尾巴。

「閃電尾不必指點我這個，」她吹噓地說道。「我的飛撲動作向來都能正中目標。」

閃電尾忍住笑意，鬍鬚不由得抽動。「可

是妳花了好久時間才學會嗅出獵物的氣味。我們讓雷星看看妳學到了什麼好了。」

橘黃色的母貓嗅聞空氣。「我聞到……老鼠，」她喵聲道。「還有兔子！就在那棵橡樹旁邊。」

「很好。」雷星問她。「所以妳應該捕捉哪一隻？」

蘋果花若有所思地彈彈尾巴。「老鼠比較好抓，」她緩緩說道。「但肥胖的兔子可以餵飽更多族貓，所以抓兔子？」

雷星點點頭。「兔子很難抓。」他告訴她。「風族貓吃很多兔子，但他們都是兩貓一組地去捕捉，才比較容易抓得到。所以何不由妳和蝸殼組隊來抓？」蘋果花猶豫了一下。雷星朝她抽動耳朵，鼓勵她嘗試。「就由妳負責指揮。」要是這兩隻年輕的貓兒沒抓到兔子，還有很多時間可以去抓比較容易逮到的獵物。

「好吧，」蘋果花興奮到眼睛瞇成一條線。她朝她弟弟轉身。「蝸殼，你繞到蕨葉叢盡頭那裡，待在上風處，我會把牠追到你那裡去。」

年輕母貓壓低尾巴，鬼祟地朝高處的蕨葉叢走去，每一步都悄然無聲。

雷星推推閃電尾。「潛行技巧不錯。」他低聲說道，黑貓點頭回應，兩眼緊盯著自己的見習生。

草叢一陣騷動，兔子跳出蕨葉叢，長耳不停抽動。牠嗅聞空氣，晶亮的眼睛警覺地四處打量。蘋果花先暫時定住不動，然後突然衝過去。

兔子彈動白色短尾，反向跳開逃走，直穿蕨葉叢。蘋果花急追在後，接著突然傳來掙扎的聲響，兔子驚聲尖叫。然後就看見蘋果花一臉得意地叼起肥碩的兔子。

「很好。」雷星出聲讚美，對他們很是刮目相看。「這隻兔子可以餵飽很多肚子。」貓兒們把兔子和田鼠埋好，打算回營時再來取。雷星帶著狩獵隊朝雷族與河族中間那條被標為邊界的河流走去。

狩獵隊從林子裡出來，走到河岸邊。雷星開心地深吸一口氣，讓充滿水味的空氣灌進口腔。陽光在河面上粼粼閃爍。雷星聞到獵物和新枝嫩芽的濃烈氣味。還好剛過完的禿葉季沒有太嚴寒，他的部族有捕捉到足夠的獵物，沒讓貓兒們挨到餓。如今已經進入新葉季，肥美的獵物在森林裡到處流竄。

「那是苔尾！」蘋果花興奮地大喊。「哈囉，苔尾！」

河對岸，暗棕色的河族公貓輕搖尾巴打招呼，然後鑽進河族領地邊緣的蘆葦叢裡。

「河族貓真的會游泳嗎？」蝸殼好奇問道。梟眼喵嗚笑了出來。

「你看就知道了。」他說道。暗棕色公貓涉水走進河裡，小心翼翼地環顧四周，接著就潛下水面。蝸殼和蘋果花倒抽口氣地看著他消失在水裡，隨即又浮出水面，嘴裡叼著一條銀色的魚。

「我聽說他們會吃魚。」蘋果花說道。「好怪哦！」

「魚不難吃，」閃電尾告訴她。「河星以前給我吃過一些。也許改天我帶妳去河族營地，讓妳親自嚐嚐。」

蘋果花嫌惡地皺起鼻子。「不用了，謝謝。」她說道，「我情願吃松鼠。」

他們看著苔尾一路游回河岸，跟他們點頭再會後，便叼著魚回營地去了。

雷星看著河族公貓，胸口湧起一股暖意。還是不久前，只要有雷族貓離邊界太近，河族貓就會叫囂挑釁，當然那時候閃電尾是絕不可能提議帶年輕的貓兒去拜訪河族營地的。但現在森林裡的貓兒們已經和平共處了好一陣子。

上一個新葉季，風族和天族曾為了邊界問題短暫交戰過，但那場小規模的衝突很快就結束。其實自從五大部族連手趕走邪惡的惡棍貓斜疤之後，就一直和平共處。在那之前，時有貓兒死在森林裡，包括雷星的至親灰翅，後者將他視為親生兒子，一手帶大他。而現在惡棍貓已經學會自動繞過部族貓的領地，所以像蝸殼和蘋果花這些年輕的貓兒，如今終於可以毫無所懼地探索這座森林。

「我們在離水域這麼近的地方，該抓什麼獵物呢？」梟眼問年輕貓兒，但被蝸殼打斷。

「我們已經狩獵了一整個早上，」他抱怨道。「好累哦，我們可以休息一下嗎？只要一下下就好？」雷星點點頭。蝸殼隨即動作誇張地吁出一大口氣，啪地一聲趴在地上，活像自己多累似的。蘋果花在他旁邊坐下來，尾巴塞在腳邊。

閃電尾和雷星啼笑皆非地互看一眼。

「好累？」閃電尾冷冷地說道：「想當年雷星和我還年輕時，我們得一路走到兩腳獸地盤那裡去救梟眼、礫心和麻雀毛出來，根本沒有時間坐下來抱怨獵物抓得很累。」

「真的假的？」蘋果花瞪大眼睛問道。「你們把他們從兩腳獸那裡救出來？梟眼，是真的嗎？」

「是真的。」暗灰色公貓在他們旁邊用後腿坐下來。「當時很可怕。其中一頭兩腳獸把閃電尾抓起來，好像要把他帶走，但還好雷星想辦法讓牠放開了閃電尾。」

「在我們走到兩腳獸那裡之前，我不小心跌進河裡，」閃電尾繼續說道。「也因為這樣，才首度遇見河族族長。要不是他拉我上來，我早就一命嗚呼了。」

梟眼喵嗚笑道：「要不要告訴他們我們跟一眼之間的戰役。我和麻雀毛當時已經大到也去參戰。」

蝸殼傾身向前，甩打著尾巴，完全忘了疲累這檔事。「是不是天星被惡棍貓趕出天族的那段時間？」

閃電尾娓娓道來那段往事，雷星也專心聆聽。他的朋友對見習生們向來很有一套，不只會很有耐心地訓練他們，也懂得如何用話題來引起年輕貓兒的興趣。蘋果花和蝸殼對他的戰役故事深深著迷，看上去隨時準備跳起來自我鍛鍊戰技，不再抱怨今天有多累。

雷星滿意地嘆口氣。他相信自己選對了副族長。要是他有任何不測，閃電尾絕對能勝任族長一職，保衛雷族。

ϟϟϟ

雷星的好心情一直維持到他們下午扛著滿滿的獵物回到雷族營地為止。他們才快走到山谷，就聽見貓兒們尖銳的口角聲。雷星的心跟著一沉。

營地裡老是有貓兒在吵架。而且總是要雷星來解決爭端。彷彿五大部族之間相安無事之後，貓兒反而多出很多時間去為一些小事爭吵。

狩獵隊爬下沙質山谷的邊坡，朝營地前進，憤怒的爭吵聲益發清楚。

「是你說的，這些藥草沒錯啊！」這是三葉草的聲音。

「我只是照雲點說的摘啊。」這是她弟弟薊花。

雷星跟著狩獵隊鑽進金雀花隧道，進入雷族營地。

「可是它們看起來一點也不像酸模葉！我真搞不懂你們兩個怎麼會犯這種錯。我要練習怎麼嚼爛這些葉子塗在傷口上。要是有貓兒受傷，我們又沒有酸模葉，那就都是你們的錯！」黑白色的巫醫見習生顫薔正憤怒地嘶聲作響，背上的毛全豎了起來。

薊花翻翻白眼。「又沒有貓兒受傷，也沒有緊急事件。妳以為就要打仗了嗎？跟誰打啊？」

「會不會跟狐狸？還是野獾？」藍鬚一臉興味地在旁觀戰，還補上一腳。雷星從她身邊經過，很不以為然地瞪她一眼。風族的巫醫貓蛾飛把自己生的小貓分送給每個部族，目的是要讓五大部族團結一心，和平共處。而他這位養女……也就是蛾飛最年幼的孩子……已經長大了，也當上了雷族的年輕戰士，只是有時候很愛挑起事端。

「是啊，狐狸和野獾！」顫薔附和道，吼聲跟著尖銳起來。「還有惡棍貓！也有可能貓兒踩到尖銳的石頭，或者被尖刺刮傷。雷族不用跟別族開戰，也可能有貓兒受傷。」

雷星不想捲入爭端，於是把帶回來的畫眉丟進獵物堆，便轉身逕往自己的窩穴走去。也許他的伴侶貓紫曙會在窩穴裡。他一想到那隻美麗可愛的母貓，心情就一如往常地好起來。他只要趕快進窩裡，別被他們發現……

「雷星！」三葉草放聲大叫。「告訴他們，這不是我的錯！」

雷星嘆口氣，轉身朝正在吵架的貓兒走去，裝出一副很感興趣的模樣。「什麼事啊？」閃電尾忍住笑意從他旁邊經過，縱身一躍，跳上附近一棵白蠟樹的樹枝。他不是族長，所以可以不用管這些鳥事。那個當下，雷星著實嫉妒他。

「雲點派他們去採集酸模葉，好讓我練習怎麼醫療受傷的族貓們。」顫薔告訴他。「可是他們卻帶回山毛櫸葉，等於白白浪費了一整天。」

「它們看起來很像啊。」薊花語帶防備地說道，同時用腳爪戳了戳他前面地上那堆光亮的寬葉子。

顫薔發出尖銳的吼聲，表達出她的不可置信。雷星用後腿坐下來，試圖耐下性子。但薊花和三葉草開始爭吵，只想把錯怪到對方頭上。雷星開始變得心不在焉。

他是很樂見五大部族終於能和平相處，森林裡不再有戰事，邊界也不再出現張牙舞爪、叫囂漫罵的緊繃氣氛。而且也已經有好幾個月不見邪惡的惡棍貓前來挑釁騷擾，附近的獨行貓也都與部族貓保持距離，相敬如賓。獵物豐沛，許久沒有火災、水患，也沒有狂風暴雨打亂森林的平靜。

這不就是雷星最希望雷族能擁有的嗎？生活上安全無虞，雷族從此茁壯興盛。

可是……

他到現在都還記得以前蹲在灰翅旁邊沙盤推演作戰計畫以及和閃電尾並肩作戰的那段刺激

緊張的日子，那時候任何一場狩獵或出外行程都至關重要，因為全都攸關生死。

雷星抖抖毛髮，心想自己當然並不想念那種日子。只是在他記憶裡，至少那時候不會一直聽到這些無聊的口角，他們在乎的都是大事……包括稀少的獵物、戰事、還有幫忙建立家園。每一件事都很重要。

「至少我速度比烏龜快！」三葉草對她弟弟怒吼道。雷星趕緊把思緒拉回現實。

薊花冷哼一聲。「不過妳的鼻子一定是長在屁股上，才會害我們找不到雲點要的山毛櫸葉。」

顫薔用尾巴摀住眼睛，發出快昏倒的誇張呻吟聲：「我要的是酸模葉！我的老天！雲點要你們去找的是酸模葉，你們這兩個鼠腦袋！」

三葉草毛髮賁張，氣到把爪子戳進地裡。「不准妳用這種態度對我弟說話！」

雷星站起來。顫薔忍住反嗆回去的衝動，滿臉企盼地仰頭看他。

「不要再吵了，你們三個。」他說道。「三葉草、薊花，去跟雲點和顫薔道歉，因為你們摘錯了藥草回來。」然後朝巫醫貓見習生轉身。「顫薔，明天陪三葉草和薊花去森林，告訴他們酸模葉長什麼樣子，味道是什麼，下一次，他們就不會摘錯了。」

三隻貓兒正要開口抗議，但雷星用疲憊的目光制止他們。「不要再吵了，你們是族貓，不是一窩小貓，要懂得互相尊重。」見習生們遲疑了一下，最後點點頭，低聲附和。

雷星正要往自己的窩穴走去，結果又被其它爭吵聲攔下。

「獵物應該放進獵物堆。」粉紅眼正甩打著尾巴，怒瞪葉青。「你不能只為你的伴侶貓狩獵，哪怕她有了小貓！部族貓的意義就在於每隻貓兒都要被照顧到，不能只照顧自己的親屬。」

「我剛剛沒有去狩獵。我只知道奶草需要額外的營養來補充體力。」葉青嘶聲回嗆，琥珀色眼睛充滿怒氣。

「這陣子你滿腦子想的都是奶草和她的小貓。你有責任餵飽整個部族！」粉紅眼呸口道。

「就你敢大言不慚地說什麼餵飽整個部族。」葉青諷刺地說道。「我看就算你見到兔子想去追，才跑不到一半就喘死你了。」

粉紅眼往後一縮，對方的話顯然觸到他的痛處。雷星走到兩隻憤怒的公貓中間。「葉青，你這樣說不公平。雖然粉紅眼不能再出外狩獵，但你自己很清楚，等你的小貓大到足以走出育兒室，他一定會幫忙照顧他們。粉紅眼，你也別再挑他毛病了，要是他沒有幫部族抓到足夠的獵物，我和閃電尾會再派別的工作給他。」兩隻貓兒看起來都很不服，但雷星憤怒地抽動尾巴。「你們兩個年紀都這麼大了，還在吵架，難怪年輕貓兒也有樣學樣！你們要做他們的榜樣！如果你們再吵下去，我就叫雲點派你們兩個去幫鶉莓抓身上的蝨子……她去高地時身上沾了些蝨子回來。」

葉青和粉紅眼這下才順從地低下頭，雷星於是轉身離開。這一天過得真是漫長，他只想跟他的伴侶貓窩在一起。他的族貓們一定得拿這些小事煩他嗎？他心想**這八成就是族長的宿命**。

最後他終於回到高聳岩的窩穴裡。他穿過洞口垂掛的苔蘚，但洞裡黑幽幽的，沒有貓兒在裡頭。雷星一陣失望，又走回洞口，環顧空地，尋找紫曙。

晨火和榛洞正在空地中央玩格鬥遊戲，鶉莓和紫杉尾正在戰士窩附近分食一隻田鼠。梟眼跑去白蠟樹那裡找閃電尾。顫薔和藍鬚正在互舔毛髮，而粉紅眼已經在陽光底下打起盹來。隔著育兒室的荊棘牆，雷星隱約看見裡面有黑白相間的毛色身影，看來葉青已經跑去看奶草和他們剛出生的小貓了。

他終於在蕨葉隧道裡瞥看到熟悉的暗灰色身影，那條隧道可以通往最近才蓋好的巫醫窩。雷星抽動著耳朵，若有所思。紫曙為什麼要去雲點的窩穴？**她生病了嗎？今天早上，她看起來很好啊。**

他又一次橫過空地，低頭鑽進氣味芳香的蕨葉叢隧道。他發現紫曙和雲點都在隧道底的窩穴裡，兩隻貓同時轉頭看他，表情驚訝。

「嗨，」雷星有點尷尬地招呼，不安地蠕動著腳。「一切都還好吧？」

雲點用疑色的眼神看了紫曙一眼。雷星的心跳頓時加快。這表情是什麼意思？事實上，雲點看起來沒有不高興的樣子……反而好像知道什麼，但又不想親自說出來。

「我讓你們兩個聊一下好了。」長毛公貓低聲說完，就從雷星身邊走開，但雷星完全沒有察覺，他的注意力全在紫曙身上。

「什麼事啊？」雷星問道，同時挨在他伴侶貓旁邊，嗅聞她身上香甜的氣味。她身子抵著他，感覺結實，不像有病痛，他這才放下心來。紫曙用面頰親膩地搓揉他。

「不是什麼不好的事情啦，」她輕聲說道，琥珀色眼睛很是溫柔。「反而相反。」

雷星瞪著她看。紫曙害羞地別過臉，尾巴輕輕搓揉他的腰腹。「妳意思是……」他問道。

紫曙挨近他。「我懷孕了。」

雷星愣在原地，思緒紛亂。他的胸口突然湧起一股暖意，並往全身擴散。

他要當爸爸了。

那天晚上，雷星無法成眠。

紫曙蜷伏在他身邊，呼吸平緩穩定，尾巴因做夢而不時微微抽動。雷星把鼻子埋進她毛髮裡，緊閉眼睛，又旋即睜開，不安地縮張著爪子。他翻身過去，仰望著穴頂的岩壁，最後站起來，緩步走進空地。也許去散個步，回來會好睡點。

營地靜悄悄的。他聽得到粉紅眼的打呼聲，但其他貓兒一無動靜。雷星躡手躡腳地穿過空地，新葉季裡沁涼的夜風吹得他全身毛髮直打哆嗦。閃電尾正在金雀花隧道旁邊站崗，看上去眼皮沉重、睡眼惺忪。他看見雷星走近，立刻彈彈尾巴以示招呼。

「你還沒睡，」他喵聲道。「怎麼啦？」

「我睡不著。」

閃電尾好奇地歪著頭。雷星嘆口氣：「紫曙懷孕了。」

閃電尾眼睛一亮。「太棒了！恭喜哦！」然後他仔細打量雷星。「你不開心嗎？」

雷星愣了一下。「我當然開心。」他不高興地說道。「只是……」他用腳爪耙抓地面。

「我們到營地外面好了，」閃電尾提議道。「那裡比較好說話。」

雷星跟著他朋友穿過金雀花隧道，出了山谷，進入森林。他深吸一口氣，草木的氣味和暗處獵物的窸窣聲，令他情緒稍稍放鬆。

兩隻公貓面對面。閃電尾等他開口。

「我是很開心，但也很擔心。」雷星承認道。「我一想到快要有小貓了，就睡不著，我擔心我以後要怎麼保護他們。」

「現在是生小貓的好時機。」閃電尾一本正經地說道。月光下，他的眼睛在黑暗中益發晶亮地看著雷星。「各部族之間和睦相處，森林裡不缺獵物。雷星，等你小貓出生的時候，正好趕上綠葉季，一定能平平安安、健健康康地長大。」

雷星肩膀垮了下來。「但要是部族之間又翻臉了怎麼辦？又或者有老鷹和狐狸？或是白咳症？綠咳症？紅咳症？記得我們年輕時的森林大火嗎？當時月影死了。還有龜尾被兩腳獸的怪獸撞死。」他愈說愈惶恐，突然間，連呼吸都變得困難。「我相信未來還有很多事我得操心，只是還沒想到。所以我要怎麼保護他們呢？」

有時候雷星會覺得身為族長的他得維繫整個部族的團結一心，又得照顧每一隻貓，讓他們吃得飽睡得好，這重擔壓得他快要撐不下去。所以他真的已經準備好要迎接自己的小貓了嗎？

閃電尾用尾巴繞著雷星的背，要他放心。「你無法預測未來會發生什麼。但你有全族的貓兒幫你留意小貓的安危。更何況你也總是在保護我們。我相信你和紫曙會是一對稱職的父母。」

雷星的喵聲卡在喉嚨裡。「要是我不是呢？我還小的時候，清天……我是說天星……根本不想要我。要是我像他一樣怎麼辦？」

閃電尾的鬍鬚抽了抽。「你就是因為天星的關係，才擔心自己當不了好父親？天星的確是你的親生父親，但把你撫養長大的是灰翅。他是大家求之不得的模範父親。你已經從他身上學到了該學會的一切，等著看吧，你一定是個好爸爸。」

雷星想到了灰翅，是灰翅教會他如何狩獵，如何保護自己，而且還給了他一個家。他從小就是好脾氣的灰翅在帶他。「灰翅真的很棒。」

「你也會跟他一樣的。」閃電尾告訴他。「就算你不是，我和紫曙也會確保小貓平安長大。你又不是不知道，我是你的好兄弟，也是他們的族貓。」

雷族對他朋友感激地眨眨眼。他的心情好多了。也許閃電尾說得沒錯。也許一切都會沒事。「你當然是我的好兄弟。我知道我可以信賴你。」

第二章

「我現在一天到晚都覺得肚子餓。」紫曙嘆口氣說道，她站在戰士窩的荊棘叢底下往外張望雨勢。

奶草喵嗚笑了出來。「都是這樣啊。小貓出生前一個月，我滿腦子就只想著吃。那是因為妳的身體想要讓小貓長得壯一點。」

她那隻毛色黃黑相間的小公貓斑皮，正撲上毛色淺黃的同窩手足櫸尾，將她撞倒在地。「我比較大，比較壯。」

櫸尾蹣跚爬了起來，對他齜牙咧嘴。「我才比你壯呢！你比田鼠大不了多少！」

兩隻小貓開始角力。奶草用尾巴輕輕掃過他們。「安靜點，」她語帶寵溺地說道。「你們踢到爛泥巴了啦。」

雷星看著紫曙那日漸隆起的肚子，又開始心慌起來。她吃得夠嗎？原來以為綠葉季會有很多獵物，但最近幾天天氣灰濛濛的，一直下雨，獵物變得比難找。每隻貓都在餓肚子。

梟眼、三葉草和葉青徒步穿過金雀花隧道，走進空地，渾身溼透，看起來心情不是很好。梟眼嘴裡叼了一隻毛髮雜亂的田鼠，葉青則帶回一隻瘦巴巴的地鼠，三葉草甚至走路有點跛。

「你們只抓到這些？」雷星在他們走近時這樣問道。

葉青丟下地鼠，把牠推到小貓前面。「下雨下太久了，獵物的氣味都被雨水沖刷掉了。能抓到這些已經很幸運了。」

三葉草皺起眉頭。「雲點，你可以過來看看我的腿嗎？我在泥地上滑了一跤，好像扭到腿了。」巫醫貓點點頭，走過去輕輕按壓她的後腿。

「妳最好到我的窩裡去。」他告訴她。「顫薔，過來幫忙，順便練習一下怎麼治療扭傷的腿。」

「奶草，我們可以吃地鼠嗎？」斑皮趁大夥兒都忙著看兩隻巫醫貓扶三葉草走回窩裡時，這樣問道。

奶草遲疑了一下，瞥了紫曙一眼。

「他們先吃沒關係。」紫曙語氣堅定地說道。「小貓需要吃飽。」

雷星本想出言反對，卻強忍住衝動。他們需要更多獵物。

「這隻田鼠應該給妳吃。」梟眼說道，同時把牠放在紫曙面前。

「謝謝你，」紫曙說道，然後推推奶草。「我們一起吃吧，妳也需要有體力，才能照顧小貓。」

雷星環目四顧，發現其他族貓都往這裡張望，表情饑渴地看著兩隻母貓三兩下吞完小田鼠。他不能再讓他們繼續挨餓了。他心跳加快。他對他們有責任。而且他的小貓也需要有一個強大的部族來當靠山。

「我要親自帶一支狩獵隊出去，」他決定道。「我們需要更多獵物。」

梟眼和葉青互看一眼，表情驚訝。「你抓不到獵物的，」梟眼說道。「這種天氣，獵物都躲進窩穴裡了。」

「外面沒有什麼獵物。」葉青附和道，三葉草也點點頭。

「你們是在反對嗎？」雷星吼道。「獵物不夠，我們就要更努力地抓。薊花、蘋果花、鵝莓，你們跟我來。」他知道他有點不講道理，但他不能眼睜睜看著族貓們再多挨餓一天，尤其他的小貓快出生了。

荊棘叢的枝葉上有一坨水冷不防地灑下來，淋在他的肩膀上。蘋果花緩緩起身，垂著尾巴。其他貓兒沮喪地互看彼此。他們的毛溼答答地黏在身上，看上去比平常還瘦。

「可是外面抓不到獵物啊。」薊花反駁道。

鵝莓舔舔胸毛，避開雷星的目光。「如果別的貓兒出去狩獵了那麼久，只抓到這麼一點點獵物。我們去抓，難道就能抓到更多嗎？」

雷星背上的毛豎了起來。**他們為什麼不懂這件事有多重要？他們怎麼忍心讓族貓挨餓？**

但雷星還沒來得及發飆，閃電尾就趕忙上前一步。「現在的確狩獵不易，」他附和道。「但我們是部族貓。我們會互相照顧，保護彼此。在森林裡，我們是最厲害的狩獵者。」

「對，我們是！」榛洞抬起頭來自豪地說道。雷星看見粉紅眼聽見年輕貓兒這樣宣言，不由得抽動鬍鬚，笑了起來。

「葉青、三葉草和梟眼在如此惡劣的環境下，都能設法幫雷族找到食物，」閃電尾繼續說道，尾巴亢奮地地甩來打去。「著實令我們佩服和感激，雷星也很感激他們。不過我們應該學他們一樣去努力看看。只要不放棄，一定能讓每隻貓兒都吃飽。」

被雷星點名的鶇莓本來臉色難看，這下也坐得挺拔，兩眼發亮。蘋果花的尾巴不再無精打采地垂著。薊花更是自豪地鼓起胸膛。

雷星感激地看了他的副族長一眼。閃電尾滿面笑容地對他眨眨眼，然後朝他走近。「我跟你們一起去。就算我不在營裡，雷族也懂得怎麼照顧自己。」他說道。

⚡⚡⚡

雷星在被雨水洗過的森林裡嗅聞空氣，尋找獵物氣味。葉青說得沒錯，下了三天的小雨後，很難再聞到什麼獵物氣味。不過他們運氣不錯，蘋果花意外被一窩老鼠絆到。他們好不容易抓到了那六隻老鼠，但仍不夠餵飽雷族。

如今雷星在空氣中聞不到任何獵物味道，只有潮溼地表和植物生長的濃烈氣味。不過當他前進時，他隱約聽見附近蕨葉叢傳來輕微的劈啪聲響。他豎起耳朵仔細聆聽，小心窺看灌木叢下方。一開始，他沒看見暗處有什麼東西，但後來好像看見一隻像鳥一樣的肥碩身影。

雷星的口水立刻流了出來。他用尾巴示意，薊花和閃電尾過來找他。

「就在灌木叢底下。」雷星輕聲說道。薊花的尾巴興奮地抽動著。

「牠在那底下飛不上去。」閃電尾說道。「我們分散開來圍堵，免得牠跑掉。」他示意莓、蘋果花、以及其他四隻貓蹲低身子，從不同方向分頭趨近。

雷星迅速地悄悄靠近灌木叢，完全不驚擾到獵物。他現在看得出來那是一隻正蹲在底下躲雨的鵪子，羽毛抖鬆的牠幾乎靜止不動。雷星實在幸運，竟然能找到牠。那是一隻很肥很大的鳥，足夠一次餵飽好幾隻貓。

鵪子突然轉頭，亮橘色的眼睛捕捉到雷星的身影。還好他趕在牠有動作之前撲了上去，不偏不倚地正中目標，張嘴往脖子一咬，溫熱的鮮血漫進他口腔，鵪子抽搐一下，就動也不動了。雷星退出蕨葉叢，鵪子也被拖了出來。

這是那天下午他們抓到的最後一隻獵物，不過再加上稍早前抓到的老鼠，已經令雷星相當滿意這一天的成績了。天色漸暗，他們決定打道回府。今天每隻貓兒都能有東西吃了，哪怕不會吃得很飽。

狩獵隊穿過金雀花隧道，走進營地時，雨竟然也停了。

「好香哦！」三葉草說道，同時一跛一跛地朝他們走來。雖然雲點已經治療過了，但她的傷腿顯然還沒好，不過兩隻眼睛倒是炯炯有神。「你們的運氣比我們好。」

藍鬚和顫薔朝他們跑來。「我們兩個可以分食一隻老鼠嗎？」

「當然可以。」雷星說道，同時瞥了其他族貓們一眼，後者都流露出渴望的眼神。「今天每隻貓兒都得跟別隻貓兒分食，不過應該夠大家分。」他望向營地盡頭的紫曙，後者對他投以讚賞的目光。他自豪到尾巴毛都蓬了起來。

但就在她朝獵物堆走來時，一旁的奶草突然愣住，踏出的那隻腳懸在半空中不動，不停嗅聞空氣。

「怎麼了？」梟眼問道。

黃黑相間毛色的母貓驚恐地瞪大眼睛。「你們聞到了嗎？」她問道。雷星也跟著嗅聞，但他還來不及辨識那隱約飄散的惡臭味是什麼時，營地外面突然出現狂亂的吠叫聲。

有狗！

第三章

雷星立刻叼住離他最近的小貓斑皮的頸背。「快爬上去！」他滿嘴毛地下令道，同時把黃黑色小公貓往空地邊緣的其中一棵樹幹上一丟。小貓瞪大眼睛，趕緊伸爪戳進白樺樹的樹幹，再爬上枝幹。雷星旁邊的奶草也在幫忙櫸尾爬上同一棵樹，然後跟著爬上去，樹幹被他們的重量壓得搖搖晃晃。

要是那些狗找到路殺進營地，至少小貓是安全的。山頂傳來咆哮聲和沉重的腳步聲，還有吸鼻聲。狗兒應該看不到躲在金雀花叢和灌木叢底下的他們，所以還是有可能過門不入。

雷星往樹上爬了幾條尾巴長的距離，再轉頭查看其他族貓。閃電尾正在幫忙粉紅眼爬上空地盡頭那棵高聳的白蠟樹，他指導半盲的貓兒該把爪子戳進哪裡。而藍鬚早就爬到他們上方的枝幹上。

剛從巫醫窩裡出來的雲點和顫薔神色驚慌地轉身朝另一棵高聳的樹木跑去。營地四周的其他族貓也都趕緊爬高，想躲開狗。

紫曙在哪裡？雷星掃視空地，這時他聽見上方傳來咆哮聲，以及更瘋狂的吠叫聲。莫非狗兒已經聞到了山谷底下的他們？

三隻大狗衝下邊坡，小石子不斷從邊坡的突岩飛灑而下。這些狗的長相比多數狗兒都難看，臉型扁平寬大、一身短毛，下顎有力，淌著口水朝貓兒們衝過來。牠們打哪兒來的？他以前怎麼從沒見過這些狗。

雷星想要衝出去趕走牠們，但覺得風險太大……只要族貓們都平安無事，就算營地被毀也沒關係。

大家都安全了嗎？這時突然傳來驚恐叫聲。雷星看見紫曙、梟眼和蝸殼竟擠坐在空地上的戰士窩旁邊，心跟著一沉。三葉草緊靠著他們，**想必是三葉草的傷腿讓他們無法及時逃走。**

狗群就快衝進山谷裡面。不過牠們好像還沒注意到窩穴旁有四隻貓，反而直盯著空地對面那棵被閃電尾、藍鬚和粉紅眼巴住高處的樹木看。

我得去救紫曙。

狗群才衝進山谷，雷星就以強而有力的後腿抵住樹幹，再朝牠們的方向跳了過去，砰地一聲落地，然後拔腿直衝狗群。

哦，星族，希望這招有用。

衝向狗群的他迎面瞥見長長的尖牙和不斷張合的下顎。牠們似乎也很訝異竟有貓衝了過來。而牠們的短暫遲疑正好救了他一命。

他直接衝進為首那隻狗兒的鼻子底下，迎面撲來像轟雷路一樣的惡臭酸味，然後立馬風馳電掣地跑開，逃逸的方向與四隻貓兒挨擠的地方完全反向。

我必須給紫曙和其他貓兒足夠時間逃走。他知道他的族貓會盡快逃開，只是三葉草的腿傷可能會拖慢他們的速度。雷星穿梭在空地邊緣的林子裡，滿腦子想的都是紫曙和他們的小貓。他和他的伴侶貓一定得逃過此劫，他們的小貓一定要平安生下來。他不能讓他們沒有父親。

他感覺得到狗兒的熱燙鼻息噴在他的腳跟，完全沒有在咆哮，分明是為了省力，免得跑得太喘。牠追得很近。驚慌不已的雷星突然警覺到自己根本跑不贏對方。

他只能轉向，朝一棵白蠟樹衝過去，但沒時間爬樹了，改在最後一刻地閃開樹幹，往旁邊一滑，衝到另外一頭，緊追不捨的狗來不及反應，一顆頭砰地一聲撞上樹幹，後面另一條狗跟太緊，也剎車不及地撞上去，兩條狗跌在地上同聲哀號，腿全都打結在一起。

雷星安然地爬上另一棵樹，站上枝幹，雖然高度不夠高，但沒關係，狗的速度再快，力氣再大，但就是不會爬樹。兩條狗好不容易站起來，只能不停跳上跳下，瘋狂地吠叫，怎麼樣也搆不著他。

氣喘吁吁的雷星低頭查看自己是否已把狗兒誘離得夠遠，讓紫曙和其他貓兒安全地逃離。他看見三葉草已經爬了一半的樹幹。但紫曙、蝸殼和梟眼仍待在地面，一臉防備地擋在三葉草和第三條狗之間。

三隻貓兒不斷後退，全身毛髮豎得筆直，尾巴的毛也全蓬了起來，嘴裡不停嘶聲吼叫，試圖嚇退那條狗。但牠繼續進逼，壓低身子，齜牙咧嘴。**牠是在狩獵！就像我們捕捉獵物一樣。**

雷星頓時驚恐。

「紫曙！」雷星大吼。他爬到枝幹的尾端，再往旁邊的樹木一跳，緊抓住其中一根枝葉，攀爬過去。這時下方又傳來吠叫聲。

他再度爬到樹枝末端，繼續往下一棵樹跳過去，重量壓得樹幹搖來搖去，他頭暈到差點掉下去，但趕緊穩住自己，抬頭一看，正好望見紫曙朝憤怒的狗臉揮出一爪。狗兒慘叫一聲，縮回身子，紫曙趁機將蝸殼朝最近一棵樹推過去，再跟在後面往上爬。她肚子雖然渾圓，行動不便，但爬樹的速度倒是快到雷星難以想像。梟眼也跟在後面跳上樹，但差點被那條狗張開的大嘴咬到，狗兒在下方憤怒嚎叫。

雷星掃視空地。現在地面上已經沒有貓兒。他只希望大家都沒受傷。

這時有幾滴雨水滴到他旁邊的樹葉，接著就突然傾盆大雨。冰冷的雨水從他耳朵流洩而下，鬍鬚也時有水珠滴落。至少那幾條狗現在也跟雷族貓一樣全身溼透了。

雨不停地下，而且愈下愈大，那幾條狗還在下面的空地踱步。雷星狼狽地待在樹上，不安地蠕動著腳，並試圖窺看其它樹木，查探紫曙和其他貓兒情況如何。但雨勢過大，他看不清楚。這時夜色漸漸漫上空地。

不久之後，空地漆黑一片，但雨還在下，狗群朝樹上那幾隻抓不到的貓兒吠叫了幾聲之後終於離去。牠們跟他一樣全身溼透。雷星希望牠們最好比他還狼狽。

雷星一直等到再也聽不見狗群在森林矮木叢裡的穿梭撞擊聲，才放下心來跳進空地。

「我想現在應該安全了。」他喊道，於是族貓們陸續下來，其中幾隻很大膽地直接從樹上往下跳，其他的則是各自謹慎地慢慢爬下樹。雷星環顧四周。還好，大家都在，從個頭很小的斑皮、櫸尾，到部族裡最年長的粉紅眼，一個都不缺。

「感謝星族老天，大家都無恙。」奶草瞪大眼睛說道。

「不過牠們把獵物丟得到處都是。」紫杉尾一臉生氣地指著一隻沾著泥巴的地鼠。「應該都不能吃了。」

三葉草小心翼翼地在地上試踩自己的腳，縮張著爪子。「如果說我之前不算扭到腳，那現在真的扭到了。」

雷星貼近紫曙，她也緊挨著他，溫柔搓揉他的肩膀。「我們都平安沒事，」她安慰他。「我們成功了。」

但這種平安沒事可以維持多久呢？雷星不免納悶，**畢竟狗群現在知道我們的住處了。**

過了一夜，雨停了，陽光燦爛。通常在下過四分之一個月的雨之後，雷族貓都會到陽光底下伸伸懶腰，曬個太陽，烘暖毛髮。但今天早上每隻貓都顯得煩躁不安，不停掃視林間，豎直耳朵仔細聆聽，深怕狗兒再度來襲。

「我從沒見過那種狗。」葉青一想到，肩上的毛又豎了起來。「牠們好可怕！」

「牠們的鼻口大到好像可以一口吞下我們。」藍鬚瞪大綠色眼睛喵聲道。

「不過我很勇敢，對不對？」蝸殼問道。「就像閃電尾和雷星把梟眼從兩腳獸地盤救出來那樣勇敢！我也有幫忙紫曙和梟眼保護三葉草哦。」

「真的很謝謝你們。」三葉草誠懇地說道。不過當她看見樹下地上留下來的狗爪印時，又忍不住打起寒顫。

雷星用尾巴示意紫曙和閃電尾到窩穴旁邊找他。

「這地方可能不再安全。」他小聲地說道。紫曙垂下頭表示同意。

「既然狗群知道我們住在這裡，難保不會再回來。」她喵聲道。

「我們可以多派幾支巡邏隊去監視牠們。」閃電尾提議道。「不過狗有時候會跟著牠們的兩腳獸長途旅行，所以搞不好不是住在附近。」

「我們是應該派出更多巡邏隊。」雷星附和道。「自從五大部族和平共處以來，我們開始變得有點懶散。」他環顧族貓們，後者正在曬著陽光、聽著林子裡的蟲鳴鳥叫，漸漸放鬆。「其實不光是狗的問題，外面還有很多威脅都是我們疏於防範的。」他的目光來回看著伴侶貓那雙美麗的琥珀色眼睛和副族長那雙悲憫的綠色眼睛。森林裡有那麼多危險，他要如何保護部族，遠離危險？又該如何保護他的小貓呢？

他已經不太記得自己的同窩手足，因為他們很小就跟他的母親一樣被兩腳獸的怪獸殺死，那時他們的年紀比櫸尾和斑皮還小。所以要是他的小貓或紫曙發生類似事情……或任何事情……雷星覺得自己恐怕也活不下去。

「森林裡向來有各種危險，」紫曙溫柔地說道。「我們現在的環境已經比以前對付斜疤或五大部族爭戰不休，或是惡棍貓橫行森林的那時候要來得安全多了。現在我們只需要更提防和更小心就行了。」

「我們應該去把牠們找出來。」雷星宣告道。但閃電尾立起耳朵，臉上不解。

「去把狗找出來？」他問道。「你鼠腦袋了嗎？」

雷星惱怒地彈動尾巴。「也許你說得沒錯，牠們是跟兩腳獸住在離這裡很遠的地方，我們再也不會見到牠們。」他喵聲道。「但如果不是呢？所以我們必須找到牠們的營地。如果牠們離我們太近，雷族就得搬遷。」

閃電尾瞪大眼睛。「搬出山谷？」

「我是說必要的話。要是狗群狩獵的地方離這裡太近，山谷就不再安全了。」

「那天族一樣也不安全吧？」紫曙納悶道。「他們離我們不遠，我們應該警告他們。」

閃電尾站起來。「我們應該警告所有部族，必須讓他們知道目前有危險。我會派支隊伍去提醒他們保持警戒。」

「好主意。」雷星同意道。「派信差去風族、影族和河族。我自己跑一趟天族。」他撐起肩膀，有點無奈。他和天星曾試圖修好，但他們之間始終存在著某種張力。畢竟他們已經有過太多次的傷害與背叛經驗。「我得去看看我父親。」

第四章

雷星朝天族的領地前進，一路上豎直耳朵，睜大眼睛，隨時留意有無狗的蹤跡。他不斷嗅聞空氣，但什麼也沒聞到，只嗅到森林裡常有的腐葉味。

紫曙要他帶支隊伍去，但他擔心營地會少了很多貓，降低防禦能力。她只能瞪大眼睛，語帶擔心地要他保證這一路上一定會小心。

雷星快走到天族的營地時，瞥見蕨葉叢裡有個銀白相間的身影在移動。

「嘿！」一個聲音喊道，隨即有隻銀白色的貓朝他衝來。「嗨，雷星！」

雷星認出那是露瓣，是天星和星花生的其中一隻小貓。她熱情地與他招呼，尾巴抬得高高的。「是我哥哥欸！」她喊道。雷族貓藍鬚的哥哥蜂蜜皮也跟在她後面跑出蕨葉叢。

雷星眨眨眼睛，有點驚訝露瓣竟會叫他哥哥。天星當然是他們的父親，但是露瓣和她妹妹花足向來都比雷星更像是天星的孩子。雷星與熱心招呼的露瓣和蜂蜜皮分別輕觸鼻頭。

「你好嗎？」露瓣問道。「紫曙準備要生小貓了嗎？雷族近來好嗎？」

「事實上，我需要找天星談一下事情。」雷星告訴他們。「你們兩個是自己出來的嗎？」

露瓣很是自豪地挺起胸膛。「天星要我教蜂蜜皮一些狩獵技巧。我現在是部族裡其中一個最厲害的狩獵者了。」

如果天星敢讓自己的小貓獨自在森林裡遊蕩，那就表示那群狗還沒來過天族，雷星心想。天星絕不可能讓露瓣涉足險境，哪怕是蜂蜜皮也一樣，因為自從蛾飛把蜂蜜皮送給天族後，天星就把他當親生兒子一樣對待。

「你們最好跟我一起去坑地。」他提議道。「可以帶我去見天星嗎？」

兩隻貓開心地點頭答應，然後在陪他朝營地走去的路上，一直吱吱喳喳地說著天族近來發生的事。蜂蜜皮問到藍鬚，雷星於是跟他保證他妹妹在雷族過得很好。露瓣自誇雖然昨天下雨，她還是抓到了一隻很肥的松鼠，獲得了天星的讚美。

「天星說我昨天對天族的功勞很大，因為我幫橡毛找到一大堆艾菊，這樣要是有貓兒受傷，就能派上用場了。」蜂蜜皮也不甘示弱地說道。

「聽起來你們兩個對天族很重要。」雷星笑容可掬地說道，但其實當他聽到天星對這兩隻年輕貓兒的鼓勵和讚美時，胸口隱約在痛。雷星小時候曾在天族短暫住過一陣子，但他父親對他相當嚴厲，絕不容許任何異議或犯錯。要是他當初也像這幾隻小貓一樣跟他感情很好，那會是什麼景況呢？

雷星彈動耳朵，揮開這念頭。如今再舊事重提，也是無益。不是每隻公貓天生知道怎麼當個好父親。天星也是後來才學會的。**就算剛開始很難，但我盡力學習，當個好父親，就像天星現在這樣。**他不必馬上就當個完美的父親，不過私底下他還是希望自己至少不要像當年的天星那樣。

他們一抵達坑地邊緣，蜂蜜皮就往前跑，放聲大喊天星。露瓣在雷星旁邊停下腳步。

「小貓出生後，我可以去看小貓嗎？」她急切地問道。「他們也跟我有血緣關係。」

雷星被她的熱情感動，開心地眨眨眼睛。「當然可以。」他說道。

天星步出窩穴，朝他們走來。露瓣溜到生鮮獵物堆那裡去找蜂蜜皮，同時搖著尾巴跟雷星說再見。雷星心想，天星看起來比以前瘦，原本豐厚閃亮的灰毛終究受到歲月的摧殘而多少失去了光澤，不過體格還是虎背熊腰，眼神也一如往常的銳利。

「雷星，」他語氣愉悅地說道。「很高興在大集會以外的地方見到你。雷族一切都好嗎？」雷星遲疑了一下。天星的眼裡立刻閃過一絲不安。「紫曙還好嗎？小貓沒問題吧？」

「哦，沒事，紫曙很好。」雷星說道。「不過我們昨天遇到麻煩。」他告訴天星有狗群來攻擊雷族營地。「我們是想過來提醒你們，牠們有可能還在附近。」他說道。「我從沒見過那麼可怕的狗，還好當時沒有貓兒受傷。」

天星別開目光，表情猶豫，不停彈動著尾巴，似乎正在想該不該告訴雷星什麼事。雷星瞇起眼睛，心裡起了疑竇。「你是不是早就知道森林裡有狗？」他追問。

天星仍然避開雷星的目光。「我們最近一直有零零星星聞到狗味，但因為沒有離我們營地很近，所以並不擔心。」

雷星憤怒地甩打尾巴。「我猜應該離雷族邊界很近吧？除非威脅到你自己的部族，否則你一點也不緊張。你應該早點警告我們的。」

天星終於抬眼迎視雷星的目光，眼裡攙著悔意。「相信我，雷星，要是我知道你們部族會有危險，我一定會告訴你們。但是那味道很像是從遠方隨風飄送來的，我不認為我聞到的狗味會對你我造成威脅。」

「當然是威脅。」雷星說道，身上的毛髮仍然蓬得筆直。「如果我們要保障族貓的安全，就得提高警覺。」

「牠們的氣味跟森林裡的氣味不太一樣。」天星若有所思地說道。「幾乎跟轟雷路的氣味一樣嗆鼻。牠們的味道這麼奇怪，所以要是牠們以前來過這裡，我們應該早就注意到了。」

雷星不安到毛髮微微刺癢。「所以牠們一定是從很遠的地方來的。如果牠們出外狩獵都已經膽大包天到敢跑到這麼遠的地方來，會攻擊我們的營地對牠們來說也是理所當然的事。所以也許我們應該找到牠們的住處，給牠們一點教訓，牠們才不敢再接近我們。」

天星一臉疑慮地瞪看他。雷星一邊苦思對策，一邊繼續說道：「如果我們可以找其他部族合作，就可以連手攻擊牠們……」

天星打斷他，一臉不屑地彈動耳朵。「這聽起來很像是自找死路。天族絕不會主動跑到一群惡犬的地盤裡去攻擊牠們。」

雷星的尾巴垂了下來。「天星，我還以為你不會怯戰呢。」他說道。「不過也許你說得沒錯。就算所有部族貓通力合作，打敗那幾條狗，但要是牠們還有更多爪牙怎麼辦？」

「我可以告訴你，我最後一次是在哪裡聞到牠們的氣味。」天星提議道。「也許可以從那裡研判牠們究竟是從哪裡來的。」他回頭看了一眼正在天族營地裡頭，曬太陽和分食獵物的貓兒們。「告訴星花我跟雷星出去一下，馬上回來。」他對快水大喊道。灰白色母貓抽動鬍鬚表示知道了。

天星帶著雷星回到森林。當他們抵達雷族邊界時，他猶豫了一下。「我大概是在這裡聞到奇怪的狗味。」他說道，同時朝風的來處轉身。

雷星也開始嗅聞，隱約聞到一點嗆鼻的狗味。那味道很淡，偶爾才會在流動的空氣裡聞得到，他不得不承認，如果是他在這裡聞到這樣的狗味，他也不會太擔心，更不會想去警告其他部族。

他把這想法告訴天星，後者才總算釋懷。「我們追蹤一下這氣味好了。」他說道。

雷星和天星走走停停地嗅聞空氣，循著隱隱約約的狗味往前追，穿過雷族領地，甚至遠到雷族與影族接壤的轟雷路那裡。雷星用腳爪緊壓地面，偵測是否有震動傳來，因為這代表怪獸正在接近中。然後兩隻貓兒快速通過轟雷路。

雷星注意到天星的行動一如往常的敏捷，長腿的他仍然步履穩健，像雷星一樣步伐跨得很大。所以他父親並沒有真的老去……至少還沒老去。

他們沿著影族領地的邊緣走，經過惡臭的腐肉區，雷星作嘔地皺起鼻子。「我在這裡什麼也聞不到，只聞得到平常聞到的那種臭味。」他說道。

「我想應該是這個方向。」天星說道。

他們走了很遠，走到太陽都爬到天頂，甚至開始往天空的另一頭落下。最後他們走出部族貓的領地，進入雷星不曾到過的地方。他的腳爪開始痠痛，但狗味卻愈來愈濃。

他們登上一座小丘，下方的景色赫然在目，兩隻貓兒不禁愣住。

「我以前從沒見過這樣的東西。」雷星低聲道，天星點頭附和。

在他們下方有一大片空地，是用跟轟雷路一樣的黑色材質製作出來，前面擋著一堵發亮的銀色籬笆，空地上到處是兩腳獸的怪獸，牠們動也不動地像是睡著了。不過看上去不像是平常的怪獸。

「牠們快死了。」雷星低聲道。「或者已經死了。」這些怪獸不會再回到轟雷路上奔跑，牠們的裡面沒有坐著兩腳獸。其中一頭怪獸的眼睛破成碎片。另一頭張大嘴，本來是嘴巴的地方整個不見了。其他的怪獸不是少了圓形的黑色腳爪，就是只剩發亮的骨骸。

這裡正是雷星一直無法辨識出來的嗆鼻氣味來源，狗身上的味道原來是從這兒來的，它跟轟雷路的氣味很相像，但又不完全一樣，裡頭攙了一點點狗味。而這時遠處也隱約傳來凶惡的狗吠聲。

「就是這裡，」雷星喵聲道。「牠們就是來自這裡。」

第五章

「我從來沒有想過兩腳獸的怪獸也會死掉。」紫曙喵聲道，她抽動著尾巴，若有所思。雷星一回到營地就把她和閃電尾找來。現在這三隻貓正坐在雷星窩穴的外面討論他跟天星的發現。

「我們找到了狗群的住處，所以現在要怎麼做呢？」閃電尾問道。「你真的認為我們的營地應該搬遷嗎？要是我們一定得搬，就得趁早進行，才能趕在綠葉季時把一切安頓好。」

雷星搖搖頭。「除非我們很清楚已經別無選擇，否則還不到搬遷營地的時候。雷族領地裡的其他地方都不像山谷這裡那麼適合作為營地。」他猶豫了一下，因為他知道紫曙不會高興他接下來要說的事。但他相信他的決定是對的，他應該去做。「在我們考慮搬遷之前，我想先對這些狗有更多的瞭解。如果我能去牠們居住的兩腳獸地盤，也許就能找到更多跟牠們有關的線索。」

閃電尾好奇地歪著頭。「你要直接過去，就為了查探那一群狗？這能有幫助嗎？」

「我不知道，」雷星說道。「我也不確定會有什麼幫助，但總比坐以待斃要好，也比我們把整個部族搬到新的營地，但又不知道那地方到底安不安全來得好。」

紫曙抽動耳朵。「你以為你去了那裡，就會想到什麼好點子嗎？」

雷星弓起肩膀，不肯讓步。「我想主動出擊。能夠更了解牠們，也許就知道如何對付。」

紫曙用尾巴搓揉雷星的腰腹，表情憂慮。「我擔心你會被牠們抓到。那些狗很危險。」

「如果你堅持要去，也不必單獨行動，」閃電尾很有義氣地說道：「我們兩個通力合作，一定比你單打獨鬥來得好。我是你的副族長，理應在旁邊支援你。」

雷星心想，**有閃電尾陪我一起去，應該會更事半功倍。**從小時候的探險遊戲到長大後為了幫部族開疆闢地所投身的大小戰役，雷星總是有閃電尾的相挺，他才更能登高爬遠、發揮戰技，敏銳思考，周延規畫。可是他看著紫曙和她那隆起的肚子，知道自己必須拒絕。「我需要你幫我照顧紫曙，」他說道。「你是我唯一相信的好兄弟，只有你，才能確保她的安全。你說得沒錯，你是我的副族長……所以當我不在的時候，你得負責保護部族。」

「我跟你一起深入險地，才是最有利於部族的做法。梟眼會幫忙看守部族，雲點也會照顧紫曙，」閃電尾爭辯道。「她不需要我。」

雷星搖搖頭。「他們都是很優秀的戰士，但如果由你來統領，我會比較放心。雲點不擅長格鬥，梟眼的經驗也沒你豐富。我需要給紫曙一個安全的環境。」

「我可以插個嘴嗎？」紫曙氣呼呼地說道。「我是要生小貓，不是變成小貓。」

雷星舔舔胸口，表情尷尬。紫曙曾獨自擊退一條狗，好讓蝸殼和梟眼有時間逃跑。她既不柔弱也不無助。「妳說得沒錯，」他同意道。「我很抱歉，我只是太擔心妳。如果有閃電尾在，我會比較放心。」

「我也擔心你啊，」紫曙喵聲道，尾尖不停抽動。「你要深入虎穴，去一個奇怪的兩腳獸營地，而我們只知道那裡住了一群可怕的狗。要是閃電尾能陪你去，我會放心很多。」她一臉哀求地看著他。「你是我們的族長，也是我的伴侶。我敬重你，但也求你不要獨自冒險，我要看到你平安回來。」

雷星討厭自己必須留下紫曙，不能為她提供最好的保護，但他也必須承認她說得沒錯。

他縱身一躍，跳上高聳岩，朝族貓們大聲喊道：「所有貓兒都到高聳岩底下集合！我有事要宣布。」他看見櫸尾和斑皮本來要進育兒室，這下也睡眼惺忪地朝他轉身過來，趕緊修正說法：「我是說請所有已經會自己捕捉獵物的成年貓都到這裡來集合。」

族貓們全都好奇地豎起耳朵，走到他下方的空地。他靜候著他們全員到齊。

「明天早上，我和閃電尾要離開森林幾天，」他等到他們全都坐下來，注意力集中在他身上，才開始這樣宣布。「我們要去找個辦法來對付那群入侵營地的狗。在我們離開的這段期間，紫曙會負責統領。」他發現梟眼也在貓群裡，於是繼續說道：「梟眼會擔任她的副手，你們要像服從閃電尾一樣服從他的命令。雲點也會像輔佐我們一樣輔佐他們。」雲點在空地對面朝他點頭附和。梟眼則坐直身子，自豪地抬高頭顱。

「雷星，祝你們好運。」蘋果花熱烈地喊道。貓群裡也傳出眾多附和聲。

「謝謝你們。」雷星喵聲道，然後從高聳岩跳下來。他的目光與閃電尾交會，他知道他和他的副族長都有同樣的想法：他們的確需要一點好運。

第二天，兩隻貓經過腐肉區時，太陽正爬上天空。陽光溫暖，徐徐涼風吹亂了雷星的毛髮。這一天很適合外出。

閃電尾停下腳步，嗅聞風裡的空氣。「你聞到了嗎？」

「你是說腐肉區的味道嗎？」雷星問，作嘔地皺起整張臉。「廢話，我的鼻子又沒壞。」

「不是，不是那個，」閃電尾又聞了一次。「像是狗的氣味，不過還有別的味道……」

雷星現在也聞到了，打了個寒顫。「是陌生貓的氣味，還有血腥味，而且是很多血。」

閃電尾不安地蠕動身子。「也許我們應該走別條路。」

「不，」雷星小心嗅聞空氣。「那是舊的味道，所以牠們已經不在這裡了，沒有貓也沒有狗。我們應該去看看發生了什麼事。」

雷星和閃電尾追著那氣味，穿過狹長的空地，最後抵達一處小坑地。

「這應該是營地吧，」閃電尾小聲說道。伏牛花灌木叢底下塞了幾塊臥鋪，但都已經破碎不堪，空氣中瀰漫著很濃的狗味。八成有一群惡棍貓曾住在這裡，他們以前散發出來的恐懼氣味仍在這裡久久不散。雷星不安到毛髮跟著微微刺痛。

「希望他們有躲過那一劫。」他說道。但閃電尾這時瞪著灌木叢的另一頭，那兒有一坨凌亂的棕色毛髮。

「他們沒躲過……至少沒有全躲過。」他說道。

他們小心翼翼地走上前去。近距離下，才發現那坨毛髮是一隻嬌小的棕色母貓，死前表情呈現出驚恐狀。她已經死了。她四周的狗味和身上的血齒印說明了她是如何慘死的。雷星渾身打起寒顫。這種死法太可怕了。那天在雷族，要是紫曙或任何一隻貓沒能及時爬上樹，也會是這個下場。

「其他貓兒竟不顧她死活地跑了，」閃電尾憤怒地說道。「這些惡棍貓真是狐狸心腸。」

「他們一定是很害怕，」雷星回答。「你又不是沒見過那些狗有多恐怖。」

「如果他們是部族貓，一定會為了救自己的族貓而奮戰到底。」閃電尾語氣堅定地說道。

他說得沒錯。這種不顧族貓死活的行為，雷星實在無法苟同。要是他的話，一定會陪她奮戰到底，哪怕救不了她，也絕不會把屍體留在營地外面當烏鴉的食物。但他又不能怪惡棍貓，他們一定是太害怕了。

「我們必須埋了她。」他低聲。「至少這是我們能為她做的。」

等到兩隻貓兒挖好惡棍貓的墓穴，都已經過了正午。挖掘過程中，他們沒有交談。雷星爪間沾滿泥巴，很不舒服，一顆心像石頭一樣沉重。這隻惡棍貓的死讓他更清楚明白這些狗有多危險，他和雷族貓根本不可能打得過牠們。要是雷族必須被迫離開山谷裡舒適的營地，那麼應該去哪裡呢？萬一安頓好了之後，狗群又來了怎麼辦？

他們翻動惡棍貓的屍體，把她滾進墓穴裡，這才發現她重量其實很輕。雷星一陣難過，原來她個頭兒這麼小。他垂下頭。「星族啊，」他說道。「我不知道這隻貓是誰，她不是部族貓，也許無法升天到星族去，但求你們保佑她在天上找到自己的狩獵場。」

天色漸暗，等他們抵達丘頂，俯看那處奇怪的兩腳獸地盤時，早已累到腳步有如千斤重。不過這一次，他們注意的焦點不在於那些怪獸的怪異死狀，而是小心觀察那幾條正在怪獸屍首間穿梭，也在兩腳獸住處附近游蕩的狗。

雷星記得上次碰到牠們的時候，體型好像沒那麼大。惡臭的狗味直接飄了過來，濃烈到雷星好想掩鼻逃跑。牠們個個虎背熊腰，短毛下方隆起的肌肉不停鼓動……看起來強而有力。

「現在這裡有四條狗。」閃電尾嘴裡嘀咕道。雷星知道他說得沒錯……除了攻擊雷族營地的那三條狗之外，又多出了另一條狗。這條狗甚至比其他三條的體型還大。就在他們監看的時候，那條狗竟對其中一個同伴咆哮，張嘴想咬對方。體型較小的那一隻不甘示弱地回吼。沒多久，兩條狗就在泥巴地上打成一團，不停翻滾掙扎，放聲咆哮，其他狗兒也跟著吠叫。

「牠們甚至不喜歡彼此。」雷星注意到這個現象。

突然間，兩腳獸住處的門砰地一聲打開，兩頭兩腳獸衝了出來，大聲吼叫。其中一頭抓了從怪獸骨骸拆下來的一塊碎片，狠打那兩條肇事的狗。狗兒痛得哀嚎慘叫，趕緊分開，但兩頭兩腳獸還是各自抓住牠們的頸圈，繼續抽打。

「兩腳獸都這麼兇嗎？」閃電尾驚駭地問道。「如果是這樣，為什麼還有貓兒想當寵物貓？」

「我不認為所有兩腳獸都這樣。」雷星不安地說道。他討厭狗，但還是不希望看見牠們被殘忍對待。

兩腳獸把兩條狗拖進住處，同時怒氣沖沖地喊著另外兩條狗，後者跟了上去，隨即砰地一聲關上門。雷星一顆心跳得厲害。「牠們都進去了，我們可以趁機查看一下環境。」

雷星示意閃電尾跟上，從丘頂爬下來，走向兩腳獸地盤。他小心翼翼地盯著窩穴的門和四周的怪獸屍體，還好沒有任何動靜。兩腳獸地盤的周圍都有某種線狀物捻出來的銀色籬笆，看上去閃閃發亮。他們就站在籬笆前面。

閃電尾伸出一隻腳爪，試圖觸摸其中一根線狀物，又立刻收回來。「好痛！」他咕噥道。原來那些線狀物每隔一段距離就被扭成尖銳的結。「狗是怎麼跑出來的？我根本鑽不進去啊。牠們的體型又比我們大。」

「也許是兩腳獸放牠們出來的？」雷星揣測道。但閃電尾搖搖頭。

「我對這一點存疑。記不記得以前要是有狗跑進森林，」他反問道，「都會有兩腳獸跟在後面喊叫牠們或吹口哨要牠們回去。所以這兩頭兩腳獸為什麼要放牠們的狗自由？牠們看起來並不像是那種很願意讓自己的狗兒過得很快樂的兩腳獸啊。」

「沒錯。」雷星若有所思地說道。「我敢說牠們的工作應該是在這裡巡邏，守衛兩腳獸的窩穴。」

兩隻貓沿著銀色籬笆往前走，小心檢查結構。這籬笆高到牠們根本跳不過來。不過狗很會挖掘，但地面很硬實，完全找不到地道的蹤跡。

但他們才拐了一個彎，雷星就瞄到籬笆邊挨長著一叢灌木，它往上蔓生，跟銀色籬笆上方成股成結的線狀物交織在一起，灌木完全覆蓋了籬笆。雷星決定鑽進灌木叢裡面探查。就在灌木叢深處底下，籬笆的銀色線狀物整個斷裂，懸在半空中，露出一個很大的缺口，大到連體型最大的那條狗都鑽得出來。

「閃電尾！」他喊道。「快過來看。」

雷星和閃電尾瞪視那個缺口。他們找到了問題來源，但是要怎麼防堵牠們再跑出來呢？

「我們不會修理啊，」閃電尾終於說道。「要不要我們拿個什麼東西把它堵住？」

「能拿什麼東西呢？」雷星問道。他異想天開，也許可以拿根樹幹，拖它過來擋住缺口，但這裡沒有倒在地上的樹幹，就算有，光靠兩隻貓也沒辦法搬得動。

「石頭呢？」閃電尾猶豫不決地說道。「我是說大石頭？」

「可是狗比我們強壯，」雷星反對道。「我們搬得動的東西，牠們也都搬得動。」他想了想說道。「但也許可以用一堆石頭來堵？如果我們能疊出夠多的石頭，牠們可能就沒辦法鑽出來了。」

閃電尾縮張著爪子。「我不知道這有沒有效，但我想不到更好的辦法了。我們得趕在那幾條狗出來之前先行動。」

「也許兩腳獸會把牠們關到明天。」雷星一廂情願地說道。

找到夠重但又不會重到雷星和閃電尾推不動或滾不動的石頭，是一件不太容易又很沉悶的工作。沒多久，兩隻貓的身上就布滿泥沙，腳爪也因為不斷從地上刨出石頭而疼痛不已。

「這招行不通啦。」閃電尾終於開口承認，同時看著他們剛剛好不容易堆起來的一小疊石頭。說完，還不忘把其中一顆較大的石頭鏟過來，抵住洞口邊緣穩當地放好，但這時另一顆石頭竟嘎答嘎答地從上面一路滾落，砰地一聲砸在他們腳邊。雷星嘆口氣，重新把它推到另一個位置上。

「就算這堆石頭只能拖延狗群一點時間，也總比我們什麼都不做來得好。」他喵聲道。但其實他很氣餒。他們已經忙了這麼久，但石堆仍然堵不了缺口。他們需要一個新的計畫。他的目光落在不遠處籬笆旁邊的一坨荊棘上。

「那個怎麼樣？」雷星小心翼翼地從它的根部咬斷，拖到洞口，再把荊棘末端塞擠進洞口上方銀色線狀物中間的缺口處，等到穿過去之後，又把另一個末端塞進底部線狀物的缺口處。「如果牠們跑進這裡，一定會刺到眼睛。所以如果我們塞更多荊棘進去，牠們可能就會放棄從這裡鑽出來的念頭。」

閃電尾歪頭看著荊棘。「這主意好。」他說道，「眼睛被刺傷了，那麼牠們在行動前就會先三思了。」於是他也咬斷一根，學雷星的方法把它小心塞進洞裡。

等到他們收集了更多的荊棘，正要再往洞口走去時，突然聽見砰地一聲。雷星嚇了一跳，愣在原地，肩上的毛豎得筆直。狗群正衝出兩腳獸的窩穴，大聲吠叫。

他們看見體型最大的那條狗抬起頭來嗅聞空氣。**完了，荊棘放得不夠多！**雷星心想道，心情跟著一沉。狗的目光越過銀色線狀物，隔著洞口，對上雷星。

牠大吼一聲，衝了過來。

雷星趕緊丟下荊棘，大叫：「快跑！」

第六章

雷星拔腿就跑，閃電尾跟在旁邊。他心跳得厲害，因為大力往前奔的關係，原本就已經痠痛的腳更是疼痛不已。這裡地勢平坦開闊，沒有樹可以爬，但他們可以逃回那座通往雷族的小山丘，就能爬上樹，不被狗兒抓到。可是感覺好遠，雷星氣喘吁吁，拚命伸長腿，逼自己跑得更快一點。

但他被一條狗攔下，對方發出咆哮。雷星趕緊繞開，試圖閃躲，他看見閃電尾也跟在後面閃避那條狗。但這時又被另一條狗擋住去路。雷星只好折回，卻發現還有一條狗堵在後面。四條狗分別從不同方向朝他們包抄，大嘴淌著口水，逐步進逼。

我們像兔子一樣被牠們困住了，雷星驚惶地想道。四條狗彼此之間的間距不夠寬，雷星和閃電尾根本無法突圍跑出去。雖然他和閃電尾以前曾並肩與狗交戰過，但是他們會的戰術都是針對單一條狗或頂多兩條狗。

「我們該怎麼辦？」閃電尾瞪大眼睛問道，接著挑釁地大吼一聲，朝其中一條狗揮出爪子，後者及時往後跳開，另一條狗立馬從旁邊竄過來，張開大嘴。

「狗不是很笨嗎？」雷星氣喘吁吁。「我們試試看能不能耍弄牠們一下。所以我往前跑的時候，你就往另一個方向衝，直接衝上山坡。」

「好！」閃電尾同意道。兩隻貓兒背對背，但遲遲不敢動作。狗群漸漸逼近，齜牙咧嘴。

這時雷星倏地前衝，狗兒狂吠，全撲向他。**希望閃電尾可以成功**，他心想。他的目的是要狗朝他的方向移動，這樣一來，他和閃電尾才有機會穿過牠們中間來不及補位的缺口。但這個計畫的第二階段會比較難。

雷星身子一扭，前爪離地再折回，及時在狗兒逮住他之前，跟在閃電尾後面衝出去。

雷星看見前方的閃電尾早已成功突破包圍，不覺鬆了口氣。他的副族長正竄向山坡，拉開距離。雷星加快速度，一個箭步地飛奔閃過正朝他撲過來的那幾條狗。

我一定辦得到！雷星離山坡愈來愈近。

但這時尾巴一陣劇痛，他被猛地往後一扯，腳爪直覺在地上一陣亂扒。剛剛的假動作耗掉他太多時間，為首的那條狗逮住了他的尾巴。

他奮力掙扎，試圖轉身偷襲狗的眼睛，但卻被猛力一拉，四條腿瞬間離地，重摔地上。另一條狗湊了過來，尖牙探進他的毛髮，戳進肩膀。他的視線頓時閃現黑點。虛弱的他不停掙扎。**我一定要逃走！我必須回家去見紫曙和我的小貓。**

他的視線開始模糊，好似看見有個黑影朝他衝來，是閃電尾！**不要！**他心想，**不要回來救**

我，保住你自己就好了！

但閃電尾已經衝過來，他揮舞爪子，橫掃大狗的鼻口。正咬著雷星的大狗扔下他，轉身面對新來的威脅。

雷星奮力振作，蹣跚爬起，與他的副族長並肩作戰，利爪揮向狗的眼睛和鼻子，但腿又被狗咬住，一邊低吼一邊甩動。雷星死命地抽回那條腿，只覺得皮開肉綻。這時他瞄到狗群中間出現缺口。「快跑！」他沙啞大喊。「閃電尾！快跑！」

他們一起衝向缺口，一路狂奔。雷星幾乎感覺不到腳爪落地。他從來沒跑得這麼快過，甚至連方向在哪裡都顧不得了，他只想趕快逃離那幾條可怕的狗。

最後雷星和閃電尾在一棵大橡樹前面煞住腳步。他們已經進入森林，狗群被他們拋在後方，或者是說牠們決定棄戰。

雷星一停下腳步，便全身發抖。視線又開始閃現黑點，他眨眨眼睛，揮卻它們。剛剛逃跑時，他嚇到完全忘了疼痛，但現在卻全身都在痛。他軟癱在地，閃電尾也在旁邊倒地不起。

「謝謝你，」雷星沙啞地說道。「你救了我。你不應該回來救我的，我真的很感激你。」

他舔舔他朋友的肩膀。

「我不能丟下你，這不是部族貓該有的作為。」閃電尾那雙半閉的綠色眼睛顯得遙遠。雷星這才知道他也受了傷，鮮血正從閃電尾的腰腹汩汩流出，他也被狗咬傷了。

太多血了，這一切來得太快，雷星心想，但思緒感覺很遙遠，彷彿自己正在飄移，不過他又覺得歉疚。閃電尾怎麼可以為了救他而受傷呢？他是族長，保護族貓是理所當然的。

他試圖朝閃電尾移近，想蜷伏在他旁邊，幫他止血，但是他動不了。雷星察覺到有溫熱的液體從他腿上流下來，一定是他的血染溼了地面。

現在就連說話都好費力。「我們快死了嗎？」他低聲問道。

感覺好像等了很久才聽到閃電尾的回答，但那聲音微弱而且費力。「記得嗎？星族給了你九條命，你會活下去的，為了部族，你一定要活下去。」

雷星現在想起來了。他曾聽說風星受傷嚴重，結果她的巫醫貓……也就是她的女兒蛾飛帶她去了月亮石。在那裡，星族治癒了她，並賜給她九條命，讓她可以繼續領導和保衛部族。他自己也跟雲點去過月亮石，當時來自星族的貓兒紛紛現身……都是他認識但已經死去的貓兒，包括他快要忘掉的親生母親和至愛的養父灰翅。

但他沒有親眼目睹風星的死而復生。他雖然相信星族，但從未見過貓兒死了又復活。

「我不知道這是不是真的，」他咕噥說道。「我希望它是真的，但我不確定。」他的心好痛。「如果我死了，沒有再回來，紫曙會很孤單。」**我就再也見不到我的孩子了。**

他感覺到副族長的尾巴正在他的背上揉搓。「我相信這是真的。」閃電尾小聲說道。「在我心裡，你是最棒的族長，也是我所知道最強壯的貓兒。星族會救活你的。」

雷星眼前的世界漸漸模糊。「就算我是很棒的族長，」他低聲道，「也是因為有你當我的靠山。沒有你，我根本無法好好統領雷族。」

他沒有聽到閃電尾的回答。這世界正被一片灰色的虛無吞沒……像霧一樣。雷星緩緩地眨眨眼睛，黑影悄悄爬了進來，黑暗取代了那片灰。

等到雷星再度睜眼時，發現竟身處在陽光普照的空地上。頭上有小鳥鳴唱，空氣裡充斥著獵物的氣味。四周林子的樹葉婆娑作響。他蹣跚爬了起來，試著伸直身子。竟然一點也不痛。

這時有毛髮輕刷而過，他知道是閃電尾在他旁邊。兩隻貓兒互看彼此，瞪大眼睛。

「我們怎麼來這裡的？」雷星納悶道。「我們在哪裡？」

「我不知道，不過感覺不錯，不是嗎？」閃電尾說道。他彈動尾巴，轉了一圈，不停嗅聞空氣。「這裡沒有狗。」

「我們必須想個辦法，看怎麼把雷族搬到這裡來。」雷星說道，但又猶豫了一下。「不對，我們還是得先擺脫那幾條狗。我們必須回去。」他一想到這裡，心情不免一沉。

「是啊，雷星，你必須回去。」一個穩重的聲音在他們身後響起。

雷星趕緊轉身，一隻毛色光滑的暗灰色公貓走出來，用一雙冷靜的金色眼睛看著他們。

「灰翅！」雷星倒抽口氣，喜樂流竄他全身。那是他的養父……把他從小撫養長大的養父。他看起來不再是可憐兮兮的銀色貓靈，反而像生前一樣結實，而且無比真實。雷星衝向他，與他互搓面頰。閃電尾也是從小就認識灰翅，他還是小貓時，都是他在教他如何狩獵，這時也跟著跑過去，與灰翅互觸鼻頭打招呼。

「這是怎麼回事？」雷星說道。「我們在哪裡？」

灰翅彈動尾巴。「你還不知道嗎？」

雷星突然想到了，但他推開那念頭。不可能。

可是灰翅死了，雷星曾親眼看到他死去，當時他久病不癒，最後喘不過氣來，一命嗚呼。

「你看起來氣色不錯。」他暫時拋開灰翅已死的事實，試探性地問道。灰翅的鬍子不停抽動，一臉興味。「這裡的貓都不會生病。」他說道。「獵物也從不短缺。而且沒有危險，所以不需要站崗守衛。」

閃電尾突然一屁股坐下來，就像腳斷了一樣。「我們在星族嗎？我們死了嗎？」

灰翅若有所思地歪著頭。「可以說是，」他說道。「也可以說不是。閃電尾，你可以加入星族，跟我們一起狩獵，也可以和你的朋友在林間散步，無需再害怕任何危險。你的父母寒鴉哭和鷹衝也在這裡。他們會很高興見到你。」

閃電尾的眼裡閃著淚光。雷星知道閃電尾有多難過他父母的喪命，那是發生在部族還沒形成之前，貓兒間爭戰不休的第一場戰役裡。

灰翅繼續說道：「可是雷星，你必須回去。你的下一條命才正要開始。」

「什麼？」雷星脫口而出。「我會死而復生，但閃電尾卻不能重新復活？這不公平！他是因為救我才死的。」他突然有個想法。「就算他不來救我，我也能復活？對吧？」

灰翅搖搖頭。「如果你沒有逃離那些狗，牠們會不斷殺死你。閃電尾的確救了你一命。」他很是自豪地看著黑貓。「因為保護你所至愛的貓兒是比什麼都重要的。」

閃電尾朝雷星走過來，綠色眼睛閃閃發亮。「星族給你九條命，不是沒有原因的。雷族需要族長，你必須回去。你會是你孩子的好父親，而且要繼續保護你的部族。」

「可是沒有你，我做不到。」雷星懇求他。他們自小一起長大。「你是我的副族長，我只信賴你，只有你能輔佐我。」

「我想我會從星族看著你。」閃電尾回答，同時看了灰翅一眼，後者點頭附和。「雷星，你會找到適任的新副族長，而我也會一直陪在你身邊。」

雷星張嘴想抗議，但太遲了，他感覺到他身子正往前衝，哪怕他根本沒在移動。陽光普照的空地被忽焉捲走，眼前再度陷入黑暗。

ϟϟϟ

雷星眨眨眼睛睜開，只覺得全身虛弱，好像剛從深度睡眠裡醒過來，精神完全恢復，從沒睡得這麼飽過。天色幾乎黑了，黃昏變成了黑夜。他在哪裡？

記憶慢慢回來了：狗群、追逐。他爬了起來。現在全身一點都不痛了。他曾經死去嗎？星族又把他帶回來了嗎？他現在知道這是千真萬確的事。他開心到幾乎要喵嗚笑出來。

最後一絲記憶回來時，他驚慌地愣住。**那些狗有逮到我們。閃電尾！閃電尾在哪裡？**

他四處張望，結果看見閃電尾躺在右邊的地上，距離比他記憶中得遠。**他還活著嗎？**他低聲喚他朋友的名字，緩緩靠近。

閃電尾沒有呼吸。雷星用鼻子輕觸他的臉，但他僵硬冰冷，連身上的氣味聞起來都不對。

雷星胸口突然好痛。這不公平。他還活著，但英勇的閃電尾卻死了。

黑夜降臨。天色已暗，只除了頭頂上方那半輪明月的月光。雷星在副族長的屍首旁躺下來，身子輕觸他的毛髮。今晚，他不會睡覺，也不會離開閃電尾……還不會。他要陪他朋友最後一夜。他要靜靜看著他朋友，為他守夜。

第七章

太陽升起時，雷星也跟著站起來，疲憊地伸了個懶腰。他一整晚都躺在閃電尾旁邊，回憶副族長生前的點滴。他們總是形影不離。小時候，年紀大一點的貓都開玩笑說他們是天生一對小麻煩。這實在太不公平了，閃電尾死了，雷星卻活了下來。

雷星低頭看著閃電尾的屍首。至少他現在看起來很平靜，綠色眼睛已經閉上，身體像睡著了一樣。雷星此刻的心情也比昨晚來得好過多了。雖然花了一個晚上的時間，但最後一次陪他朋友的這個決定是對的。

現在應該把閃電尾埋起來，然後回家去。他必須回雷族告訴族貓們，他們愛戴的副族長死了。

「不行。」雷星突然想到他還不能回去。閃電尾是為了保護族貓而犧牲性命，但任務還沒完成。雷星必須找到方法阻止狗群再度入侵雷族。他不能再放任牠們傷害任何一隻貓。

他猶豫不決著，可是太陽愈爬愈高，時間拖得愈久，那幾條狗就愈有可能再從洞口脫逃出來。

閃電尾得被埋起來，但他一定會希望雷星先完成任務，再來處理他的後事。可是雷星又不忍他曝屍荒野……他知道有些鳥是專門吃腐肉的。

附近有長草叢，雷星咬了些莖桿過來，鋪在閃電尾身上，把他蓋起來。好了。先暫時這麼處理吧。

「我會回來的。」他輕聲說道，隨即轉身，再度前往那處奇怪的兩腳獸地盤。

他決定這一次改走別條路，免得有狗群尋跡追過來。他繞過他們昨天曾經橫越的空地，改爬上一處斜坡，直到可俯看怪獸墳場為止。山頂上有塊大石頭，雷星跳了上去，希望能有更好的視野。

就在他俯看的時候，兩腳獸住處的門開了，四條狗衝出來，不停狂吠。雷星愣在原地。他現在可以從自己所在的位置看到籬笆下方那處缺口。狗群會鑽出去嗎？牠們會看到他嗎？他渾身打著冷顫。

這時兩腳獸住處裡傳來憤怒的喊叫聲，狗群遲疑了一下，隨即轉身跑回去圍在門口。一頭兩腳獸走出來，先推開擋路的牠們，再倒了些東西在牠們前面。狗群蜂擁而上，似乎在吃東西……牠們的兩腳獸一定是在餵牠們。

雷星能做什麼呢？問題在於那個缺口。要是沒有缺口，狗就不會跑到森林外面去探險。可是用石頭和荊棘來堵洞，顯然不太管用，就算工程完成了，效果也有限。畢竟那群狗昨天就輕易地撥開石頭跑出來。而他也沒有多餘時間和那個本領去打造一道真正的屏障。更何況少了閃電尾，任何工事都得多花兩倍時間和力氣。

要是有一塊很大的石頭，大到足以擋住那個缺口呢？雷星突然興奮地不停抽動尾巴。他和閃電尾沒有足夠的力氣去搬動這麼大塊的石頭，但是他現在就坐在這樣一塊石頭上……而且這塊石頭剛好卡在山頂，就座落在上坡處的坑洞裡。要是讓它滾下去呢？他從石頭上跳下來，想要好好檢視一下。

這是自從閃電尾死後，雷星首度覺得有了一點希望，因為從石頭底部看，泥巴很溼軟，可能是下了很多天雨的關係。他用爪子挖了挖石頭前面底下的泥巴，感覺它並沒有被深埋在土裡，大概只有幾隻爪子深吧。

他趕緊挖鑿出更多泥巴。才挖了一會兒，那塊石頭便危危顫顫地往前傾。雷星趕緊跳開，那顆石頭旋即又紋風不動。

他跑到石頭後面，發現石頭邊緣從地面上翹起。**如果我可以用個什麼東西把它從底下撐起來，搞不好就能讓它滾下山。**雷星四處張望。**也許找根棍子好了。**

他在附近一棵樹下找到一根又粗又長的木條，於是把末端插進石頭底下。**要是有幫手就好了，**他難過地想道。難道從現在起他做每件事都會想起閃電尾嗎？雷星把身體重量整個壓上木條的末端，石頭跟著漸漸往前傾。

最後終於滑了下去，原地留下了一個大泥坑。石頭一路滾下山，雷星興奮地越過泥坑，俯看那顆不停滾動的石頭。這裡的坡很陡，石頭愈滾愈快，朝兩腳獸的住處不斷滾落。

有效欸！雷星追在石頭後面。但真有這麼容易嗎？

結果它半途八成撞到了什麼樹枝或石塊，突然偏離方向，搖搖晃晃地又滾了一會兒，就砰地一聲不動了。

完了！雷星趕緊跑向它，發現它往旁邊滾偏了，原本沾有泥巴的底部此刻是朝天向上，根本沒有空間可以再把棍子插進石頭底下。而且就算可以讓它再滾下去，路徑也不再正對著籬笆的缺口。他用腳爪按住石頭，掂掂它的重量。根本推不動，使盡全身力氣也沒辦法。

我必須想點別的法子。雷星蹲低身體，從下風處往兩腳獸地盤逐步接近。幸好狗群還沒看見他。

牠們沒有在進食了，反而一個個趴在怪獸屍體之間曬太陽。雷星又恨又怕地看著牠們。體型最大的那條狗正緊閉著眼睛，另一條狗則懶洋洋地用粗短的尾巴律動性拍打著地面。牠們現在看起來情緒平和，正在享受溫暖的陽光，但閃電尾卻死了。雷星悲痛難忍，只好閉上眼睛。

一頭兩腳獸突然在吼叫，語調尖銳憤怒。雷星倏地睜開眼睛，是牠發現他了嗎？不是，他看見兩腳獸窩穴的門是開的，但兩腳獸一定還在裡面，因為怪獸墳場這裡不見牠們的蹤跡。

牠們是脾氣很壞的兩腳獸，雷星心想道，他幾乎可以確定牠們根本不知道牠們的狗隨時可以從缺口偷溜出去。如果狗群的工作是幫牠們看守怪獸墳場，那麼兩腳獸是不會樂見牠們偷溜出去。

要是兩腳獸有定時巡邏領地，一定會看見那個缺口。可是雷星聽說過兩腳獸都很懶，而且很粗心大意。但要是由他來**指點**兩腳獸那個缺口呢？

雷星想到自己該怎麼做了。他站起來，吞了吞口水，開始往兩腳獸地盤趨近。他的腳步沉重，每一步都走得勉強。他已經被狗殺死過一次了。

雷星停在籬笆外面，伸出腳爪按住銀色的線狀物。它上面有倒刺，像荊棘一樣，不過他知道如果自己小心點，還是爬得上去，絕不會碰到倒刺。但萬一狗在他翻越籬笆，展開任務之前就先發現他，那該怎麼辦呢？所以他的動作一定要快。

他走到籬笆的另一邊，那裡比較接近兩腳獸窩穴的門。他行動的地點，最好離兩腳獸近一點。他把一隻腳掌踩上籬笆的線狀物，同時尋找下一個立足點。一開始，動作有點遲緩，但是等他弄明白這些銀色刺狀物其實都有等距的模式可循時，動作就快多了。他始終豎直著耳朵，因為狗群要是發現他，一定會放聲吠叫。

雷星終於爬到籬笆最上面，他穩住身子站在那兒，腳下籬笆搖來晃去。兩腳獸窩穴的門就在他前面。狗群離他很遠，雷星和牠們中間橫梗著幾具怪獸的屍體。這一招應該有用吧。他深吸一口氣，縱身跳進怪獸墳場裡。

他在兩腳獸住處敞開的門前輕輕落地。四周的氣味嗆得雷星當場皺起鼻子，這裡有兩腳獸的奇怪味道，也有狗的惡臭味。除此之外，還有轟雷路的嗆鼻氣味。那味道一定是從怪獸屍體身上傳來的，它強烈到狗兒不管到哪裡，身上都會帶著它。

他聽見兩腳獸在窩穴裡移動的聲音。雷星硬起頭皮，張嘴大聲地喵喵叫。他必須引起牠們的注意。

兩腳獸窩穴裡面傳來東西掉落的碰撞聲，接著是驚愕聲。而那幾條狗也幾乎在同時間開始齊聲吠叫。繼續喵喵叫的雷星於焉展開行動，他躲開狗群，繞著兩腳獸窩穴跑。

拜託讓兩腳獸出來看看發生了什麼事，拜託牠們關心一下牠們的狗幹了什麼好事。

他聽見兩腳獸的腳步聲和亢奮的叫聲。牠們一定是正要出來。可是他也聽到狗群在咆哮，但距離離他近多了，雜沓的腳步聲愈來愈大。雷星在兩腳獸窩穴那裡拐了個彎，一躍而上一頭怪獸的屍體。

但他腳下踩的怪獸質地很硬而且非常燙。**要是牠沒死怎麼辦？**但牠分明死了，牠在他腳下動也不動。這屍體八成是被陽光曬燙的。

體型最大的那條狗試圖撲上來，爪子在怪獸屍體的下面不停耙抓。雷星冒險回頭探看。兩腳獸正拐個彎跑過來，離他並不遠。現在機會來了。雷星從怪獸背上一躍而下，直衝籬笆那個缺口。

那缺口對他來說夠寬，很容易就能穿過去。可是就在他趕忙鑽進去的時候，肩膀被東西刮到。**是我和閃電尾放在那裡的荊棘**，他恍然大悟，心裡不免一股悲痛。但他繼續往前急奔，以為隨時都會有尖牙刺穿他身體。

等他開始往坡上飛奔時，竟發現後面沒有狗吠聲。他現在離林子的安全地帶只剩幾條尾巴的距離。他一定到得了。他奮力一躍，爪子一戳進白蠟樹的樹幹，便忙不迭地站上一根可支撐住他重量的樹枝上。

他的心在胸口裡狂跳，上氣不接下氣，但現在他安全了。他爬到樹枝外面，回頭遠望兩腳獸地盤。

狗群沒有穿過缺口追出來，反而看見兩頭兩腳獸各自拎著兩條狗的頸圈在說話，還一邊指著那個洞。過了一會兒，其中一頭兩腳獸對著狗群嚴厲訓話，後者乖乖坐了下來，接著那頭兩腳獸走進窩穴，拿了一條銀色線狀物出來，把它穿進缺口進行修補，發出摩擦的刺耳聲音。

有效欸！雷星心想道，他總算鬆了口氣，感覺暈陶陶的。兩腳獸不曉得牠們的狗曾經穿過籬笆跑出去，如今在雷星的指點下，牠們終於知道要修補那個洞了。

這結果要是發生在昨天，他會很開心，但現在他只是訝異自己竟然成功了，雖然得意，但心情還是失落。他已經完成閃電尾當初想達成的目標。雷星緩步走向仍在等候他回去處理後事的朋友那裡。

閃電尾屍體的停放處並沒有受到任何外力的干擾，雷星拿掉蓋在他身上的長草，低頭看著他。

「我完成了，」他輕聲說道。「我們辦到了。」

這裡有個地方適合埋葬閃電尾，就在橡樹的樹根旁，陽光正穿過樹枝，灑在那裡。閃電尾最愛曬太陽。於是雷星開始挖掘。

他的爪子疼痛，這裡的土太硬了。獨自挖墳要比當初跟閃電尾一起幫惡棍貓挖墳要來得累多了。不過閃電尾值得被好好厚葬。一想及此，雷星就又有了力氣，全身肌肉不再僵硬。他是在為閃電尾做最後一件事。

他邊挖邊想到紫曙和他的孩子。閃電尾相信雷星會是個好父親，可是他連他最要好的朋友都保護不了，又怎麼照顧得了那麼幼小又無助的小貓呢？

他得相信自己才行，也要相信紫曙。也許閃電尾會從星族那裡保佑小貓。閃電尾一向喜歡小貓。

洞終於挖得夠深了，雷星輕輕把閃電尾的屍體推進墓穴裡。

他把土蓋了回去，又鋪了些草在上面，才不會看起來像是剛被挖過……掠食者也才不會好奇，想挖開查看裡面有什麼。

這裡很安靜。雷星垂下頭，開口說：「閃電尾，我一定會很想你。你勇敢、聰明、忠誠，只要有貓兒需要你，你總是挺身而出。你是因為救我才死的，這份恩情我永遠難以回報。」雷星深吸一口氣，嘴巴發乾。「再會了，閃電尾，我不會忘記你的。」

天色漸暗，該是回營的時候了，他得告訴族貓他們的副族長再也不會回來了。雷星轉身離開他朋友的墓穴，展開漫長的旅程，打道回府。

第八章

雷星走到腳爪痠痛、全身疲憊，才終於抵達雷族營地，這時天色已經完全暗了。他鑽進金雀花隧道，朝正在站崗的葉青點頭招呼，但什麼話也沒說。營地靜悄悄的，貓兒們都睡了。

紫曙也在他們同居的窩穴臥鋪裡睡著了。他才離開短短兩天，她的肚子看起來又更渾圓了。他在她旁邊躺下來，感覺到她肚子裡有隻小貓在扭動，小小的爪子隔著肚皮不斷踢他。他全身湧起一股暖意，這證明小貓還活著而且長得很好。

但過了一會兒，他的快樂又消失了。閃電尾都死了，他怎麼開心得起來？到了早上，他就得告訴族貓發生了什麼事。他一想到這裡，心便揪得緊。到時不管他的說法有多委婉，他們一定都會很難過。族裡的每隻貓兒都很愛戴閃電尾。他們會不會怪雷星呢？他被賜予了九條命，好讓他能保衛部族，但閃電尾卻為了保護他而犧牲掉自己的性命。

雷星翻身仰躺，抬眼看著穴頂的岩面。他好累，但思緒翻騰。他又蠕動了一下，一不小心碰到紫曙的腰腹。

「嗯？」她輕聲呢喃，眼睛倏地睜開。「雷星！」她睡眼惺忪地說道。「我好想你。」

他湊近面頰，揉搓著她。「我也想妳，妳現在感覺如何？」她的聲音聽起來虛弱，他心想道。

紫曙聳聳肩。「我沒事，只是小貓夜裡真的很好動，害我都睡不好。」

「妳都沒在睡覺？」雷星緊張地問道。

紫曙喵嗚地說。「別緊張。」她告訴他。「雲點說我狀況很好。小貓快出生前都是這麼好動，這很正常。奶草說她以前也一樣。她還生過三次小貓呢。唯一的問題是，你不在的期間，要我暫代族長，但這個工作常讓我覺得好累。不過梟眼表現得很好。」她很快補充道。「他把每件事都管理得井井有條，甚至還趁天氣好的時候，多派了幾支狩獵隊出去。」她打趣地說道：「要是閃電尾不提防點，梟眼恐怕就要篡位了。」

雷星當場愣住。一向熟知他情緒的紫曙這時坐了起來。「怎麼了？」她擔心地問道。「你們有找到那群狗吧？我們要搬營地了嗎？」

「不用，」雷星悲傷地說道。「我們不用搬了。我和閃電尾把那些狗處理好了。」他感覺到他的鬍子垂了下來。「閃電尾真的很勇敢。」他又說道。

「是哦，這樣不是很好嗎？」紫曙語氣不解。「這有什麼問題呢？」

我不應該在她懷孕的時候害她心情低落，雷星想道，可是他要怎麼假裝什麼事都沒發生呢？等到了早上，每隻貓兒都會好奇閃電尾到哪兒去了。

更何況紫曙在面對任何困難時，也從來不曾退縮。

「閃電尾雖然英勇抗敵，」雷星告訴她。「但對我們來說，那群狗的行動太快，個子和力氣又都比我們大，牠們殺了閃電尾，也殺了我，但是星族給過我九條命，所以我又活了過來。」

黑暗中，他看見紫曙那雙晶亮的眼睛正瞪著他。她動也不動地坐了一會兒，最後發出悲痛的哀嚎聲。「不！哦，不！」她的哭聲在空地裡迴盪。

貓兒們紛紛被驚醒，外面營地陸續傳來困倦的驚呼聲。

「發生什麼事了？」

「我們遭受攻擊了嗎？」

「是狗嗎？是狗嗎？」

紫曙又在哭號。雷星用身子緊緊圈住她，不停舔她毛髮，試圖安慰。

「是紫曙！」

「要生小貓了嗎？」

紫曙渾身發抖地深吸一口氣，把臉埋在雷星的肩膀裡好一會兒，她再度抽噎，但隨即抽回身子，冷靜下來。「他們必須知道這件事。我們出去吧。」她喵聲道。

雷星搖搖頭。「妳的身體比較重要，妳需要好好休息。」

「不，」她站了起來，龐大的身軀看上去威嚴十足。「我沒事，走吧。」她帶著他走出窩穴，頭抬得高高的。

族貓們全都在空地上來回走動，表情擔憂。雷星一出現，他們立刻蜂擁而上。

「雷星，你回來了！」奶草喵聲道。櫸尾和斑皮睡眼惺松地蹣跚跟在後面。

「為什麼這麼吵？」櫸尾很不高興地問道，但小小的尾巴不停抽動。「為什麼大家都醒了？」

「發生什麼事了？」粉紅眼眨眨眼睛，近距離地打量雷星。「我們聽見有貓兒在哭。」

「是誰受傷了嗎？」顫薔和藍鬚挨擠在一起。

雷星環顧四周。每隻貓兒的臉都轉向他……表情不安、憂慮，全都企盼他指點迷津。

「我……」他停頓一下，隨即跳上高聳岩，好讓所有貓兒都看見他。「我有壞消息要宣布。」他開口說道。

他以為他們會議論紛紛地打斷他，沒想到空地竟意外地安靜，大家全看著他。

他困難地吞了吞口水。「我們找到狗了，牠們不會再回來了。但是閃電尾死了……他是為了救我才死的。」雷星沒有告訴他們他也死過一回，是星族履行承諾讓他起死回生。他不忍這麼說，尤其閃電尾還屍骨未寒。

他的四周頓時響起悲痛的哭號聲。

既然他已經承認閃電尾是為了救他才死的，他們一定會怪到他頭上，雷星心想道。可是他環目四顧，發現自己低估了族貓。下方的每一張臉都因悲傷而扭曲，卻絲毫不帶憤怒和怨恨。

等他們的哭聲漸歇，臉上的表情也只剩愛和包容，再無其它。

蘋果花站了起來，抬高頭說道。「閃電尾是我們愛戴的副族長，也是一隻好貓。他教會我狩獵和格鬥，從來不會對我不耐煩。每當我覺得氣餒時，他總是說故事為我打氣，要我振作起來。」

「我還是小貓時，是閃電尾把我從兩腳獸那裡救出來。」梟眼站在年輕戰士旁這樣說道。「他的膽識無貓可敵。他為了救族貓而死……也算死得其所。」

「第一個歡迎我和我的小貓來到雷族的就是閃電尾，」奶草說道。「他很願意陪小貓玩，他們都很愛他。」

「當我的視力壞到不能再狩獵時，閃電尾總是確保我有足夠的食物吃，」粉紅眼說道。「他生性慷慨。」

所有貓兒都低聲附和，在心裡默默懷念閃電尾的各種英勇事蹟或善行義舉。

「我們永遠不會忘記閃電尾，」紫曙最後喵聲道。「他勇敢、強壯、善良，我們何其有幸能擁有他……」

接下來那兩天，雷族持續哀悼閃電尾，營地裡悄聲無息，一片哀戚。

雷星和紫曙坐在洞穴的入口看著族貓。三葉草躺在暗處，意興闌珊地啄著一隻田鼠。雲點走出巫醫窩，悲傷地垂著尾巴經過獵物堆旁邊。放眼望去，每隻貓的動作都很慢，彼此沒有交談，各自沉溺在悲傷裡。

「不能再這樣下去了。」紫曙覷著他們，這樣喵聲道。「閃電尾不會想看到族貓繼續消沉下去，尤其不能因為他繼續消沉。」

雷星把尾巴覆在自己的腳上，感覺很冷。「是不行再這樣下去，可是我們能怎麼做呢？我總不能告訴他們不要再難過了。」

「也許你應該選個新的副族長，」紫曙提議道。「你是需要一個副族長，這樣才能幫忙部族回到正軌，也給部族帶來新的希望。」

「新的副族長？」雷星疑慮地問道。他無法想像有誰能取代閃電尾來輔佐他。**我怎麼能找另一隻貓來取代閃電尾呢？**

「你和閃電尾不在的時候，梟眼當副族長就當得很好，」紫曙告訴他。「葉青和鵝莓為了戰士窩裡的臥鋪爭吵不休時，梟眼幫忙找到了大家可以和平共處的方法。他的處理方式妥當到事件都落幕了，我才知道有這回事。」

雷星猶豫了。再找一個副族長……或任何一隻貓來取代閃電尾……光是有這個念頭就令他心痛。可是梟眼聰明勤奮，受到族貓的喜愛。而且他也很勇敢、強壯，頭腦又清楚。只是雷星還沒準備好。

他坐直身子，做出了決定。雷星開口正要附和紫曙的提議……梟眼適才適所……紫曙突然倒抽口氣。

「怎麼了？」雷星問道，立刻忘了梟眼的事。紫曙身子搖晃不定，雷星趕緊撐住她。

「是小貓，」紫曙告訴他。她瞪大眼睛，痛到眼神失焦。「我要生了。」

第九章

「雲點！快過來！」雷星大聲喊叫。紫曙上氣不接下氣，身子整個倒向他，他被她的重量壓得踉蹌。

雲點趕忙穿過空地，後面跟著顫薔。

「要生了，是不是？」長毛巫醫貓冷靜地問道。他單腳按壓紫曙的肚子。「深呼吸，再深一點。」

紫曙顯然很努力地想要放緩她短淺的呼吸模式，雲點稱許地點點頭。

其他貓兒也都擠在雲點和顫薔後面，很是興味地旁觀。紫曙低聲呻吟，尾巴垂了下來。雷星舔舔她的耳朵。「沒事。」他低聲道，**這樣正常嗎？**

紫曙正在發抖。**不應該這麼痛吧？**雷星心想道。

「我們先把她送進育兒室，她在那裡會比較舒服。」雲點下令道。「你們全都後退，給她一點空間。」他補充道，同時瞪了四周的旁觀者一眼。

「好痛！」紫曙喵聲道。

「等這波陣痛結束，我們再移動。」雲點告訴她，同時從雷星那裡接過紫曙的重量。他用尾巴示意顫薔到紫曙的另一邊，才好從兩邊扶住她。

過了一會，紫曙又喵叫了一聲，這次聲音冷靜多了。「好了，我可以移動了。」三隻貓兒開始往前走，穿過空地，朝育兒室走去。奶草已經把斑皮和欅尾帶了出來，將空間留給紫曙和巫醫貓。

雷星跟著他們走到育兒室，他既興奮又擔心，整個胃不停翻攪。他跑到門口查看顫薔幾天前幫紫曙準備的新鮮臥鋪，裡面鋪滿了乾淨柔軟的青苔。

「去巫醫窩拿一些山芹，再嚼一嚼。」雲點交代顫薔。「那些汁液有助於分娩。」

「好的，雲點，」顫薔應聲，跑到育兒室門口停了下來。「對不起，借過一下，雷星。」

雷星驚訝地眨眨眼睛，這才發現自己擋在門口。「哦，對不起。」他咕噥道，趕緊移到旁邊。他覺得很不好意思，感覺自己很沒用。他平常都很清楚要怎麼幫忙族裡的貓兒，但現在他能做什麼呢？他對生小貓這種事一點也不懂。

他苦惱地蠕動著腳。他會是什麼樣的父親呢？**如果我連幫忙紫曙分娩都不會，等他們出生後，我怎麼懂得照顧他們呢？**

這時有毛髮從他旁間刷拂而過，雷星抬眼看見梟眼一臉同情地望著他。

「你看起來很擔心，」梟眼喵聲道。「雲點說紫曙狀況很好，他相信小貓會沒事的。」

「我知道，」雷星回答，同時弓起他的背。「可是她很痛，我不知道怎麼幫她。」他又聽到紫曙在窩穴裡的呻吟聲，他低頭怒瞪著自己的腳。「我只能在外面，我不知道……」他的恐懼吞沒了他，他脫口而出：「我小時候沒有父親，天知道我以後能不能當個好爸爸？我怎麼知道要怎麼照顧他們。」

他舔舔胸毛，尷尬到不敢抬眼看梟眼。他幹嘛跟一隻年輕的貓兒說這些？除了紫曙和閃電尾之外，他從不曾對其他任何一隻貓吐露過自己的恐懼。他必須讓族貓們相信他雷星強大到足以當大家的靠山。**我快要崩潰了**，他終於明白。

他聽見一聲輕柔的喵嗚，於是扭頭抬眼望向梟眼。毛色光滑的暗灰色公貓兩眼閃著暖意。「你怎麼會這樣說？」他問道。「雷星，全部族的貓兒都是你在照顧。當一個父親要比這簡單多了吧？」

「我也不知道。」雷星嘀咕道。不過他的心情稍微好了點。他很是感激地用尾巴輕輕刷過梟眼的腰腹。哪怕他並不相信自己，但至少有貓兒相信他。

顫薔回到育兒室，嘴裡含著嚼好的藥泥。

「是山芹，太好了。」雲點在育兒室裡說道。「紫曙，試著吞一點進去。」

「好。」雷星聽見紫曙以顫抖的聲音回答，然後又痛到上氣不接下氣，他一聽見這聲音，便全身起寒顫。他應該進去嗎？還是進去只會礙事？

「會痛是正常的。」雲點安慰她。「妳做得很好。」

紫曙又尖聲大叫，然後轉成呻吟。「雷星！雷星在哪裡？沒有他，我辦不到！」

雷星立馬衝進窩裡。雲點眼神銳利地看了他一眼。「有時候準爸爸還是待在外面等比較好。」

「不，我需要他！」紫曙堅持道。

顫薔的腳爪按住紫曙的肚子說：「我想他們快出來了。」紫曙又慘叫一聲，語調痛苦。

雷星躺在她旁邊，用身子圈住她。「沒事，」他在她耳邊低語。「只要想我們的小貓有多可愛，還有以後他們只會在外面踢妳，不會再從肚子裡面踢妳了。」

紫曙笑了出來，然後又突然倒抽口氣。

「第一個要出來了！」雲點大聲宣布。

「深呼吸，然後用力，」顫薔說道。「快出來了。」

待在紫曙身體另一頭的巫醫貓突然出現騷動，但雷星仍然專注看著伴侶貓的臉。縱然她全身發抖，氣喘吁吁，琥珀色眼睛還是定睛看著他。「妳表現得很好，」他溫柔地對她說。「妳很勇敢，很堅強。」

「是公貓！」雲點語調開心地大聲宣布，然後就把一隻溼漉漉的小貓擱在紫曙肚子旁邊。「舔一舔，暖暖他的身子。」

雷星朝小公貓低下頭，後者身上的毛跟雷星一樣是亮橘色。他一開始舔他，心裡就不自覺地溢滿了父愛。為什麼沒有貓兒告訴過他會是這種感覺呢？他以後一定會好好保護和教養這個小東西。未來突然在他眼前豁然開展：他會愛他的小貓，其他一切自會水到渠成。

等到太陽太下山時，才結束分娩。

「四隻健康的小貓，」雷星滿意地喵嗚道。他環顧育兒室。奶草正在窩穴另一頭的臥鋪裡餵奶給斑皮和櫸尾吃。那天早上本來雷星還覺得她的小貓看起來好小，但現在跟他自己的小貓比起來，突然覺得原來他們大好多。

「他們好可愛，對不對？」紫曙喵聲道，同時溫柔地舔舔最後一隻生出來的小貓的頭顱，那是一隻灰色小公貓，比他的哥哥姊姊個頭兒來得小。

「我以前聽見貓兒誇自己的小貓好漂亮，我都覺得太誇張了。」雷星承認道。「但現在我懂他們的心情了。我們的四隻小貓都好漂亮。」

「我覺得這一隻以後一定會長得最高大，」紫曙用鼻子輕輕推著其中一隻小母貓，那是帶著條紋的薑黃色虎斑貓。「你看她多努力地想鑽進來吸奶，而且你瞧！」她輕輕把小貓翻過來仰躺。「你看到了嗎？」

小母貓的肚皮上有鋸齒狀的白色條紋，看上去就像一道閃電。

雷星的快樂瞬間染上一絲憂傷。閃電尾一定會大笑這圖形竟然跟他的名字一模一樣，這也使得這隻小貓變得格外不同。要是閃電尾還在世，一定會自告奮勇地想照顧小貓，陪他們玩耍。但閃電尾再也看不到他們了。**我以後一定要告訴他們閃電尾的英勇故事**，雷星默默地起誓，**他是我的救命英雄。**

第十章

微風吹拂著四喬木的枝葉。一輪圓潤的明月高掛夜空。雷星一躍而上巨岩，站在天星和風星的旁邊，他帶來的雷族貓也開始走進天族貓和風族貓當中。

「其他部族呢？」他問道。

「影族現在才剛到。」風星回答，同時朝坑地邊緣點頭示意，只見一條修長的黑色母貓正領著一群貓兒魚貫走進空地。

「我已經聽到河族的聲音，」天星說道。「也聞到魚腥味了。」三隻貓兒喵嗚地笑了起來……河星是一位很有智慧、生性慷慨的族長，但由於他的族貓們長年吃魚，所以身上都散發著一股很容易聞出來的味道。

過了一會兒，另外兩位族長也都跳上巨岩，加入他們。風星對著下方的貓兒大喊，要他們肅靜。

「有什麼消息要分享嗎？」她問道，同時環目四顧其他族長。

「如果你們不介意的話，我想先說。」雷星喵聲道。「雷族有很多消息要與大家分享。」

「我猜應該是從你的小貓開始吧？」影星喵嗚笑地問道。興奮的喵嗚聲和恭賀聲陸續從五大部族的貓群裡傳出。

「是啊，」雷星樂陶陶地說道。「我和紫曙喜獲四隻健康的小貓，兩隻公貓、兩隻母貓。他們健康狀況都很好，紫曙也是。」

「我真為你高興。我相信所有河族貓也都為你感到高興。」河星喵聲道。風星和影星也各自獻上祝福。

「請把我們的祝福轉告給紫曙，」風星補充道。「也許過幾個月後，就能在大集會上再看見她的身影。」

「我真想快點見到小貓。」天星的藍色眼睛閃閃發亮。「他們是我小貓的小貓。」他用尾巴搭上雷星的尾巴。「我真希望灰翅也在這裡。他一定為你感到驕傲。」

雷星被天星這番誠懇的祝詞給感動了，但不免有些意外。**原來我心裡還是多少在乎天星的肯定**，他恍然大悟。在天族裡能有幾個親屬，對小貓們來說也算是件好事，說不定哪一天他們會需要天星的幫忙。

「不過我也有壞消息要宣布。」雷星靜候貓群安靜下來，全都轉向他。「我們曾轉告大家不會再有狗來威脅我們，但是還有一件事我沒有告知，那就是我們也為此付出了可怕的代價。閃電尾跟狗兒激戰時，犧牲了自己。」

五大部族驚愕的低語聲不斷。閃電尾以前就普受大家的喜愛與尊敬。

風星悲痛地垂下頭。閃電尾是在她的高地出生和長大的，她跟他非常熟。「風族會為閃電尾哀悼。」她說道，其他族長也都附和。

「他死後，我在他屍體旁邊守了一夜，」雷星補充道。「這也給了我機會去緬懷他，算是和他正式道別。」

「這有讓你心情平靜一點嗎？」河星嚴肅地問道。

「有，」雷星喵聲道。「我覺得我這樣做是對的，就像是在感念他曾為我做的一切。」

河族族長點點頭。「這是個好主意，可以對往生者表達我們的敬意。」他說道。

其他族長也都點頭附和，若有所思地低聲討論。「也許我們以後也可以比照辦理，在往生的戰士前往星族之前，守夜感念他們。」影族族長表情莊嚴地補充道。

「你已經選定新的副族長了嗎？」天星問道。「你不能讓副族長的職缺空在那裡，要是你出了什麼事，怎麼辦？」

影星同意道：「你需要有一隻貓來幫忙運作部族裡的日常事務。」

雷星環顧坑地，目光望向天星的副族長麻雀毛、風星的伴侶兼副族長金雀毛、影星的副族長陽影。他們都深受各自族長的信賴，與族長之間也都有堅定的友誼，更是族長的智囊夥伴，深得族貓們的愛戴。

雷星俯看自己的部族：有慷慨大方的粉紅眼、英勇的蝸殼、聰明的藍鬚、擅獵的葉青。他們全都是一時之選。但他們畢竟不是閃電尾，沒有一個是。

一陣風吹來，拂過他毛髮，彷彿像一條尾巴輕輕刷過他的背。那當下，雷星幾乎以為自己聽到了老友的喵嗚笑聲。

如果閃電尾在這裡，他一定會告訴我不要鼠腦袋了，他心想，**部族需要一位副族長，眼前就有隻貓很適合。其實我在小貓出生那晚就決定了，只是還不願意下定決心向大家宣布。**

「雷族的新任副族長將是梟眼，」他大聲說道。聲音雖然一開始有點沙啞和僵硬，但他繼續說道，語調愈來愈高昂，也愈來愈有自信。「他已經證明了自己足以擔綱這份職務。」

「哦耶！」蘋果毛突然出聲叫好，惹得大夥兒一陣哄笑。「對不起，雷星。」

雷族貓全都很開心，其他部族的貓兒也都點頭稱許。雷星捕捉到梟眼的目光，站在巨岩底下的他看起來有一點被嚇到，但表情欣喜。

他是不二的選擇，雷星想道，**我得對他公道點，他一定會是稱職的副族長，我不能因為他不是閃電尾就對他有所挑剔。**

大集會開完後，雷星追上梟眼。「我很抱歉直接指派你上任，」他喵聲道。「希望你不是勉強接受的。我其實已經考慮很久，我相信你會做得很好。」

「我很願意……我願意擔任你的副族長。」梟眼很快回答，有點結巴，那雙又圓又大的琥珀色眼睛興奮到發亮。「我只是……我不會讓你失望的，雷星。」

「我知道你不會。」雷星很訝異自己是真心誠意地這麼說。

梟眼表情突然嚴肅了起來。「我不知道我能不能做得像閃電尾那麼好。他一向都知道自己該做什麼。但我保證我會盡力做好份內工作，藉此來感念他。」

雷星喵嗚笑了。「你知道嗎？其實閃電尾也常常不曉得自己在做什麼。記不記得他和三葉草、薊花小時候玩在一起，結果他滑了一跤，撞進獵物堆裡，獵物都飛了出來？」

梟眼喵嗚笑了，鬍鬚不斷抽動。「我都忘了這件事。」

「閃電尾有時也會犯錯，」雷星告訴他。「每隻貓都會。但是他會盡最大努力去照顧族貓。這也是我對你的期許。」

說到閃電尾，雷星的心情就輕鬆多了。他挨著梟眼。「我知道你會是很棒的副族長。」

回到營地後，雷星走進育兒室去探望紫曙和小貓。「我封梟眼為副族長了。」他告訴她，然後在她旁邊躺下來，順便將最小隻的小貓一把攬過來。

「也該是時候了，」她疲累地說道。「我早告訴過你，他很適合。」

「要記住，你媽說的話永遠是對的。」雷星跟小貓說。小貓用惺忪的藍色眼睛望著他，打個哈欠，露出小小的白色尖牙。

「我當然是對的。」紫曙心滿意足地說道。「還有一件事我也是對的，那就是你得幫這隻小貓和他姊姊取個名字。我已經取了殼爪和羽耳這兩個名字了。我不能再繼續用灰色那隻和虎斑色那隻來叫他們兩個，尤其他們的眼睛都已經開了，需要有個名字。」

「我知道，」雷星揉搓她的面頰。「我保證今晚睡覺前，就會取好名字。」

他起身，緩步走到育兒室門口，望著外面的營地，看見族貓們都已經安頓下來準備要睡覺。他看見梟眼帶了塊獵物給奶草吃，然後幫忙逗玩她的小貓，以免他們又去煩奶草，她才可以專心吃東西。一切看起來是如此美好。

這時有小小的喵叫聲從他身後的育兒室裡面傳來，他轉過身去。每次他一看見小貓，就不由得快樂起來。其中三隻小貓挨在紫曙身上睡著了。但排行老三的虎斑小母貓卻睜著琥珀色眼睛抬眼望著他，那對眼睛像火光一樣閃閃發亮。她只有四分之一個月大，但他已經從她眼裡看得出來這孩子聰明絕頂，有勇有謀。他知道她未來一定不是個簡單角色。

小母貓翻過身，伸了伸懶腰，露出肚皮上的白色閃電花紋，雷星突然靈機一動。

「幫她取閃電紋這個名字好不好？」他問紫曙，後者喵嗚地稱許。

「這名字好。」她說道。

「灰色那隻小貓叫做光滑毛吧。」雷星說道，同時低頭寵溺地看著睡著的小公貓。「我從沒摸過這麼軟的毛。」

「太好了。」紫曙說道。「感謝星族，他們總算都有名字了。我可不希望他們嫉妒彼此的名字。」

一陣冷風襲來，吹亂了雷星的毛。他回頭往育兒室外面的空地看。天上的烏雲正在聚攏，看來暴風雨快來了。一道閃電瞬間點亮天空，隆隆雷聲接踵而至，迴盪營地。

雷星喵嗚笑了。閃電總是伴隨雷聲，就像他和閃電尾一樣形影不離。

他知道從現在起只要看見天空的閃電，便會想起他這輩子最好的朋友。而他自己的小貓……美麗活潑的閃電紋……也會每天提醒他，他的第一任副族長是誰。

原來就算他失去閃電尾，還是可以快樂起來……還是可以看著小貓一天天長大……還是可以有新的副族長。

閃電尾永遠陪在我身邊……也永遠不會離開雷族。

國家圖書館出版品預編目資料

貓戰士外傳之 XIV- 說不完的故事 4 / 艾琳．杭特（Erin Hunter）著；高子梅譯 . -- 初版 . -- 臺中市；晨星 , 2020.05
面；　公分 . --（貓戰士；54）
譯自：Warriors super edition : Legends of the Clans
ISBN 978-986-443-993-5（平裝）

873.59　　109003272

貓戰士外傳14 Warriors Super Edition

說不完的故事 4 Legends of the Clans

作者	艾琳．杭特（Erin Hunter）
譯者	高子梅
責任編輯	陳品蓉
文字校對	陳品蓉、許仁豪
封面繪圖	萬伯
封面設計	陳柔含
美術編輯	張蘊方
創辦人	陳銘民
發行所	晨星出版有限公司 407台中市西屯區工業30路1號1樓 TEL：04-23595820　FAX：04-23550581 http : //star.morningstar.com.tw 行政院新聞局局版台業字第2500號
法律顧問	陳思成律師
初版	西元2020年05月01日
再版	西元2021年09月09日（二刷）
讀者訂購專線	TEL：02-23672044 / 04-23595819#230
讀者傳真專線	FAX：02-23635741 / 04-23595493
讀者專用信箱	E-mail：service@morningstar.com.tw
網路書店	http : //www.morningstar.com.tw
郵政劃撥	15060393（知己圖書股份有限公司）
印刷	上好印刷股份有限公司

定價250元

（缺頁或破損的書，請寄回更換）

ISBN 978-986-443-993-5

☐ 我已經是會員，卡號 ________________

☐ 我不是會員，我要加入貓戰士會員

姓　名：______________ 性　別：________ 生　日：______________

e-mail：____

地　址：☐☐☐ ______ 縣／市 ______ 鄉／鎮／市／區 ______ 路／街

______ 段 ______ 巷 ______ 弄 ______ 號 ______ 樓／室

電　話：____

我要收到貓戰士最新消息　☐要　☐不要

我要成為晨星出版官網會員　☐要　☐不要

貓戰士鐵製鉛筆盒抽獎活動

請將書條摺口的蘋果文庫點數與貓戰士點數黏貼於此，集滿2個貓爪與1顆蘋果(點數在蘋果文庫書籍)後寄回，就有機會獲得晨星出版獨家設計「貓戰士鐵製鉛筆盒」1個!

點數黏貼處

若有問題，歡迎至官方Line詢問

請填妥後對折裝訂，再貼妥郵票寄出

請黏貼
8 元郵票

407

台中市工業區30路1號

晨星出版有限公司

TEL：（04）23595820　FAX：（04）23550581
e-mail：service@morningstar.com.tw
http://www.morningstar.com.tw

請沿虛線摺下裝訂，謝謝！

加入貓戰士俱樂部

【貓戰士會員優惠】

憑卡號在晨星出版社購書可享優惠、擁有限定商品、還能獲得最新消息等會員福利。

【三方法擇一，加入貓戰士會員】

1. 填妥本張回函，並寄回此回函。
2. 拍照本回函資料，加入官方Line@，再以Line傳送。
3. 掃描後方「線上填寫」QR Code，立即填寫會員資料。

Line ID：
api6044d

「線上填寫」
QR Code

★寄回回函後，因郵寄與處理時間，需2～3週。